Inner
Workings

库切
文集

J.M.Coetzee

[南非] J.M.库切 著　黄灿然 译

内心活动

人民文学出版社

J. M. Coetzee
INNER WORKINGS

Copyright © J. M. Coetzee, 2007
By arrangement with
Peter Lampack Agency, Inc.
350 Fifth Avenue, Suite 5300
New York, NY 10118 USA.
All rights are reserved by the proprietor throughout the world.

图书在版编目（CIP）数据

内心活动／（南非）J. M. 库切著；黄灿然译. —北京：人民文学出版社，2022
（库切文集）
ISBN 978-7-02-015681-8

Ⅰ.①内… Ⅱ.①J…②黄… Ⅲ.①世界文学—文学评论—文集 Ⅳ.①I106-53

中国版本图书馆 CIP 数据核字（2022）第 035457 号

责任编辑	马　博
装帧设计	李思安
责任印制	苏文强

出版发行	人民文学出版社
社　　址	北京市朝内大街 166 号
邮政编码	100705

| 印　　刷 | 三河市中晟雅豪印务有限公司 |
| 经　　销 | 全国新华书店等 |

字　　数	212 千字
开　　本	850 毫米×1168 毫米　1/32
印　　张	10.625　插页 1
印　　数	1—3000
版　　次	2022 年 4 月北京第 1 版
印　　次	2022 年 4 月第 1 次印刷

| 书　　号 | 978-7-02-015681-8 |
| 定　　价 | 78.00 元 |

如有印装质量问题，请与本社图书销售中心调换。电话：010-65233595

目 录

伊塔洛·斯维沃 …………………………………… 1
罗伯特·瓦尔泽 …………………………………… 18
罗伯特·穆齐尔及其《青年特尔莱斯的自白》 …… 36
瓦尔特·本雅明及其"拱廊计划" ………………… 47
布鲁诺·舒尔茨 …………………………………… 76
约瑟夫·罗特:小说集 …………………………… 92
山多尔·马洛伊 …………………………………… 108
保罗·策兰和他的译者 …………………………… 131
君特·格拉斯与"威廉·古斯特洛夫"号 ………… 152
W.G.塞巴尔德及其《效仿自然》 ………………… 167
胡戈·克劳斯:诗人 ……………………………… 179
格雷厄姆·格林及其《布赖顿棒糖》 …………… 184
塞缪尔·贝克特:短篇小说集 …………………… 195
沃尔特·惠特曼 …………………………………… 200
威廉·福克纳与其传记作者 ……………………… 217
索尔·贝娄:早期小说 …………………………… 238
阿瑟·米勒:《不合时宜者》 ……………………… 255
菲利普·罗斯:《反美阴谋》 ……………………… 261

1

纳丁·戈迪默 ················· 280
加夫列尔·加西亚·马尔克斯:《回忆我忧伤的
 妓女们》 ················· 295
V.S.奈保尔:《半生》 ················ 312

译后记 ··················· 334

伊塔洛·斯维沃

一个男人——一个体形非常大的男人,在他身边你感到自己非常小——邀请你去跟他的女儿们见面,打算把其中一个许配给你。她们共有四人,她们的名字第一个字母都是 A;你的名字第一个字母是 Z。你去拜访她们,并试图做礼貌的交谈,可是污言秽语却不断从你口中横飞出来。你发现自己在讲近乎下流的笑话;她们对你的笑话报以冷冰冰的沉默。在黑暗中你向最漂亮的 A 低语些引诱性的话;当灯光亮起来,你发现你刚才是在向斜眼的 A 求爱。你冷漠地把身体靠向你的雨伞,雨伞噼啪断成两半;大家哄堂大笑。

这听起来如果不像一个噩梦,也像一个若是落在某位老练的维也纳释梦者例如西格蒙德·弗洛伊德手中,就会把你种种难堪的隐秘全部抖出来的梦。但这不是一个梦,而是泽诺·科西尼生命中的一天。他是伊塔洛·斯维沃(1861—1928)的长篇小说《泽诺的意识》的主人公。如果斯维沃是一位弗洛伊德主义小说家,那么他是哪种意义上的弗洛伊德主义?他是在展示普通人的生活如何充满差错、闪失和象征?抑或——套用《梦的解析》和《诙谐及其与无意识的关系》和《日常生活的精神病理学》的方法——他杜撰了一个人物,其内心生活完全依据教科书上的弗洛伊德来展开?或是否还有这种可能,也即弗洛伊德和斯维沃都属于一个烟斗和香烟和钱包和雨伞似乎隐含着秘密意义的时代,而我们则属于一个烟斗只是烟斗的时代?

"伊塔洛·斯维沃"(意为斯瓦比亚人伊塔洛)当然是笔名。斯维沃原名阿龙·埃托雷·施米茨,祖父是一个移居的里雅斯特的匈牙利犹太人。父亲年轻时是街贩,后来是一个成功的玻璃器皿商人;母亲来自的里雅斯特一个犹太家庭。施米茨家族是恪守教规的犹太人,但绝非死板。阿龙·埃托雷娶了一个皈依天主教的女人为妻,并在她的压力下也皈依了(必须说,有点不大情愿地)。在他晚年,当的里雅斯特已成为意大利的一部分,而意大利已成为法西斯主义国家的时候,他发表过简略的自传性文章,对自己的犹太背景和非意大利祖先闪烁其词。他的妻子利维娅有关他的回忆录——有点偶像化倾向,但绝对有可读性——也同样对此谨小慎微[1]。在他自己的作品中,也没有明显的犹太人物或主题。

斯维沃的父亲——他生命中对他影响至深的人物——把儿子们送去德国一家商业性的寄宿学校读书,课余时间斯维沃沉浸于阅读德国浪漫派作品。不管德语教育对他作为奥匈帝国的重要人物带来什么好处,他却被剥夺了接受意大利文学语言训练的机会。

斯维沃十七岁时回到的里雅斯特,入读高级商业学院。

他曾梦想当演员,但在一次面试时由于他的意大利语诵读技巧有缺陷,演员梦便破碎了。

1880年,老施米茨遭遇财政困难,儿子被迫辍学。斯维沃在维也纳联合银行的里雅斯特分行找到一份工作,在接下来的十九年中他都在该银行当职员。他业余时间阅读意大利经典和更广泛的欧洲前卫文学。左拉成为他的偶像。他出入艺术家沙龙,并为一家有意大利民族主义倾向的报纸写文章。

他三十六七岁时,已经以自资方式尝过出版一部长篇小说《一生》(1892)并被批评家忽略的滋味,而就在他又要以《暮年》(1898)重蹈覆辙之际,他通过结婚而成为著名的韦内齐亚尼家族的成员,该家族拥有一座工厂,专门给船体涂上一种有专利的化合物油漆,可减缓船体受腐蚀并防止船底生小甲壳动物。斯维沃加入该公司,负责监督以秘方混合制作该种油漆,并担任主管。

韦内齐亚尼家族已经在跟世界各地一些海军做生意。当英国海军部表示有兴趣时,该公司便在伦敦开设一个分公司,由斯维沃负责监管。为了提高英语,他上了一个名叫詹姆斯·乔伊斯的爱尔兰人的课,乔伊斯当时在的里雅斯特的贝尔利茨语言学校教书。经过了《暮年》的失败之后,斯维沃已放弃了认真写作的念头。可现在,他发现他的老师竟然喜欢他的书,且理解他的抱负。他大受鼓舞,继续努力写他所谓的涂鸦,尽管他要等到二十世纪二十年代才再次出书。

3

的里雅斯特在文化上虽然绝大程度上是意大利的,但在斯维沃的时代,它依然是哈布斯堡帝国的一部分。它是一座繁荣的城市,是维也纳的主要海港,其开明的中产阶级发展着以船运、保险和金融为基础的经济。移民带来了希腊人、德国人、犹太人;粗重工作则由斯洛文尼亚人和克罗地亚人做。多样性的的里雅斯特可以说是多族裔的哈布斯堡帝国的缩影,该帝国已愈来愈难以抑制族裔间的怨气。当这些怨气在 1914 年爆发时,帝国陷入战争,欧洲也被卷入。

虽然的里雅斯特知识分子在文化问题上以佛罗伦萨为榜样,但他们对来自北方的潮流往往秉持比意大利知识分子更开放的态度。就斯维沃而言,他在哲学上最初受叔本华和达尔文的影响,后来弗洛伊德的影响愈见突出。

像他那个时代任何标准的中产阶级,斯维沃为健康而烦恼:什么才算是健康良好?如何获得?如何维持?在他的作品中,健康具有一系列意义,包括身体上和精神上的,社会上和伦理上的。我们总以为自己不健康,这种人类特有的不满足的感觉是从哪里来的?我们希望治愈的到底是什么?有可能治愈吗?如果治愈意味着心平气和地应付世事,那么治愈就一定是好事吗?

在斯维沃眼中,叔本华是第一个把饱受爱思考这一疾病所苦的人当作另一个物种来处理的哲学家,该物种忧心忡忡地与健康、不爱思考的类型共存,后者用达尔文的术语来说,也许可称作"适者"。斯维沃透过叔本华哲学的眼镜看达尔文,并终生顽强地与达尔文扭斗。他的第一部小说的标题,原是含有指涉达尔文之意的,叫作《不适者》。但他的出版商不敢用,所以他勉强接受较枯燥的《一生》。该书以典范性的自然主义风格,追踪一名年轻银行职员的历史。当这名银行职员终于必须面对一片虚无,面对既没有动力也没有欲望或野心这种事实时,他做了正确的进化选择:自杀。

在后来一篇题为《人与达尔文理论》的随笔中,斯维沃给达尔文涂上较乐观的色彩,并把这色彩带进《泽诺的意识》。他认为,我们在世界上感到不自在,是源自人类进化的某种未完成状态。为逃避这忧伤的状态,有些人试图适应他们的环境。另一些人则更喜欢不适应。从外面看,不适应者也许像被自然淘汰者,但悖论的是,事实证明他们偏偏比他们那些做了很好的调整的邻居更能适应在难以预料的未来可能遭遇的任何事情。

*

斯维沃的家乡话是的里雅斯特语,它是威尼斯方言的变体。要做作家,他就需要精通意大利文学语言,而意大利文学语言是以托斯卡纳方言为基础的。他从未达到这种他所希望的精通。使他的问题更复杂的是,他对语言的审美特质毫无感觉,尤其是对诗歌一窍不通。他对年轻诗人朋友欧金尼奥·蒙塔莱戏言,诗歌只用了白纸的一部分,可你却要付整页的钱,似乎有点可惜。斯维沃的一位较好的英译者P. N.富尔班克把他的散文称为"某种'商业'意大利语,几乎是世界语——杂种的、毫无优美可言的语言,完全没有诗意或联想力"[2]。《一生》最初出版时,其语法错误、其不在意地使用方言、其散文的总体性贫乏,均受到批评。《暮年》也受到差不多的抨击。当斯维沃出了名,《暮年》要再版时,他同意审阅文本,修补意大利语,但只是零零散散地修补罢了。他私底下似乎觉得,仅仅是改动达不到什么效果。

在一定程度上,有关斯维沃对意大利语的掌握引起的争议,可以置之不理,仅仅把它当成意大利人的事就行了,与通过译本阅读他的局外人无关。然而,对译者来说,斯维沃的意大利语却引起一个实质性的原则问题。他的意大利语的瑕疵,可谓无所不有,包括介词短语误用、古语、书呆子气的措辞和总体上佶屈聱牙的风格。这些缺陷在翻译中到底应该重现,抑或悄悄地加以改善?或反过来问,如果译者不刻意去写节节疤疤的散文,他如何传达蒙塔莱所谓存在于斯维沃世界的硬化症——那恰恰是从他的语言里渗透出来的硬化症?

斯维沃并非没有意识到这个问题。他给《泽诺》德语译者的建议是,把他的意大利语译成语法正确的德语,但不要美化它或改善它。

斯维沃把的里雅斯特语贬为小方言或次语言,但他并没有说真心话。更接近真心话的是泽诺哀叹局外人"不懂让我们这些讲方言的人用意大利语写作会造成什么后果……我们用托斯卡纳语写的每一个字,都是谎言!"[3]这里,斯维沃把从一种方言转入另一种方言,也即从他思考的的里雅斯特语转入他写作的意大利语,视为"一开始就不忠实"。只有用的里雅斯特语,他才能讲真话。非意大利人和意大利人要纳闷的问题是,是否可能存在着斯维沃觉得他无法用意大利语表达的的里雅斯特真话。

《暮年》的素材,来自斯维沃1891年至1892年与某年轻女子的一段情,根据一位评论家的微妙形容,这是一个职业不明确的女人,后来成为马戏团的女骑师。在书中,这女子的名字叫作安乔利娜。埃米利奥·布列塔尼对安乔利娜有一个看法,觉得她是纯真的,他将教导她懂得生活中那些更高雅的方面,而她则全心奉献给他,照顾他的安康。但实际上却是安乔利娜给他上人生课;而她为埃米利奥提供的情欲生活方面的入门知识,包括寻找借口和耍肮脏手段,原应使他觉得他在她身上挥洒的钱很值得才对,可惜他太过固守在自我欺骗的幻想里,无法吸取这些知识。在安乔利娜跟一名银行职员跑掉之后数年,埃米利奥将透过一层玫瑰色的迷雾回顾他与她共度的时光(该书最后那美妙的几页,沉浸在实际上是浪漫的陈词滥调和无情的反讽中,乔伊斯能够默记它们,然后背诵给斯维沃听)。真相是,这段关系是彻头彻尾的、斯维沃的独特意义上的老年之恋:完全不是青春和充满生命力的恋情,相反,这从一开始就是通过自以为是的谎言这一媒介来经历的恋情。

在《暮年》中,自我欺骗是一种自己选择却未被认识的生存状态。埃米利奥为自己建构的关于他是谁、安乔利娜是谁和他们在一起做些什么的虚构故事,受到一个事实的威胁,也即安乔利娜与其他男人滥交,并且因为太软弱或太不在乎或可能是太恶毒而竟对此不加掩饰。《暮年》与《克鲁采奏鸣曲》①和《在斯万家那边》并驾齐驱,是关于男人性嫉妒的最伟大的小说之一,利用福楼拜留传给他的继承者们的技术遗产,把干扰减至最小,进出一个人物的意识,并且表达各种判断而又不让人觉得是在判断。斯维沃对埃米利奥与其情敌的关系的探讨,尤具灼见。埃米利奥既想又不想他的男性朋友去挖空心思吸引他的情妇;他愈是可以清晰地设想安乔利娜与另一个男人在一起,他对她的欲望就愈强烈,以致达到这样的程度,也即他对她充满欲望是因为她与另一个男人在一起。(当然,弗洛伊德曾指出嫉妒的三角恋中暗涌着同性恋潜流,但他是在托尔斯泰和斯维沃的小说发表数年后才指出这点的。)

迄今,《暮年》和《泽诺》的标准英译本一直是贝丽尔·德佐特的译本②。德佐特是一位荷兰裔英国女人,与布卢姆斯伯里文化圈有联系,她作为巴厘舞的先驱研究者而闻名。威廉·韦弗在其《泽诺》新英译本前言中,讨论了德佐特的译本,并以尽可能礼貌的方式表示现在也许是德佐特译本退役的时候了。

德佐特1932年出版的《暮年》英译本尤其过时,其书名为《当一个男人年纪渐大》。《暮年》主要是描写性:性是两性之间战争的武器,性是可以买卖的商品。虽然斯维沃

---

① 托尔斯泰中篇小说。
② 德佐特(1879—1962),她除了以舞蹈家和斯维沃的英译者闻名外,另一个较为人知的身份是汉学家阿瑟·韦利的长期伴侣。

的语言绝非不高雅,但是他对这个问题并不缩手缩脚。德佐特的译本太过端庄。例如,埃米利奥沉思安乔利娜的性爱活动,想象她离开富裕但讨厌的沃尔皮尼的床,以及为了摆脱他的触摸给她带来的羞耻感与厌恶感,又立即与另一个上床。斯维沃描写的措辞,算不上是隐喻:通过第二次性爱行为,安乔利娜设法洗掉她身上沃尔皮尼的痕迹。德佐特小心地避免提及这次自我洗脱:安乔利娜去"寻求一个避难所,远离这样一次丢脸的拥抱"[4]。

在别处,德佐特干脆略去或仅仅概述一些被她——不管她的判断是否正确——认为不合情理或太过口语而难以在英语里传达的段落。她还过度诠释,填补文本本身没说但她觉得人物之间发生的事情。那些很能说明埃米利奥与女人的关系的商业隐喻,有时被省掉了。有一次德佐特犯了一个灾难性的判断错误,擅自说埃米利奥决定强行与安乔利娜做爱(占有她),而实际上他只是想澄清谁拥有她(占有她)的问题。

贝丝·阿彻·布罗姆伯特翻译的《暮年》新译本,是一个显著改善的译本。她精准地译出德佐特略去的那些掩埋着的隐喻。她的英语虽然毫无疑问是二十世纪末的英语,却具有一种规范性,适合于反映较早的时代。如果要挑剔的话,就是她为了跟上时代而采用了一些可能会迅速过时的词语:"底线""随叫随到""兴奋呆了"。[5]

斯维沃的书名永远使译者和出版社头痛。作为书名,《一生》不用说很沉闷。在乔伊斯的建议下,《暮年》第一个英译本的书名定为《当一个男人年纪渐大》,尽管根本与年

9

纪渐大无关。布罗姆伯特还原更早的暂定书名《埃米利奥的狂欢节》,而没有考虑到一个事实,也即该书出版意大利语修订版时,斯维沃拒绝放弃《暮年》这个书名:"我会觉得我肢解这本书……这个书名曾是我的向导,我曾依赖它生活。"[6]

斯维沃的写作生涯跨越的里雅斯特历史中四十多个动荡的年头,然而他的小说却瞩目地没有反映这一历史,不管是直接还是间接的反映。读他最初两部以十九世纪九十年代的里雅斯特为背景的小说,我们怎么也猜不到的里雅斯特的意大利中产阶级正深陷于"复兴运动"①般想与祖国统一的狂热中。虽然泽诺的自白被假设是写于 1914 年至 1918 年战争期间的一份文件,但全书没有战争的阴影,直到最后几页才涉及。

韦内齐亚尼家族通过与维也纳政府做生意,大发战争财。与此同时,他们在家乡却以充满激情的意大利领土收复主义者的面目示人。斯维沃的传记作者约翰·加特-鲁特把他们称作"伪君子",并认为斯维沃本人至少是与伪君子同流合污。加特-鲁特强烈批评斯维沃在战争期间以及在 1922 年法西斯接管之后的政治表现。像很多上层的里雅斯特人一样,韦内齐亚尼家族支持墨索里尼。斯维沃本人似乎怀着加特-鲁特所称的"十足的无诚意"来适应新政权,理由是法西斯主义不像布尔什维克那么邪恶。1925

---

① 指十九世纪以统一意大利为目标的思想文化运动。

年,埃托雷·施米茨本人获国家颁发的一个小奖,表彰他对工业的贡献。虽然他没有变成一名正式的法西斯主义者,但他却以工业家身份加入法西斯主义工业家联盟。他妻子则是妇女法西斯组织的活跃成员。[7]

如果斯维沃/施米茨因其与韦内齐亚尼家族的关系而在道德上做了妥协的话,从他的作品判断,他至少没有对自己掩饰这点。例如写于1926年但以战时为背景的小说《好老人与俏女郎》中的老人:"他看到的任何战争的标志都痛苦地提醒他,正是由于战争,他才如此发达。战争带给他财富和羞耻……他早已习惯了生意成功带来的内疚,并继续赚钱,尽管内疚。"[8]

这篇晚期小说的道德气候也许比我们在基本上是滑稽的《泽诺》一书中感受到的更黑暗,自我批评也更尖锐,但这只是黑暗程度或尖锐程度的问题而已。从苏格拉底到弗洛伊德,西方伦理哲学一直都服膺特尔菲神庙的认识你自己。但是,如果你以叔本华为榜样,相信性格是建立在意志的底层上,并怀疑意志是否希望改变,则认识你自己对你又有什么好处呢?

斯维沃第三部小说,也是他成熟期的杰作的主人公泽诺·科西尼,是一个中年男子,安逸地结婚,富足、悠闲,领取来自他父亲创办的一家企业的收入。他心血来潮,想知道他遭遇的任何不如意是不是都可以治愈,遂开始一个心理分析疗程。作为初步准备,他的治疗师 S 医生要求他写下他想到的有关这类事情的回忆录。泽诺遵医嘱,写了五章,每章长度相当于一篇小说,其主题是:抽烟、父亲逝世、他的求爱、他的一次艳遇、他的一个生意伙伴。

泽诺对S医生感到失望,觉得他迟钝又爱说教,遂停止继续约见。为了补偿他的收费损失,S医生遂出版泽诺的手稿。于是有了这本摊开在我们面前的书:泽诺的回忆录加上交代回忆录如何诞生的框架故事,"是一部自传,但不是我自己的"——就像斯维沃在致蒙塔莱的一封信中所说的。斯维沃继续解释他如何凭空构思泽诺的冒险,再把这些冒险植入他自己的过去,然后在刻意抹去幻想与记忆之间界线的状态下"回忆"它们。[9]

泽诺是一个烟不离手者,想戒烟,但戒烟的愿望还没有强烈到要他付诸实行的程度。他并不怀疑吸烟有害,他渴望肺里有新鲜空气——斯维沃笔下的三个重要死亡场面,每部小说一个,都描写人物死时喘气,可怖地挣扎着呼吸——然而他反抗戒烟。他基于某种本能,知道放弃香烟就是向他妻子和S医生这样的人承认他们胜利了,这些人都怀着最好的意图,想把他变成一个健康的普通市民,从而剥夺他所珍惜的能力:思考的能力,写作的能力。香烟、笔、阴茎彼此互相暗喻,这种象征意义粗俗得连泽诺也要发笑。《好老人与俏女郎》的故事结束时,老人死在写字桌前,牙齿间咬着笔杆。

如果我们认为泽诺对抽烟持含糊态度,因而也对能治疗他未确定的痼疾持含糊态度,那无异于只搔到斯维沃对我们能否改善自己所持的既刻薄又奇怪地惬意的怀疑态度的皮毛。泽诺怀疑心理分析疗效就像他怀疑治愈本身一样;然而谁敢说他在故事结尾时所接受的悖论——也即所谓的生病只是人类状况的一部分,真正的健康包含接受你现在这个样子("与其他疾病不同,生命……是难以治愈的")——本身不会同样引起令人生疑的、泽诺式的拷问?[10]

当斯维沃写作《泽诺》时,的里雅斯特人对心理分析多少有点疯狂。加特-鲁特援引一名的里雅斯特教师的话说:"心理分析的狂热信徒……持续不断地交换故事,交换对梦和对暴露内心秘密的字条的解释,对他们自己进行业余诊断。"(第306页)斯维沃自己曾与人合译弗洛伊德的《论梦》。尽管表面上给人如此印象,但是实际上他不认为《泽诺》是对心理分析本身的攻击,而只是攻击它宣称的疗效而已。在他看来,他不是弗洛伊德的信徒而是同行,是另一个研究者,探讨无意识和无意识对有意识生活的控制;他觉得自己这本书忠实于如果不是弗洛伊德的追随者也是弗洛伊德本人所奉行的心理分析的怀疑精神,他甚至寄了一册给弗洛伊德(但没有说明是作者寄的)。确实,在更大的画面中,《泽诺》不只是把心理分析应用于一个虚构的人物,也不只是对心理分析的一次滑稽拷问,而且是秉承欧洲小说传统,对各种激情进行探索,包括贪婪、忌妒和吃醋这类较粗鄙的激情,而对各种激情,心理分析所能起到的引导作用是非常有限的。泽诺既想治愈又不想治愈的疾病,最终实际上是欧洲本身的世纪病,一场文明危机,而弗洛伊德理论和《泽诺的意识》都是对这场危机的反应。

《泽诺的意识》是斯维沃另一个难缠的书名。Coscienza可能是指现代英语的良心;良心也可解作自我意识,例如哈姆雷特的"良心使我们大家都变成懦夫"。在书中,斯维沃不断地从这个意思转向那个意思,这是现代英语所难以模仿的。德佐特二十世纪三十年代的译本回避这个问题,把它译成《泽诺的自白》。威廉·韦弗的新译本放弃其模糊性,定名为《泽诺的良心》。

韦弗翻译了很多意大利作家,包括路易吉·皮兰德娄、卡洛·埃米利奥·加达、埃尔莎·莫兰特、伊塔洛·卡尔维诺和翁贝托·艾科。他把《泽诺》翻译成恰如其分地不唐突、低调的英语散文,其水准是最高的。然而,在一个细节上,英语还是绊了他一跤。泽诺大玩 malato immaginario 与 sano immaginario 这两个词的文字游戏,它们分别被韦弗译成"想象的病人"和"想象的健康人"。(第 171 页、第 176 页;原著第六章)但是,严格地说,immaginario 在这里的意思不是"想象的"而是"想象自己的",而一个 malato immaginario 严格地说并不是想象的病人而是想象自己生病的人。

泽诺的 malato immaginario 与莫里哀的 malato imaginare 是同宗的,而当泽诺的妻子听他絮絮叨叨谈他的病,忍不住大笑并告诉他他无非是一个 malato immaginario 时,她心中想到的显然是莫里哀。她想起莫里哀而不是更时髦的心理理论家,实际上是把她丈夫的病归结为性格倾向。她的插话触发泽诺与友人就 malato immaginario 与 malato reale(真病)或 malato vero(实病)的现象展开了一页篇幅的讨论:一种由想象产生的病,尽管并不是真病,但是难道它不能比

"真"病或"实"病更严重吗？泽诺进一步探究下去，他问道，在我们这个时代，最严重的病人难道不可以是想象自己是健康的人吗？

整个讨论的过程，在斯维沃的意大利语中所体现的，要比迂回曲折的英语可能表达的尖锐和风趣得多。德佐特的译文在这里要比韦弗领先一步，她放弃英语，而求助于法语：以 malade imaginare 译 malato immaginario。

《泽诺》在1923年斯维沃六十二岁时自费出版后，有些零星的书评，但评论者中没有一个重要批评家。一名的里雅斯特书评家说，他感到一种压力，就是很不想评论这本书，因为不管它在其他方面可能是什么或不是什么，它显然都是对的里雅斯特的一次侮辱。

念及旧情，斯维沃给在巴黎的乔伊斯寄去一册。乔伊斯把它介绍给瓦莱里·拉尔博①和法国文学界其他有影响的人物。他们反应热烈。伽利玛出版社约译一个法语版，条件是必须删节；一家文学杂志做了一个斯维沃专刊；国际笔会在巴黎设宴欢迎斯维沃。

米兰发表了一篇概述斯维沃作品的赞赏文章，执笔人是蒙塔莱。《暮年》经修订后再版。意大利人开始广泛阅读斯维沃；新一代小说家把他认作教父。右派则做出敌意的反应。《晚报》评论说："在真实生活中，伊塔洛·斯维沃有一个犹太人的名字——埃托雷·施米茨。"该报还认为，

---

① 瓦莱里·拉尔博(1881—1957)，法国诗人、小说家和批评家。

斯维沃热潮是一个总体的犹太人阴谋的一部分。[11]

受到《泽诺》意想不到的成功的鼓舞,沉醉于新获得的声誉,斯维沃着手写了不少篇章,它们的共同主题是自我日渐衰老但欲望未减。他也许是、也许不是打算将它们纳入第四部小说,作为《泽诺》的续篇。这些篇章,可在 P. N. 富尔班克等人翻译的五卷本斯维沃作品集第四、五卷找到,这套统一规格的作品集于二十世纪六十年代在美国由加州大学出版社出版,在英国则由塞克与沃伯格出版社出版,但都已绝版。该是再版的时候了。

卷五还收录斯维沃晚年剧作《再生》。斯维沃一直没有失去对戏剧的兴趣,一生中写了不少剧作,即使在为韦内齐亚尼家族工作的时候也如此。只有一部《破碎的三角》在他有生之年演出过。

斯维沃 1928 年死于一次汽车小事故引起的并发症。他葬于的里雅斯特天主教墓园,墓碑上的名字是阿龙·赫克托·施米茨。利维娅·韦内齐亚尼·斯维沃被重新归类为犹太人,战争年间与斯维沃的女儿和女儿的第三个儿子一起躲避清洗队。这第三个儿子在 1945 年的里雅斯特起义期间被德国人枪杀。另两个儿子那时已在俄罗斯前线阵亡,他们是为意大利、为轴心国而战死的。

(2002)

原注

[1] 利维娅·韦内齐亚尼·斯维沃《回忆伊塔洛·斯维沃》,

伊莎贝尔·奎格利译(埃文斯通:西北大学出版社,2001)。

[2] 《伊塔洛·斯维沃:人与作家》(伦敦:塞克出版社,1966)。

[3] 伊塔洛·斯维沃《泽诺的意识》,威廉·韦弗译及作序(纽约:克诺夫出版社,2001;伦敦:企鹅出版社,2002),第404页。我轻微修订韦弗的译文。

[4] 伊塔洛·斯维沃《当一个男人年纪渐大》,贝丽尔·德佐特译(纽约:纽约书评丛书,2001),第102页。

[5] 伊塔洛·斯维沃《埃米利奥的狂欢节》,贝丝·阿彻·布罗姆伯特译(纽黑文:耶鲁大学出版社,2001),第16、第117、第170页。

[6] 引自约翰·加特-鲁特《伊塔洛·斯维沃》(牛津:牛津大学出版社,1988),第163页。

[7] 引自加特-鲁特,第281、第297页。

[8] 《好老人与俏女郎》,L.科利森-莫利译,收录于伊塔洛·斯维沃《感伤短旅和其他故事》(伦敦:塞克与沃伯格出版社,1976;统一规格版第四卷),第81页。

[9] 引自加特-鲁特,第307页。

[10] 韦弗的译文是:"与其他疾病不同……不容忍治疗。"(第435页)韦弗一律以"治疗"来译斯维沃的cura,后者的意思既可以是正在治疗过程中,也可以是治疗结果也即治愈。但有时候"治愈"比"治疗"更符合斯维沃的正确意思,例如在这里,或在泽诺对自己发誓他会从S先生的cura中恢复过来。

[11] 引自加特-鲁特,第328页。

罗伯特·瓦尔泽

1956年圣诞日,瑞士东部黑里绍镇警方接到电话:孩子们意外发现一个被冻死在白雪覆盖的田野里的男人的尸体。警方抵达现场,先拍照,然后把尸体搬走。

死者身份很快获得确认:他是罗伯特·瓦尔泽,七十八岁,从当地一家精神病院失踪。瓦尔泽早年作为一位作家,在瑞士还有在德国都薄有名气。他若干著作仍在行销;甚至有人出版了一本有关他的书——一本传记。然而,他在不同精神病院度过四分之一世纪,其间他的写作枯竭了。他的主要消遣是长时间在乡村散步——像他在那里冻死的乡村。

警方照片显示一个穿外套和靴子的老人躺在雪地里,四肢摊开,睁大眼睛,下巴松弛。这些照片被广泛地(以及无耻地)刊登于有关瓦尔泽的文学批评著作里;[1]自二十世纪六十年代以来,这类著作激增。瓦尔泽的所谓疯狂、他寂寞的死亡和他死后被发现的一批秘密作品,成了瓦尔泽作为一位遭丑闻般忽视的天才之传奇故事的支柱。就连对瓦尔泽兴趣骤增,也成为这桩丑闻的一部分。埃利亚斯·卡内蒂在1973年写道:"我问自己,那些把自己悠闲、安稳、死气沉沉的平庸学院生涯建筑在这位曾经活在悲惨中和绝望中的作家的人士当中,可有一个感到羞耻?"[2]

罗伯特·瓦尔泽1878年生于伯尔尼州,是八个孩子中的第七个。父亲是一个受过训练的书籍装订工,后来开了一家文具店。十四岁时,家人没有让罗伯特继续学业,而是让他去银行做学徒,他的银行职员工作表现堪称模范,直到他当演员的梦想使他不能自拔,在事先没人觉察的情况下逃往斯图加特。他在斯图加特有过一次试演,却遭到羞辱性的失败:未获录取,原因是他太木讷、太无表情。他放弃舞台野心,决定成为——"天意如此"——诗人。[3] 他一边不断换工作,一边写诗、小品文和小诗剧,在刊物上发表,成绩还不错。不久,他被里尔克和霍夫曼斯塔尔的出版人恩泽尔·费尔拉格看中,出版了他的第一本书。

1905年,他跟着他哥哥,一位成功的书籍插图家和舞台设计家,去了柏林,想发展自己的文学事业。为谨慎起见,他还入读一家仆人培训学校,并短暂地在一座乡村大宅当管家,他在那里穿制服并被用法语唤作"罗伯特先生"。然而,不久他就发现他可以通过写作收入为生。他的作品开始在权威文学杂志上亮相;他在严肃艺术圈子里受欢迎。但是,他发觉要顺应大都会知识分子这个角色并不容易。他喝了几杯之后,往往会变得粗鲁和极其老土。他渐渐退出社会生活,躲在公寓里,过孤独、节俭的生活。在这些环境下他写了四部长篇小说,其中三部留存下来:《唐纳兄妹》(1906)、《家务总管》(1908)和《雅考伯·冯·贡滕》(1909)。这些小说的素材都来自他的亲身经验;但是,就三部中最著名也确实最好的《雅考伯·冯·贡滕》而言,那经验已被奇妙地转化。

"这里没什么可学的",入读班雅曼塔学校的年轻人雅考伯·冯·贡滕,在开学第一天之后如此说。那里只有一本教科书,《班雅曼塔仆人学校的目标是什么?》,也只有一门课程"仆人应有怎样的举止?"。教师们闲极无聊地躺着,像死人一样。所有的教学实际上都由校长的妹妹丽莎·班雅曼塔小姐承担。班雅曼塔先生本人则坐在办公室里算钱,就像童话故事里的食人魔。事实上,学校有点像一个骗局。[4]

然而,雅考伯刚从他所谓的"一个非常非常小的都会"逃往大城市——没有提到名字,但显然是柏林——因此他不打算退却。他与同学们和睦相处;他不介意穿班雅曼塔校服;此外,去市中心搭乘电梯令他兴奋,使他感到自己完全是一个摩登时代的孩子。(第40页)

《雅考伯·冯·贡滕》被假托为雅考伯在学校期间写的日记,主要包含他对他所接受的那种教育——教人谦恭——的反思,以及对经办这所学校的奇怪兄妹的反思。班雅曼塔所教的谦恭,不是宗教的那种。其毕业生大多数都希望成为男仆或男管家,而不是圣徒。但雅考伯的例子很特殊,因为他对这些教人谦恭的课多了一种内心的共鸣。"我多幸运,"他写道,"看不到我自己身上有任何值得尊敬和注意的东西!微不足道并保持微不足道。"(第155页)

班雅曼塔兄妹是一对神秘的、在最初接触时还会令人生畏的兄妹。雅考伯把探究他们的神秘性当作他的任务。

他不是以尊敬对待他们,而是以一个习惯于把恶作剧当作可爱而获原谅的孩子那种厚脸皮的自信来对待他们。他混合鲁莽与明显不诚实的自贬,对着自己的不诚实失笑,深信率真能消除所有批评,而如果不能,也不会太在乎。他愿意用来形容自己的词,他愿意世界用来形容他的词,是淘气。一个淘气鬼是一个恶作剧的小精灵,但一个淘气鬼也是一个小恶魔。

不久,雅考伯便取得对班雅曼塔兄妹的优势。班雅曼塔小姐暗示说,他已深得她喜欢。他假装不明白。事实上,她吐露说,她对他的感觉也许已超出喜欢,也许是爱。雅考伯用充满敬意的长篇大论闪烁其词地敷衍她。受挫的班雅曼塔小姐憔悴而死。

至于班雅曼塔先生,他一度对雅考伯怀有敌意,但不久就被操纵,达到了恳求这少年做他的朋友,要抛下学校与他漫游世界的程度。雅考伯很得体地拒绝:"但我吃什么呢,校长?……你的责任是帮我找个体面的工作。我就要一个工作。"然而在日记最后一页,他却宣布他改变主意:他将扔掉笔,与班雅曼塔先生去荒无人烟的地方。对此,我们只能说:有这么一个同伴,原上帝保佑班雅曼塔先生!(第172页)

作为一个文学人物,雅考伯·冯·贡滕并非没有先例。从他津津有味地咀嚼自己的动机看,他令人想起陀思妥耶夫斯基的"地下室人",以及"地下室人"背后的《忏悔录》中的让-雅克·卢梭。但是——诚如瓦尔泽的第一位法语译者玛尔特·罗贝尔指出的——雅考伯身上亦有传统德国民间故事中英雄的影子:与城堡里的巨人较量然后胜利地走出来的小伙子。弗朗茨·卡夫卡钦佩瓦尔泽的作品(马克斯·布罗德记录了卡夫卡愉快地大声朗读瓦尔泽的幽默小品的情形)。《城堡》中的土地测量员 K 面对的两名恶魔般地对他构成种种妨碍的"助手"巴纳巴斯和杰里米亚,原型就是雅考伯。

在卡夫卡那里,我们还可以听到瓦尔泽的散文的回声,尤其是那简明的句法安排,把高尚与平庸随便并置的手法和可怖地令人信服的似是而非的逻辑。这里是处于省思状态中的雅考伯:

> 我们穿制服。嗯,穿制服既羞辱我们又振奋我们。我们看上去就像不自由的人,而这可能是一种耻辱,但我们穿着制服也很好看,而这与那些也穿着自己的,却是破烂而肮脏的衣服的人的奇耻大辱,是迥然不同的。例如,对我来说,穿制服是非常愉快的,因为我以前从不知道该穿什么衣服。但在这点上,我暂时也是我自己的一个谜。(第4页)

到底雅考伯身上那个谜是什么,或他有什么谜,竟使他如此迷惑?在一篇仅仅在对瓦尔泽少数作品的阅读基础上写的,因而益发令人惊讶的文章中,瓦尔特·本雅明认为瓦尔泽的人物都像某篇已结束的童话故事中的人物,那些从现在起必须生活在真实世界里的人物。他们具有"一种持续地令人心碎的、非人的浅显性"的特征,仿佛刚从疯狂(或从魔咒)中获救,必须小心翼翼、如履薄冰,唯恐再被那疯狂或魔咒吞回去。[5]

雅考伯如此怪异,他在班雅曼塔学校呼吸的空气是如此稀有,如此接近寓言,使得我们很难把他想象成任何社会成分的代表。然而,雅考伯对文明和对一般价值的犬儒主义态度,他对思想生活的鄙视,他对世界实际如何运作所持的过分简化的看法(世界是由大企业管治的,旨在剥削小百姓),他对服从最高美德的颂扬,他随时等待命运召唤的心态,他宣称是高贵的、军人的后裔的说法(而他自己的名字冯·贡滕的词源所暗示的,却恰恰相反,是"来自低处"),以及他对这家寄宿学校的全男性环境的乐此不疲和他对狠毒的恶作剧的窃喜——所有这些特征全部加起来,都指向那种小资产阶级男性类型,这种类型在更大的社会混乱时代会觉得希特勒的褐衫党徒很有魅力。(第124页)

瓦尔泽绝不是公开表白的政治作家。尽管如此,他与他所来自的阶级也即店主和文员以及学校教师的阶级的感情牵连却是很深的。柏林为他提供一个清晰的机会,使他逃离他的社会根源,以及像他哥哥那样投奔失去社会地位的大都会知识阶层。他尝试这条路线,却失败了,或放弃了,转而选择回到有乡土气息的瑞士的怀抱。然而,他从未忽视——实际上,不被允许忽视——他的阶级那狭隘的、顺从主义的倾向,和这个阶级对他这类人、对梦想者和流浪汉的不宽容。

1913年瓦尔泽离开柏林,返回瑞士,成了"一个被奚落和不成功的作者"(他的自贬语)。[6]他在工业城镇比尔一家禁酒旅馆租了一个房间,那里靠近他姐姐。在接下来的七年间,他靠为文学增刊撰写小品文勉强度日,此外就是在乡间远足和服完他在国民警卫队的役期。在他继续出版的诗集和小品文集中,他愈来愈侧重描写瑞士社会风景和自然风景。除了上述三部长篇小说外,他还写了另两部。第一部《特欧道》的手稿被他的出版商丢失;第二部《托波尔德》则被瓦尔泽自己毁掉。

世界大战后,公众对瓦尔泽赖以赚钱的那类作品的嗜好消退,这类作品很容易被斥为异想天开和过于文学。他与更广阔的德国社会太脱节,无法与当时的新思潮并进;至于瑞士,那里的大众读者太少,不足以支持一批作家。虽然他对自己的节俭深感自豪,但他不得不关闭他所谓的"散文小品工作坊"。[7]他那岌岌可危的精神平衡开始动摇。邻居挑剔的目光,邻居对体面的要求,愈来愈使他感到压抑。他放弃比尔,选择伯尔尼,任职伯尔尼的国家档案馆;但几个月后他就因不服从命令而被解雇。他从一个住处搬到另一个住处。他酗酒;他失眠、幻听、做噩梦、患焦虑病。他自杀未遂,原因一如他坦率承认的,是"我连打个结实的绳套都做不到"。[8]

显然,他再也不能独自生活了。他来自一个按当时的术语来说是"受玷污"的家庭:他母亲长期抑郁,一个兄弟自杀,另一个兄弟死于精神病院。他一位姐姐受到压力要收留他,但她不愿意。于是他让自己入住瓦尔道疗养院。"显著地抑郁,严重地拘谨,"最初的医疗报告说,"回答有关厌倦生命的问题时闪烁其词。"[9]

在后来的评估中,瓦尔泽的医生们对他如果有病的话究竟是患了什么病存在分歧,甚至建议他再去外面生活。然而,疗养院日常程序的牢固基础对他似乎已不可或缺,于是他选择待下去。1933年,他的家人把他转到黑里绍一家收容所,在那里他有资格获福利援助。在收容所里,他把时间花在枯燥的工作上,例如粘纸袋和拣菜豆。他依然拥有完备的功能,继续阅读报纸和通俗杂志;但是,自1932年之后,他没有再写东西。"我不是要来这里写作,而是来这里疯狂。"他对一名探访者说。[10]此外,他说,作家的黄金时期已过。

(瓦尔泽逝世多年后,黑里绍收容所一名职员宣称,在瓦尔泽逗留收容所期间,他曾看见瓦尔泽在写作。但即使这是真的,也没有任何他写于1932年之后的手稿材料留存下来。)

做一个作家,一个用手把思想转化成白纸黑字的人,哪怕在最基本的层面上对瓦尔泽来说也是困难的。他早年曾写得一手清楚、工整的好字,并以此自豪。那个时期留存下来的手稿——优美的副本——是出色书写的楷模。然而,书写也正是最早披露瓦尔泽心灵骚动的地方之一。在三十多岁的某个时候(他记不清具体年月),他右手开始出现身心失调式痉挛。他把它归因于对作为工具的钢笔的下意识敌意;他弃钢笔而用铅笔之后才克服了这个障碍。

改用铅笔写作对瓦尔泽很重要,他把它戏称为他的

"铅笔系统"或"铅笔方法"。[11]铅笔方法的意义,远远不只是使用铅笔。当改用铅笔写作时,瓦尔泽的字体也剧烈改变。他逝世时,留下约五百张纸,用铅笔画满了一行行精致、细小、书法艺术式的符号,字体是如此难以辨认,以致他的遗产执行人最初误把这些纸张当作是用密码写的日记。但瓦尔泽没有写任何日记,字体也不是密码。这些晚年手稿实际上是用标准德国字体写的,但添加了如此多怪异的缩略字,就连熟悉该字体的编辑也无法毫不含糊地全部解读出来。我们现在能够读到瓦尔泽众多晚期著作,包括他最后的长篇小说《强盗》(二十四张纸的微字,排印出来达一百五十页),完全是拜他的"铅笔方法"草稿所赐。

比解读字体本身更有趣的,是铅笔方法使作为作家的瓦尔泽有可能获得钢笔再也无法提供的东西(当他抄写或写信,仍随时可以用钢笔)。答案似乎是,像指间夹着一根木炭的艺术家,瓦尔泽需要使他的手稳定地、有节奏地运动,然后才有可能趁机进入某种心境;在这种心境中,幻想、创作和写作工具的流动可以说融为一体。在一篇作于1926或1927年的题为《铅笔小品》的文章中,他提到铅笔方法带给他的"独一无二的福气"。[12]"它使我平静,使我雀跃。"他在另一处说。[13]瓦尔泽的作品,既不是以逻辑写出来的,也不是以叙述写出来的,而是以情绪、奇思和联想写出来的:就性情而言,他更多地是一位纯文学作家而不是一位注重辩论的思想家,甚至不是一位注重情节的讲故事者。铅笔和自己发明的速记字体使他那有目的、不间断、内向、梦幻驱策的手部运动得以施展,这种手部运动对他的创作而言已变得不可或缺。

瓦尔泽最长的晚期作品,是写于1925至1926年但直到1972年才破译和出版的《强盗》。该故事轻逸得近乎没有实质。它讲述一个仅被称为"强盗"的中年汉的情感纠结,他是一个没有职业的男人,却得以靠一笔微薄的遗产而在伯尔尼上流社会的边缘勉强度日。

"强盗"羞怯地追求的女性,包括一位名叫埃迪丝的女侍者;而不那么羞怯地追求他的女性,则包括各式各样的女房东,她们要么是为她们的女儿要么是为她们自己想得到他。情节的发展在一个场面达到高潮:"强盗"登上教堂讲坛,在一大堆人面前责备埃迪丝宁愿选择一个平庸的男人而不选择他。埃迪丝一怒之下向他开枪,导致他轻伤。顿时闲言碎语满天飞。当尘埃落定,"强盗"与一位职业作者合作,从他这边的角度讲述这段感情的来龙去脉。

为什么给这个胆怯的豪侠起名"强盗"(der Räuber)?这个词当然暗示瓦尔泽的名字(Robert)。瓦尔泽的哥哥卡尔·瓦尔泽所作的一幅面,为我们提供进一步的线索。在卡尔的水彩画中,十五岁的罗伯特打扮成席勒早期剧作《强盗》(1781)中的卡尔·莫尔,他是罗伯特最喜欢的主人公。然而,瓦尔泽小说中的"强盗"罗伯特并不是什么大盗,而是一个小偷和剽窃者,所偷所窃无非是姑娘们的感情和流行小说的套路。

在强盗-罗伯特背后,躲着一个影影绰绰的人物,也即本书的名义上的作者,他一会儿把强盗-罗伯特当成受保护人,一会儿当成对手,一会儿仅仅作为木偶,把他从一个场景移到另一个场景。这位幕后导演批评强盗-罗伯特不善处理财政、与工人阶级姑娘们鬼混及游手好闲,而不是做一个瑞士好市民,尽管他承认他必须时刻保持头脑清醒,免得他把自己与强盗-罗伯特混淆在一起。在性格上,他很像他的对手,即使当他在参加他那些空洞的例行社交活动时,也不忘奚落自己。他隔一会儿就会为自己在我们眼前写的这本书紧张兮兮——紧张它缓慢的进展、琐碎的内容、空洞无物的主人公。

基本上,《强盗》的内容,无非是"关于"这部小说本身的写作的冒险。它的魅力在于它的方向上令人意料不到的转折,它对打情骂俏的套路微妙的反讽式处理,以及它对德语资源灵活而创新的利用。书中那个因手中铅笔正在运动而突然必须忙于应付众多叙述线索的作者形象,尤其令人想起劳伦斯·斯特恩,那个放弃了敌意斜视和各种双关语的较温柔的、晚期的斯特恩。

小说从一个强盗-罗伯特自我,分裂出一个作者自我,加上小说采用一种特殊风格,也即通过戏仿的薄纱而能够沉溺于伤感,使小说得以达到保持距离的效果,这种距离感使瓦尔泽得以在某些时刻很动人地写及他自己——强盗-罗伯特——在瑞士社会边缘的软弱无助:

> 他总是……孤单如一只迷途的小羔羊。人们找他麻烦,要帮助他学习如何生活。他给人的印象就是这样脆弱。他就像一片叶子,因子然孤立变得显眼,而被一个少年用棍子从枝丫上打下来。换句话说,他招引

人们来找他麻烦。(第40页)

如同瓦尔泽在同一个时期的一封信中,以同样的反讽但亲口说出的:"有时候我感到被我这些如此卓越的同胞的爱、关注和利益侵蚀,即是说被大半或全部吃掉。"[14]

《强盗》并没准备要出版。事实上,在他入住收容所期间他与朋友和恩人卡尔·泽利希的众多谈话中,瓦尔泽就连提也没提到这部作品的存在。它取材自他生活中的插曲,仅仅稍做伪装;然而,我们不应贸然把它当成自传体小说。强盗-罗伯特仅仅体现了瓦尔泽的一面。虽然有些地方指涉找麻烦的声音,虽然强盗-罗伯特患上了心理分析行业所谓的指涉妄想①——例如他怀疑男人在他面前擤鼻子隐含别的意思——但是,真实的瓦尔泽更忧郁、更自我毁灭的一面却被牢牢地留在画外。

在一个重要插曲中,强盗-罗伯特去看医生,并极其坦率地描述他的性问题。他说,他从未感到要与女人们过夜的强烈愿望,然而他却有"可怖地囤积的大量情爱潜力",多得"每次我上街,就立即开始恋爱"。他发明的达到快乐的计策,是构思有关他的情欲目标的故事,在故事中他是"那个从属的、顺服的、奉献的、被端详的、作陪的(人)"。他吐露说,事实上他有时候觉得他像一个女孩。然而同时,他身上也有一个男孩,一个顽皮的男孩(《雅考伯·冯·贡滕》的影子)。医生的反应极其睿智。他说,看来你对自己非常了解——别试图改变。(第105—106页)

---

① 又译作联系妄想。

在另一段瞩目的描写中,瓦尔泽干脆让铅笔自己流动(让审查官打盹),铅笔把他从"做闺女"的乐趣——他所想象的内在的女性的生活经验——引向情欲丰富地分享歌剧中情人们的经验,对这些歌剧中的情人来说,在歌中倾注自己的爱情的那种幸福与爱情本身的幸福是同一回事。(第101页)

克里斯托弗·米德尔顿一直是研究瓦尔泽的先驱人物,也是把现代德语文学介绍给英语世界的最伟大的中介人之一。他堪称典范的《雅考伯·冯·贡滕》译本,最初出版于1969年。苏珊·贝尔诺夫斯基以她2000年出版的《强盗》译本同样出色地挺身迎接瓦尔泽晚期作品的挑战,尤其是瓦尔泽那些尤其适宜在德语中发挥的复杂组构。[15]

在一篇讨论瓦尔泽给译者带来的某些困难的文章中,贝尔诺夫斯基举出以下例子:

> 他坐在前述的花园里,被藤本植物缠绕着,陷入旋律引起的浪蝶情绪,销魂于他对她的爱的流氓气,她是前所未有地从父母庇护所的天堂跃入公众眼里的最美丽的年轻贵族,为了用她的魅力给一个强盗的心刺下致命的一刀。[16]

以独创的新词"陷入浪蝶情绪"(embutterflied)来翻译umschmetter-lingelt是值得赞赏的,一如贝尔诺夫斯基巧妙地在"给……一刀"中,把捅下去的过程延迟。但这个句子也碰巧说明了瓦尔泽的微字体文本扰人的问题。在这里被译成"贵族"的原文 Herrentochter 被瓦尔泽的另一位编辑破译为 Saaltochter,它是瑞士德语"女侍者"的意思(该段描写中的那个女人埃迪丝,肯定是一个女侍应而不是贵族)。如果我们无法确定原文是无误的,我们能够相信译本吗?

偶尔,瓦尔泽设置了贝尔诺夫斯基无法克服的挑战。我不能肯定"一路淘气地穿过拱廊"是否真能唤起瓦尔泽意图展示的一个男孩逃学的画面。强盗-罗伯特与之调情的寡妇之一,在原文里被形容为 ein Dummchen;在接下去的两页里,瓦尔泽不断变换 Dummheit 的各种用法。贝尔诺夫斯基一再以"傻"(ninny)来译 Dummchen,以"傻样"(ninnihood)来译 Dummheit。但"傻"有头脑不正常甚至白痴的弦外之音,而这是以 Dumm 构成的各个词所没有的意思,而且不管怎么说在当代英语里是罕见的。ninny 或任何其他英语单词都难以前后连贯地用来翻译 dummchen,后者有时候指"笨人"(dummy)(笨或蠢的人——"笨人"的笨、蠢之意在美国英语中比在英国英语中强烈),有时候指"糊涂",有时候指"无脑"。(第42页、第26—27页)

瓦尔泽用高地德语写作,这是瑞士儿童在学校学的语言。高地德语不仅在众多的语言细节上,而且在其气质上都有别于瑞士德语,后者是四分之三的瑞士人的家常用语。用高地德语写作——如果瓦尔泽想靠笔谋生,这是他仅有的选择——不可避免地意味着采用一种受教育的、在社会上优雅的立场,一种对他而言不舒服的立场。虽然他没时间写作瑞士地区文学(Heimat literatur),这种文学致力于再创造瑞士新教民间故事和歌颂过时的社会风俗,但是瓦尔泽在返回瑞士后确实曾刻意着手把瑞士德语引入他的写作,并且总体上试图听起来有瑞士特色。

同一种语言的两个版本在同一个社会空间里共存,对大都会的英语读者来说是一个陌生的现象,并给英译者带来棘手问题。贝尔诺夫斯基在处理瓦尔泽作品中的所谓方言——不只包含怪词怪语,而且包含他语言中很难觉察的瑞士色彩——时,干脆忽视它,或者至少可以说,不试图去再现它。诚如她正确地指出的,遇到瓦尔泽较为瑞士德语化的情况时,如果借助英语中某种地区或社会方言来翻译,只会产生文化上的伪造。[17]

米德尔顿和贝尔诺夫斯基都为他们的译本撰写了信息丰富的导言,尽管米德尔顿的导言相对于现时的瓦尔泽研究已经过时。两位译者都选择不提供注释。在《强盗》中读者是会感到缺乏注释的,因为该小说夹杂着不少与文学有关的指涉,包括较少为人知的瑞士文学领域。

《强盗》在创作上与乔伊斯的《尤利西斯》和普鲁斯特的《追忆逝水年华》最后几卷大致上是同代的。如果它出版在1926年,它可能会影响德国现代文学的进程,开创写作的自我(或做梦的自我)的冒险和从写作之手下浮现的迂回曲折的墨水字(或铅笔字)这类冒险,甚至使这类冒险合法化,成为一个题材。但是,它却不是在那时出版的。虽然在瓦尔泽死前,曾有一个计划想把他的作品汇编起来出版,但是要等到一套较学术性的瓦尔泽文集的最初几卷于

1966年开始出版,以及等到他受到英国和法国的读者重视之后,他才在德国引起广泛的注意。

今天对瓦尔泽的评价,主要建立在他的长篇小说的基础上,尽管长篇小说只占他全部作品的五分之一,并且长篇小说本身并不是他的强项(他留下的四部长篇虚构作品,实际上属于野心较小的中篇小说的传统)。他更擅长于短篇形式,像《黑尔布森的故事》(1914)或《克莱斯特在图恩》(1913)这类以最轻微的反讽来察视水彩式浓淡深浅的情绪的短篇小说,以及那些像蝴蝶翅膀般敏感地对流逝的感情做出反应的散文,最能展示他的优点。他自己那平淡无奇,却以其特有的方式使人断肠的一生,是他唯一真正的题材。他在回顾他的写作时表示,他所有的散文作品都可以当作"一部没有情节、现实主义的长篇故事"的章节,当作"一部切碎或杂乱无章的自我之书(Ich-Buch)"来读。[18]

瓦尔泽是一位伟大作家吗?卡内蒂说,如果我们最终对把他称作伟大有所犹豫,那是因为对他来说再也没有什么比伟大更陌生的了。[19]瓦尔泽在晚年的一首诗中写道:

> 我不想让任何人成为我。
> 只有我有能力承受自己。
> 懂得这么多,见过这么多,却
> 不对任何事情说任何话。[20]

(2000)

原注

[1] 例如刊于埃利奥·弗勒利希和彼得·哈姆编的《罗伯特·瓦尔泽:生活与作品》中的警方照片(美因河畔法兰克福:岛屿出版社,1980)。

[2] 引自卡塔琳娜·克尔编《关于罗伯特·瓦尔泽》(美因河畔法兰克福:祖尔坎普出版社,1978),第二卷,第13页。

[3] 乔治·A.阿韦里《质询与证据》(费城:宾夕法尼亚大学出版社,1968),第6页。

[4] 《雅考伯·冯·贡滕》,克里斯托弗·米德尔顿译(纽约:纽约书评丛书,1999),第3页。

[5] 《罗伯特·瓦尔泽》,见瓦尔特·本雅明《文选》,第二卷,迈克尔·W.詹宁斯、霍华德·艾兰和加里·史密斯编;罗德尼·利文斯通等译(坎布里奇:哈佛大学出版社,1999),第259页。

[6] 引自阿韦里《质询与证据》,第11页。

[7] 引自K.M.欣茨和T.霍尔斯特编《罗伯特·瓦尔泽》(美因河畔法兰克福:祖尔坎普出版社,1991),第57页。

[8] 引自韦尔纳·莫朗格《铅笔方法的无上赐福》,见《当代小说评论》第十二卷第一期(1992),第96页。

[9] 引自马克·哈曼编《重新发现罗伯特·瓦尔泽》(汉诺威和伦敦:新英格兰大学出版社,1985),第206页。

[10] 引自伊德里斯·帕里《从手到口》(曼彻斯特:卡尔卡内特出版社,1981),第35页。

[11] 引自彼得·乌特兹编《温暖的陌生人》(伯尔尼:彼得·朗出版社,1994),第64页;克尔编《关于罗伯特·瓦尔泽》,第二卷,第22页。

[12]　引自乌特兹,第 74 页。

[13]　引自阿格内斯·卡迪纳尔《罗伯特·瓦尔泽作品中的悖论形态》(斯图加特:海因茨出版社,1982),第 39 页。

[14]　引自莫朗格,第 96 页。

[15]　《强盗》,苏珊·贝尔诺夫斯基译(内布拉斯加大学出版社,2000);《雅考伯·冯·贡滕》,克里斯托弗·米德尔顿译,第 3 页。

[16]　苏珊·贝尔诺夫斯基,《成功的理念》,收录于乌特兹编《温暖的陌生人》,第 123—124 页。

[17]　贝尔诺夫斯基《成功的理念》,第 117 页。

[18]　瓦尔泽《全集》,约亨·格雷文编(美因河畔法兰克福:祖尔坎普出版社,1978),第十卷,第 323 页。

[19]　克尔编《关于罗伯特·瓦尔泽》,第二卷,第 12 页。

[20]　原文见埃利奥·弗勒利希和彼得·哈姆编《罗伯特·瓦尔泽:生活与作品》,第 279 页。

罗伯特·穆齐尔及其
《青年特尔莱斯的自白》

罗伯特·穆齐尔1880年生于奥地利卡林西亚州克拉根福。母亲出身上层中产阶级,是一个神经高度紧张的女人,对艺术感兴趣。父亲是奥匈帝国政府的一名工程师,晚年因其工作而获奖赏,晋升小贵族阶层。这是一桩"进步"的婚姻:老穆齐尔未加抗议地接受妻子与一名青年男子亨利希·赖特尔之间在儿子出生后不久发生的私通。赖特尔最终入住穆齐尔夫妇家,形成一个持续四分之一世纪的"三角家庭"。

穆齐尔是独子。在学校他年龄和个子都比同班同学小,但他勤于锻炼,这使他一生都保持强悍体质。家里的气氛似乎很暴烈;在母亲要求下——必须说,也在小男孩的热情同意下——他十一岁时被送去维也纳郊区的初等军事学校寄宿。1894年升读莫拉维亚首府布尔诺附近赫拉尼采的高等军事学校,在那里度过三年。这里成了《青年特尔莱斯》中的W地学校的原型。

十七岁时,穆齐尔决定不做职业军人,遂报考布尔诺的理工学院,在那里埋头苦读工程学,瞧不起人文学科和那类被人文学科吸引的学生。他当时的日记披露,他一心想着性,但以一种非同寻常地深思熟虑的方式。他发现自己无法接受他那个阶级的道德观念习惯上认为一个青年人应扮演的性角色,也即他必须先跟妓女和女工厮混,过浪荡子的生活,直到时机成熟,才娶个合适的女人。他与一个在祖母家工作的捷克女孩赫尔玛·迪茨来往;他不顾母亲的抵制,以及冒着失去朋友的风险,与赫尔玛生活在一起,先是在布尔诺,后来在柏林。

穆齐尔通过把自己与赫尔玛联系在一起,朝着祛除母亲笼罩在他身上的情欲魔咒的方向迈出一大步。在很多年间,赫尔玛一直是他情感生活的焦点。他们的关系——在赫尔玛方面是率直的,在穆齐尔方面则较复杂和矛盾——成了小说《桐卡》的基础,它后来收入小说集《三个女人》(1924)。

在知识内涵上,穆齐尔在军校所受的教育,远远难以跟正统的高级中学比肩。在布尔诺,他开始去听文学讲座和音乐会。他原是希望能够跟上较有教养的同代人,但这个努力很快便成了一次不能自拔的知识冒险。1898年至1902年标志着文学学徒期的第一阶段。青年穆齐尔尤其认同活跃于十九世纪九十年代并对现代主义运动贡献至巨的那一代作家和知识分子。他着迷于马拉美和梅特林克,而拒绝接受关于艺术作品应忠实("客观")反映某个预先存在的现实的自然主义信条。至于哲学方面,他则求援于康德、叔本华和(特别是)尼采。他在日记中为自己创造一个艺术角色"活体解剖先生",一个用知识解剖刀探索意识的状态和感情关系的状态的人。他一视同仁地对自己、家人和朋友施展他的"活体解剖"技巧。

尽管怀着这些新的文学热望,但穆齐尔继续为工程师生涯做准备。他以优异成绩通过考试,然后赴斯图加特,在名校理工学院任助理研究员。但是,科研工作开始使他感到沉闷。虽然他继续写科学论文和继续研究他发明的一种用于光纤实验的工具(他后来申请了该工具的专利,颇不现实地希望可以靠专利费过日子),但他已着手写第一部小说《青年特尔莱斯的自白》。他还开始为改变学术方向打下基础。1903年,他正式放弃工程学,赴柏林攻读哲学和心理学。

《青年特尔莱斯》完成于1905年初。在吃了三家出版社的闭门羹之后,穆齐尔把手稿寄给受尊敬的柏林批评家阿尔弗雷德·克尔指正。克尔伸出援手,提出修改建议,并在该小说1906年出版时写了一篇书评,给予热烈赞扬。然而,尽管《青年特尔莱斯》取得成功,以及尽管他开始在柏林艺术圈子引起注意,但是穆齐尔对自己终生专事写作的才能仍然太过没有把握。他继续攻读哲学,并于1908年取得博士学位。

这时他遇到玛尔塔·马尔科瓦尔迪,她是一个犹太裔女人,大他七岁,已经与第二任丈夫离异。穆齐尔与玛尔塔——她本人是一位艺术家和知识分子,熟悉当代女性主义——建立了一种亲密且有着热烈情欲的关系,这段关系维持到他逝世。两人于1911年结婚,并定居维也纳,穆齐尔在那里的理工学院找到一份档案管理员的工作。

同年，穆齐尔出版第二本书《结合》，它由中篇小说《爱的完善》和《奎耶特·弗罗尼卡的诱惑》组成。这两部作品是以一种痴迷写作状态完成的，其素材则是作者所不熟悉的；虽然篇幅短，但穆齐尔花了两年半时间日日夜夜写作和修改它们。

在1914年至1918年的战争中，穆齐尔奔赴意大利前线，表现优异。战后，他对创作生命最好的时光正在流失感到焦虑，遂草拟不少于二十部作品的大纲，包括一系列长篇讽刺小说。一个剧本《卓识者》(1921)和小说集《三个女人》获奖。他被选为德语作家组织奥地利分会副主席。虽然读者不多，但他已在文学地图上。

不久，那些计划中的长篇讽刺小说被放弃，或并入一个大计划：一部长篇小说。在这部小说中维也纳上层社会周详地思考其下一个沾沾自喜的节日应以何种形式出现，而未觉察到乌云正在天际拢集。小说原是要展示世界大战前夕奥地利的"怪诞"（穆齐尔语）画面。[1]在出版商和一个由追随者组成的协会的经济支援下，他把全部精力投入写作《没有个性的人》。

第一卷于1930年出版，在奥地利和德国引起如此热烈的反应，使得穆齐尔——在其他方面是一个谦逊的人——以为自己可能会获得诺贝尔文学奖。第二卷证明更难写。在出版商的劝诱下，带着自己重重的顾虑，他允许一个扩充的片段在1933年出版。私底下，他开始担心他将永无法完成这部小说。

他重返知识氛围较活跃的柏林，但这次重返因纳粹上台而中止。穆齐尔与妻子回到维也纳,那里的空气中充满恶兆。穆齐尔患上抑郁症,整体健康亦很差。接着,在1938年,奥地利被纳入第三帝国,穆齐尔夫妇迁居瑞士。他们原是要把瑞士当作中转站,以便赴美国,因为玛尔塔的女儿表示想让他们去美国避难。但美国参战使这个计划未能实现。他们跟数以万计的其他流亡者一样,被迫羁留在瑞士。

"瑞士以你能在那里享受的自由闻名,"贝托尔特·布莱希特说,"问题是,你必须做一个游客。"瑞士作为避难所的神话,因其在第二次世界大战期间对待难民的做法而严重受损。当时瑞士盖过所有其他人道考虑的第一优先考虑,是不与德国对立。穆齐尔指出他的作品在德国和奥地利被禁,并以他再也无法在德语世界其他地方靠写作谋生为理由要求避难。虽然他获准逗留,但他在瑞士从未感到自在过。他在那里默默无闻;他没有自我宣传的才能;瑞士的赞助网络鄙视他。他和妻子靠救济品度日。"今天他们忽略我们。但我们一死,他们就会吹擂说他们庇护我们,"穆齐尔怨愤地对伊格纳齐奥·西洛内①说。他太沮丧,根本无法继续写他这部小说。1942年,他六十一岁时,在剧烈地跳了一阵蹦床之后,他患中风,然后死去。[2]

"他以为自己还可以活很久,"他的遗孀说,"最糟糕的是,他留下多得难以置信的材料——小品、笔记、格言、长篇小说章节、日记,而只有他才能使它们变得有用。"她想出

---

① 西洛内(1900—1978),意大利小说家。

版该小说的第三卷,但遭商业出版社拒绝,她唯有自印。第三卷主要由片段构成,没有严谨稳固的次序。[3]

穆齐尔属于这样一代德语国家的知识分子,他们以非同寻常的直接性,经历1890年至1939年欧洲秩序瘫痪的连续几个阶段:首先是具有预兆性的艺术中的危机,体现于第一波现代主义运动;然后是1914年至1918年的战争和由这场战争引发的革命,这些革命把传统制度和自由派制度都一齐摧毁了;最后是失去方向的战后岁月,以法西斯主义者夺取政权达到高潮。《没有个性的人》——一本可以说在写作期间就已被历史赶超的小说——原是要诊断这次瘫痪:穆齐尔愈来愈认为它起源于欧洲的自由派精英自十九世纪七十年代以来未能认识到秉承自启蒙运动的社会和政治信条并不适用于城市中日益壮大的新大众文明。

在穆齐尔看来,德国文化(奥地利文化是德国文化的一部分——他并不把奥地利文化是一个自主性文化这一理念当一回事)最冥顽不化地倒退的特征,是其倾向于把情感与理智割裂,然后松弛下来,陷入一种未加思考、由各种情绪支配的愚蠢中。他在与他共事的科学家们身上最清晰地看到这种割裂,这些理智者过着他认为是粗鄙的情绪生活。通过改进情欲生活来教育感官,在他看来似乎是把社会伦理水平提高到更高层次的残存的希望。他强烈反对中产阶级种种道德观念强加在男男女女们身上的种种死板的角色,这类角色甚至入侵性亲密的领域。"结果是,灵魂的国度一整个一整个地失去,然后被淹没。"他写道。[4]

由于穆齐尔从《青年特尔莱斯》起就在作品中展示他专注于描写较不为人知的性欲活动,因此他常常被视为弗洛伊德主义者。但他本人从未承认他受弗洛伊德影响。他不喜欢对心理分析的崇拜,也不同意其种种笼统的说法和非科学的证据标准。他偏爱被他戏称为"浅显"的心理学品种——也即经验性和实验性的品种。[5]

事实上穆齐尔和弗洛伊德都是一场更大的欧洲思想运动的一部分。两人都对以理性指导人类行为的可行性持怀疑态度;两人都是世纪末中欧文明及其不满的诊断师;两人都把女性心灵的黑暗大陆当成自己的大陆来探索。对穆齐尔来说,弗洛伊德与其说是来源,不如说是对手。

在无意识的领域,穆齐尔更心仪的导师是尼采。在尼采那里,穆齐尔找到了:一种回答各种道德问题的方法,它超越善与恶的简单对立;一种认识,认识到艺术本身可以是一种知识探索的形式;以及一种哲学思考模式,它是警句式而不是系统化的,适合于他自己的怀疑性情。小说的现实主义传统在德国一直都不强烈;随着穆齐尔发展成一个作家,他的小说在结构上也日益变得随笔化,仅朝着现实主义叙述的方向摆出一个敷衍性的姿势。

《青年特尔莱斯的自白》原名《学生特尔莱斯的困惑》(学生原文"Zögling"是一个有点正式的名称,含有上层阶级的弦外之音,用来指学校的寄宿者),它围绕着一所精英男校一个施虐的受害故事展开。更具体地说,它是描写其中一名男生特尔莱斯(书中没有披露他的全名)参与一次蓄意羞辱和搞垮一名在偷窃时不幸被逮到的同学巴西尼,结果自己经历了一场危机。对特尔莱斯的内心危机——道德上、心理上和最终在认识论上的危机——的探索,主要是从特尔莱斯自己的意识出发,并构成这部小说的骨干。

最后,特尔莱斯本人也崩溃,并被谨慎地开除出校。事后回顾,特尔莱斯自感在这场风暴中受尽折磨但总算挺了过来。但我们应在多大程度上相信这一自我评价,则难以说清,因为这一自我评价的基础,似乎是这样一个认定,也即在这世界上安身立命的唯一办法,是不要太靠近地朝极端经验尤其是性经验在我们内心打开的深渊里望。作者仅让我们瞥了一眼特尔莱斯的晚年生活,这一幕暗示他不一定就变得更有智慧或更好,而只是变得更谨小慎微。

穆齐尔在晚年否认《青年特尔莱斯》写的是自己青年时代的经验,甚至否认这是写一般的青春期。然而,巴西尼及其折磨者拜内贝格和内廷的原型,可轻易地从穆齐尔在赫拉尼采认识的男孩们中间辨认出来,而特尔莱斯最深刻的迷茫之一——关于他对他母亲的感情的本质——则反映于穆齐尔本人的早年日记。特尔莱斯外表的镇静与他内心炽烈的力量之间的差距、学校白天管制良好的运作与夜间阁楼上恐怖的鞭打之间的差距,呼应了特尔莱斯的父母用以示人的井然有序的中产阶级门面与他们的儿子朦胧地意识到的他们暗地里在做什么之间的差距。

穆齐尔用来捕捉这类不可测量性(特尔莱斯本人把它称作"不可比较性")的主隐喻,来自数学。与整数和整数的分数——它们一起构成了所谓的有理数——住在一起,并且不知怎的被通过数学推理的运算而与它们紧紧相连的,是无穷尽的更多的无理数,这些无理数躲避以整数的方式表述。以特尔莱斯的老师们为首的成年人,似乎都能轻易地使有理数与无理数共居,但对特尔莱斯来说,无理数令他晕眩,是他无法理解的。

特尔莱斯在巴西尼事件调查会上作证结尾时,宣称他已解决了他的精神困惑("我知道我确实错了"),并已安然步入年轻成年人的阶段("我不再害怕任何事情。我知道:事情是事情,并将永远保持这个样子。")列席的老师们完全不明白他到底在说什么:要么他们从未有过像他这样的经验,要么他们紧紧地压抑这些经验。特尔莱斯不寻常之处在于他在面对——或被迫面对——内心的黑暗时的彻底性;不管我们是否把他后来摆出的那副自我陶醉的审美家的姿势视为自欺,但有一点是可以肯定的,也即他那困惑的青年时代(困惑是穆齐尔以持续的反讽意味使用的词)是现代艺术家的形象:寻访较偏远的经验领域,然后带回他的报告。[6]

虽然《青年特尔莱斯》的非道德主义使它变成一部地道的时代产物,但小说提出的道德问题却不会消失。特尔莱斯的同伴们中较有知识分子倾向的拜内贝格用一种庸俗尼采式和原始法西斯的理由,替他们施加于巴西尼的惩罚辩护,也即他们三人属于新一代,旧规则已不再适合他们("灵魂已改变了");至于同情,同情是一种较低级的冲动,必须克服它的蠢动。特尔莱斯不是拜内贝格。然而,他自己那种执拗——非要巴西尼讲出他遭受的折磨——在道德上并不比另两个同学鞭打巴西尼更优越;当他对巴西尼做同性恋行为时,他痛苦地不对该男生显示任何温柔。

在一个不再有上帝给予的规则的世界,在一个树立榜样的任务落到哲学家-艺术家身上的世界,艺术家的探索应包括把自己更黑暗的冲动付诸实行,以便看这些冲动会把他带到哪里去吗?艺术是否总要凌驾于道德?穆齐尔这部早期作品提出这个问题,但只以最不确定的方式回答该问题。

穆齐尔并不唾弃《青年特尔莱斯》。相反,他继续以愉快的惊异回望它,惊异于他么年轻就已有如此成就,甚至在技巧上也感到自豪。小说的主隐喻,连同关于我们这个真实、理性、日常的世界没有真实、理性的基础可言的暗示,在《没有个性的人》中得到延伸。在后一部作品中,穆齐尔把乌尔里希和阿加特兄妹踏上"通往可能性的终点的旅程",也即对作为全书核心的情感极限进行艰险探索的精神,比作"数学有时不得不用荒谬方式来抵达真理的那种自由"。[7]穆齐尔的作品,从开始到最后,都只是一部作品:以逐渐演进的方式记录一个具有超凡敏锐感受力的男人与他所属的时代之间的对抗,那时代被他尖刻地但也正确地称为"受诅咒的"。[8]

(2001)

原注

[1] 穆齐尔《日记 1899—1941》,马克·米尔斯基编,菲利

普·佩恩译(纽约:基础图书出版社,1998),第 209 页。

[2] 布莱希特的话引自维尔纳·米滕兹威《流亡在瑞士》(莱比锡:雷克拉姆出版社,1978),第 19 页;穆齐尔的话引自伊格纳齐奥·西洛内《认识穆齐尔》,收录于《罗伯特·穆齐尔作品研究》,卡尔·丁克拉克编(赖恩贝克:罗沃尔特出版社,1970),第 355 页。

[3] 引自卡尔·丁克拉格《穆齐尔对没有个性的人的定义》,收录于《罗伯特·穆齐尔作品研究》,第 114 页。

[4] 引自戴维·S.卢夫特《罗伯特·穆齐尔与欧洲文化的危机 1880—1942》(伯克利:加州大学出版社,1980),第 108 页。

[5] 《日记 1899—1941》,第 465 页。

[6] 《青年特尔莱斯的自白》,舒安·怀特赛德译(伦敦:企鹅出版社,2001),第 157 页。

[7] 《没有个性的人》,苏菲·威尔金斯译(纽约:克诺夫出版社,1996;伦敦:皮卡多尔出版社,1997),第二卷,第 826 页。

[8] 《日记 1899—1941》,第 384 页。

瓦尔特·本雅明及其"拱廊计划"

这个故事如今已家喻户晓,几乎不必再赘述。背景是法国与西班牙边境,时间是1940年。瓦尔特·本雅明逃出被占领的法国,找到他在一个拘留营认识的一位叫作菲特科的人的太太。他说,他知道菲特科夫人有办法带他和他的同伴们越过比利牛斯山脉,进入中立的西班牙。菲特科夫人带他去侦察最佳路线时,注意到他随身带着一个沉重的公文包。她问道,真的非要带着这个公文包吗?他回答说,里面是一部手稿,"我怕它丢了。必须……拯救它。它比我本人还重要。"[1]

第二天,他们翻山越岭。本雅明走几分钟就停下来喘息,因为他心脏很弱。他们在边境被截停。西班牙警察说,他们的文件无效;他们必须返回法国。本雅明在绝望中服食过量的吗啡。警察记录了一份死者随身物品的清单。清单中没有该部手稿的记录。

公文包里是什么,以及公文包消失在何处,我们只能猜测。本雅明的朋友格尔肖姆·朔勒姆①认为,这部遗失的

---

① 朔勒姆(1897—1982),犹太哲学家和历史学家,生于德国。

作品是仍未完成的"拱廊工程"——在英语中称为"拱廊计划"——的最新修改稿。("对伟大的作家们来说,"本雅明写道,"已完成的作品的分量,要比他们终生都在折腾的那些片段更轻。")但是,本雅明却以他从法西斯战火中拯救手稿,然后把它带往他认为安全的西班牙,以及进一步带往美国这一英雄式的努力,而成了我们时代的学者偶像。[2]

当然,这个故事有一个快乐的转折。一个留在巴黎的"拱廊计划"手稿副本,被本雅明的朋友乔治·巴塔伊①藏在国家图书馆。它于战后被寻回,1982年按原貌出版,即是说,掺杂大量法语的德语。如今,我们有了由霍华德·艾兰和凯文·麦克劳克林翻译的本雅明这部杰作的英语全译本,从而终于可以提出那个问题:为什么对一部关于十九世纪巴黎购物的论著如此关心?

瓦尔特·本雅明1892年生于柏林一个已融入当地社会的犹太家庭。父亲是一位成功的艺术品拍卖家,其业务还扩充至物业市场;本雅明一家人以大多数标准衡量,是富裕的。本雅明童年病弱,备受呵护,十三岁时被送往乡间一所进步的寄宿学校,在那里他受两位校长之一的古斯塔夫·维内肯的影响。在离开学校后的几年间,他积极参与维内肯的反权威、回归自然的青年运动;直到1914年,当维内肯挺身支持战争时,本雅明才与该组织决裂。

1912年本雅明进弗赖堡大学读哲学。他发现那里的

---

① 巴塔伊(1897—1962),法国作家、哲学家。

知识环境不合他的胃口,遂积极参加要求进行教育改革的行动。战争爆发时,他先是以伪造病历,继而以迁居中立国瑞士,来躲避兵役。他在瑞士逗留至1920年,研究哲学并潜心写一篇要交给伯尔尼大学的博士论文。他妻子抱怨说,他们没有社交生活。

本雅明的朋友特奥多尔·阿多诺说,本雅明被大学吸引,就如卡夫卡被保险公司吸引。尽管有顾虑,但是本雅明还是做好了获取可使他成为教授的高级博士学位的各项指定程序,并于1925年向法兰克福大学提交他研究巴洛克时代德国戏剧的论文。出乎意料地,论文未获接纳。论文在文学与哲学之间两头落空,而本雅明又缺乏一位愿意替他出力的学术保护人。(当该论文于1928年出版时,受到书评家们的注意和敬重,尽管本雅明自己的看法正好相反,且为此闷闷不乐。)

学术计划失败后,本雅明开始其作为翻译家、广播员、自由职业记者的生涯。他所受的委托包括翻译普鲁斯特的《追忆逝水年华》,并完成了七卷中的三卷。

1924年,本雅明访问意大利卡普里岛,它当时是德国知识分子最喜爱的旅游胜地。他在那里遇见阿斯雅·拉齐斯,她是来自拉脱维亚的戏剧导演和坚定的共产主义者。这次邂逅影响深远。"每次我经历伟大的爱情,我都会发生根本性的变化,使我自己也惊讶不已,"本雅明回顾时写道,"真正的爱情使我变得像我所爱的女人。"[3] 就这场爱情而言,转变则牵涉到政治上的重新定位。"爱思考的进步人士,如果他们是明智的,他们的道路将通往莫斯科而不是巴勒斯坦。"拉齐斯尖锐地告诉他。[4]他思想中所有唯心主义的痕迹,更不要说他与犹太复国主义的调情,都得放弃。他的知己朔勒姆已移民去巴勒斯坦,并期待本雅明也跟着去。本雅明找了一个不去的借口;他继续找借口,直到最后。

本雅明与拉齐斯的关系的最初果实,是发表在《法兰克福汇报》的一篇合写的文章。它表面上是写那不勒斯这座城市,但在更深一层,它是写这位成长于柏林的知识分子第一次探索一种引人入胜的都市环境,一个由众多街道构成的迷宫,那里的房子没有门牌,私人生活与公共生活的界线是松懈的。

1926年,本雅明赴莫斯科与拉齐斯相会。拉齐斯并不是全心全意欢迎他(她当时正跟另一个男人来往);本雅明在关于这次访问的记录中,探究他自己不快乐的心境,以及探究他是否应加入共产党并跟紧党的路线。两年后他与拉齐斯在柏林短暂地再次相聚。他们住在一起,一起出席无产阶级革命作家联盟的会议。他们的私通加速了本雅明的离婚程序,在离婚过程中本雅明以瞩目的刻薄态度对待妻子。

本雅明访问莫斯科时,保持写日记,后来做了修改,以供出版。本雅明不会讲俄语。但他不是求助于口译员,而是按照他后来所称的相貌法,从外部阅读莫斯科,避免把它抽象化或对它做出判断,而是以"所有事实本身已经是理论"(语出歌德)的方式来呈现该城市。[5]

本雅明所宣称的他在苏联见到的"世界性-历史性"的实验——例如他宣称共产党大笔一挥,就切断金钱与权力之间的联系——有些现在看来显得幼稚。然而,他的眼光依然锐利。他指出,很多新莫斯科人仍是农民,根据乡村节奏过着乡村生活;阶级差异也许已被取消,但党内新的等级制正在形成。他笔下一个街头集市的场面捕捉到宗教的卑微地位:一个要出售的圣像两边摆着列宁画像,"就像一个犯人夹在两名警察之间"。(第二卷,第32页、第26页)

虽然阿斯雅·拉齐斯一再作为日记的背景出现于《莫斯科日记》,虽然本雅明暗示他们的性关系遇到麻烦,但我们对实实在在的拉齐斯所知甚少。作为一位作家,本雅明没有对别人浮想联翩的才能。在拉齐斯本人的作品中,本雅明给我们留下生动得多的印象:他那小聚光灯似的眼镜,他那笨拙的双手。

本雅明在余生中,要么称自己是共产主义者,要么称自己是旅行者。他与共产主义的关系究竟有多深?

在结识拉齐斯多年后,本雅明经常重复马克思主义真理——"资产阶级……注定要衰落,因为内部矛盾的发展将会变得致命"——而没有实际阅读马克思。[6]"资产阶级"继续成为他的咒语,用来描述一种他发自肺腑憎恶的心态——物质主义的、不好奇的、自私的、迂腐的,尤其是舒适地自我满足的心态。他自称是共产主义者,是一种表明道德立场和历史立场的行为,旨在反对资产阶级和他自己的资产阶级出身。"有一件事……是再也不可能做好的:

竟疏忽至没有逃离自己的父母",他在《单向街》中写道。《单向街》是一部日记式闲笔、梦幻式方案、格言、微型随笔和包括对魏玛德国的尖刻描写在内的讽刺性片段的结集,他于1928年以这部散文集宣称自己是自由职业知识分子。(第一卷,第446页)没有及早离家出走意味着他不得不要在余生逃离埃米尔和保拉·本雅明:对父母急于要融入德国中产阶级的心态,他的反叛类似他那一代人中很多讲德语的犹太人,包括卡夫卡。本雅明的朋友们对他的马克思主义感到不安的,是其中似乎有一种被迫的因素,似乎他的行为只是反应性的。

他称赞列宁(他在一篇没有被哈佛编辑收入此书的文章中,称列宁的书信具有"伟大史诗的甜蜜"),或复述共产党委婉语:"共产主义不是激进。因此,它的意图并非仅仅要废除家庭关系,而是要考验它们,以确定它们是否有能力接受改变。它问自己:可以解散家庭从而使家庭的部件能够重新在社会上运转吗?"[7]

这段话,来自一篇评论布莱希特一部戏的文章。本雅明通过拉齐斯认识布莱希特,布莱希特的"原始思维",也即剥去资产阶级种种繁文缛节的思维,曾一度吸引本雅明。《单向街》的献词则说:"这条街叫作阿斯雅·拉齐斯街,以她来命名是因为她像一位工程师,开辟了这条贯穿作者的街。"这个比较,其意图是要作为一种恭维。工程师是一个属于未来的男人或女人,对废话不耐烦,装备着实际知识,立志要以行动、行动来改变风景。(斯大林也欣赏工程师。他认为作家应成为人类灵魂的工程师,意思是说他们应承担起彻底"重新运转"人类的重任。)

在本雅明较著名的作品中,写于1934年、作为在巴黎法西斯主义研究所发表的一次演说的讲稿的《作者是生产者》,是最清晰地表明他受布莱希特影响的一篇。讲稿探讨的是马克思主义美学的老问题:内容与形式孰轻孰重?本雅明认为一部文学作品必须也做到"文学上正确",才能"政治上正确"。"政治上正确"当然是陈词滥调;在实践中它意味着紧跟党的路线。《作者是生产者》是要替在本雅明眼中主要是以超现实主义者为代表的左翼现代主义前卫派辩护,反对文学上的党的路线所偏袒的具有强烈进步意识的明白易懂的现实主义小说。为了证明自己有理,本雅明觉得有必要举出现已被遗忘的苏联小说家谢尔盖·特列季亚科夫①,作为"正确的政治倾向"与"进步"技巧相结合的范例,并再次求助于工程师的魅力:作家就像工程师,是一位技术专家,因此在文学技术问题上应有发言权。(第二卷,第769页、第770页)

在这个粗浅的层面上据理力争,对本雅明来说并不容易。在1934年同一年写的另一篇短文也许可提供一点线索。本雅明在短文中奚落那些"以在每一个问题上都完全做回自己为荣"的知识分子,他们拒绝明白,若他们要成功,就得以不同的脸孔面对不同的观众。他说,他们就像一个拒绝切猪肉的屠夫,坚持要卖整只猪。(第二卷,第743页)

---

① 特列季亚科夫(1892—1939),苏俄作家、诗人。

我们该如何解读这篇文章？本雅明是不是在带讽刺意味地称赞旧式知识分子的正直？他是不是在发出隐蔽的自白，表明他，本雅明，不是他表面上的样子？他是不是在切实地、尽管痛苦地指出一个雇佣文人面对的限制？在一封致朔勒姆的信中，显示最后一项才是正确的解读（然而，他并不总是对朔勒姆完全讲真话）。在这里，本雅明为共产主义辩护，称它是"一个完全或几乎完全被剥夺任何生产工具的人的明显、有理的企图，企图宣布他有权拥有它们"。换句话说，他紧跟党的路线的理由，与任何无产者会有的理由相同：符合他的物质利益。（第二卷，第853页）

纳粹上台时，本雅明的很多伙伴，包括布莱希特，都已觉察到不祥之兆并开始逃亡。反正本雅明多年来早已感到在德国格格不入，并一有机会就去法国或西班牙伊维萨岛旅居，于是他也很快加入逃亡。（他弟弟格奥尔格就不这么谨慎：1934年因从事政治活动被捕，1942年死在毛特豪森。）他在巴黎安顿下来，靠听上去像雅利安人的笔名（德特勒夫·霍尔兹、K. A. 施滕普弗林格）给德国报纸写稿，勉强维持朝不保夕的生计，要不然就靠救济度日。随着战争爆发，他发现自己被当作居住在敌国的侨民拘留起来。在法国国际笔会的努力下获释后，他立即做出逃往美国的安排，然后踏上前往西班牙边境的死亡旅程。

本雅明对剥夺他一个家和一个职业并最终导致他死亡的法西斯这个仇敌的最敏锐的洞察，是看到法西斯用于向德国人民兜售自己的手法：把它自己变成戏剧。这些洞察，在1936年的《艺术作品在其技术可复制性时代》(姑且用哈佛版本雅明著作的译者们爱用的标题)①中表达得最充分,但已在1930年一篇评论恩斯特·荣格尔②编辑的一本书的文章中初露端倪。

认为希特勒的纽伦堡集会那些综合朗诵、催眠式音乐、大规模集体舞蹈和戏剧性照明的手法源自瓦格纳的拜罗伊特演出,这已成老生常谈。本雅明的独特之处在于,他宣称把政治当成浮夸的戏剧而非当成话语和辩论,不只是法西斯主义的服饰而是本质上就是法西斯主义。

在莱尼·里芬施塔尔③的电影中和在德国每家戏院播映的新闻短片中,德国群众看到的自己的形象,也正是他们的领导人号召他们去成为的形象。法西斯主义利用过去的伟大艺术作品的力量——本雅明所称的气息式艺术——加上新的后气息式媒体尤其是电影的倍增的力量,来创造其新的法西斯主义公民。对普通德国人来说,唯一展示出来的身份,那个不断从银幕上回望他们的身份,是一个穿着法西斯服装和做出法西斯的主宰姿态或服从姿态的法西斯身份。

本雅明对作为戏剧的法西斯主义的分析,有很多可质疑之处。德国法西斯主义的核心果真是作为奇观的政治而不是怨懑和历史报应之梦吗?如果纽伦堡是美学化的政治,为什么斯大林的"五一"节大场面和作秀式公审就不是

---

① 较早的英译名为《技术复制时代的艺术作品》。
② 荣格尔(1895—1998),德国小说家。
③ 里芬施塔尔(1902—2003),德国电影导演。

美学化政治呢？如果法西斯主义的精神是消除政治与媒体之间的界线，那么西方民主国家由媒体推动的政治中的法西斯主义成分在哪里呢？美学政治没有各种不同的变体吗？

比本雅明的法西斯主义分析较不那么受质疑的，是他对电影的看法。他感觉到电影具有扩大经验的潜力，这是极有预见性的："电影……以十分之一秒的爆炸力把（我们的）监狱式世界炸个稀巴烂，使我们可以穿过它那些分布广泛的废墟和瓦砾平静而惊险地旅行。"[8]他的洞见更令人惊异之处在于，他的电影理论哪怕在1936年也已经过时。他高估了蒙太奇的运作，并紧跟而且只紧跟爱森斯坦，低估了电影观众快速掌握更广泛的电影叙述语法的能力。他也闭口不谈视觉快乐：对他来说，电影意味着被惊人的蒙太奇震撼，打开新的观看方式（再次，布莱希特的影响是明显的）。

本雅明用来描述艺术作品在其技术可复制性时代（基本上是摄影的时代——本雅明对印刷时代没有什么话可说）的遭遇的主要概念（尽管他在日记中暗示该概念事实上是书商和出版人阿德里安娜·莫尼耶的看法）是气息的丧失。他说，直到大约十九世纪中叶，艺术作品与其观众之间，仍存在着一种互相的主观关系：观众观看艺术作品，而艺术作品也可以说回望观众。这种相互性是气息的真义："感知某个现象的气息（意味着）赋予它也回望我们的能力。"[9]因此，气息含有某种神奇的东西，它源自艺术与宗教仪式的古老联系，这种古老联系现已衰弱。

本雅明首次谈到气息,是在《摄影小史》(1931)中。在书中他试图解释为什么(在他眼里)最早的肖像摄影——也可以说是摄影摇篮时代——具有气息,而下一代的照片已失去这气息。他对此提出的一个解释是,随着摄影的感光乳剂改善,曝光次数亦减少,底片捕捉到的东西,已不再是某个要收藏一张自己的肖像的被拍摄者的内在精神,而是从被拍摄者的生命的连续性切下来的瞬间。他提出的另一个看法是,第一代摄影师都是受良好训练的艺术家,而下一代的摄影师则是熟练工。另一个解释则是在十九世纪四十年代至十九世纪八十年代,典型的被拍摄者发生了某种变化,而这与中产阶级的粗俗化有关。

在《艺术作品在其技术可复制性时代》中,气息的概念有点无所顾忌地从旧照片扩大至一般的艺术作品。本雅明说,新的复制技术的解放能力,将会远远不止弥补气息的终结。电影将取代气息性的艺术。

就连本雅明的朋友们都觉得很难理解扩大版的气息。本雅明曾多次长时间探访住在丹麦的布莱希特,并向布莱希特详细解释他这个概念,但是布莱希特在日记中写道:"(本雅明)说:当你感到某人的目光看着你,哪怕是看着你的背,你也会有反应(!)。由于你期望无论你看什么,它也会看你,这便产生气息……全都神秘兮兮,尽管他的态度是反神秘的。这就是唯物主义观点被采用的方式!真有点恐怖。"[10]其他朋友的反应也并不更令人鼓舞。

在整个二十世纪三十年代,本雅明挣扎着要发展一种合适的唯物主义定义,来定义气息和气息的丧失。他说,电影是后气息性的,因为摄影机作为一个工具,不能看。(这个说法有问题:演员们肯定会对摄影机做出仿佛摄影机正望着他们的反应。)本雅明后来修正看法,认为气息的终结可追溯至这样一个历史时刻,也即城市人群变得如此密集,以至人们——过路人——不再回望别人的目光。在"拱廊计划"中,他把气息的丧失作为更广泛的历史发展的一部分:一种祛魅的意识的广泛传播,也即意识到独特性,包括传统艺术作品的独特性,已变成一种商品,就像其他商品。志在制作要被复制和要被成批再生产的独特手工制品——所谓"作品"——的时装业,便是很好的说明。

不久,本雅明淡化他对技术的解放潜力的乐观主义。1939年,他说电影放映机的节奏就像传送带的节奏。甚至1936年的随笔《讲故事者》,就已表明他改变了态度。他说,记忆是传统的主要保存者,讲故事则是主要传播者;但是成为现代文化典型特征的生活私人化,对讲故事构成致命打击。讲故事已变成人为地仅限于长篇小说,而长篇小说是印刷技术和中产阶级的产物。

本雅明对作为一种体裁的长篇小说并不特别感兴趣。从收在哈佛版的《文选》中的虚构作品看,他并没有讲故事的才能。他的自传作品则是由不连续、紧张的时刻构成的。他两篇有关卡夫卡的随笔,如果与他1938年6月12日致朔勒姆的长信并读会很有用,这两篇随笔把卡夫卡当成寓言作家和智慧教师而不是长篇小说家。但本雅明最敌视的,是叙述性的历史①。"历史是分解成图像的,而不是分解成叙述作品的,"他写道。叙述性的历史从外部施加因果关系和动机;事物应获得自己发言的机会。[11]

本雅明最迷人的自传作品《1900年前后的柏林童年》未曾在他生前出版。较早的《柏林编年纪事》并不是像书名所说的那样按编年记事,而是用蒙太奇手法剪贴的片段,夹杂着对自传的性质的省思,结果是,它与其说是写本雅明童年的实际事件,不如说是写记忆的难以捉摸——有强烈的普鲁斯特印记。本雅明使用一个考古学隐喻,来解释他为什么反对作为生平故事叙述的自传。他说,自传作者应把自己视为考古学家,在少数几个老地方不断深挖下去,寻找被埋葬的过去的遗址。

第一、二卷除了收录《莫斯科日记》和《柏林编年纪事》外,还收录很多短的自传性作品:一篇较有文学性的文章,讲述被一个情人失约;有关吸食大麻的经验的记录;对梦境的忆述;日记片段(本雅明在1931年和1932年老想着要自杀);和一部为出版而写的巴黎日记,包括参观普鲁斯特常去的一家男妓院。较意想不到的披露包括:欣赏海明威("一次通过正确写作来获得正确思想的教育"),不喜欢福楼拜(知识过于系统化)。(第二卷,第472页)

本雅明的语言哲学的基础,在他写作生活早期就已奠定。虽然他对语言的看法保持瞩目的稳定性,但他的兴趣

---

① 指以故事为基础的历史著作。

在他最政治化的阶段退潮,然后又在三十年代末他再次开始探索犹太神秘思想时涌起。重要文章《论语言本身与人的语言》写于 1916 年。在文章中,本雅明追随施莱格尔①和诺瓦利斯,以及他从朔勒姆那里学到的神秘主义知识,认为词语不是代替另一样东西的符号,而是一个"理念"的名称。在《译者的任务》(1921)中,他试图具体谈论他对这个"理念"的看法,并求助于马拉美的例子和一种不受其沟通功能束缚的诗学语言。

一个象征主义的语言概念,如何能够与本雅明后期的历史唯物论调和,我们不清楚,但本雅明认为可以建立一道桥梁,不管这样做多么"勉强和成问题"。[12]他在三十年代的文学随笔中暗示这道桥梁大概是什么样子的。他说,在普鲁斯特、卡夫卡和超现实主义者那里,词语逸出"资产阶级"层面上的意义,恢复它基本的、姿势的力量。作为姿势的词语是"最高形式,在一个失去神学信条的时代,它可以使真理显露在我们面前"。[13]

在亚当的时代,词语与姿势的命名是同一回事。此后,语言便经历一次漫长的堕落,巴别塔只是其中一个阶段罢了。神学的任务便是从保存着词语的宗教典籍中寻回具有原初、模拟性的力量的词语。批评的任务在实质上是相同的,因为堕落的语言仍然能够以它们的总体性意图指引我们走向纯粹的语言。因此便有了《译者的任务》的悖论:译本变成比原著更高级的东西,原因是译本向巴别塔以前的

---

① 施莱格尔(1719—1749),德国批评家。

语言做出姿势。

本雅明写了不少关于占星术的文章,它们是他那些关于语言哲学的文章的重要补充。他说,我们今天的占星学,是大量古老知识的堕落版,这些古老知识来自古老的时代,那时模仿能力要强大得多,人们生活与星辰运行之间尚能保持真实的、模仿性的通联。今天,只有儿童还保存可以相媲美的模仿能力,并以这种模仿能力对世界做出反应。随着这种模仿功能在历史上不断衰退,书面语言便成为其最重要的仓库。因此本雅明一直对作为性格之"表达动作"的笔迹学和书法怀着浓厚的兴趣。(第二卷,第399页)

在写于1933年的一些文章中,本雅明以模仿为基础勾勒了一种语言理论。他说,亚当式的语言是拟声的;不同语言的同义词尽管可能听起来和看起来不一样(该理论是想要适用于书面语和口语的),但它们所指,都具有"非感官的"相似性,一如各种"神秘"或"神学"的语言理论都一向承认的。(第二卷,第696页)因此,pain、Brot、xleb 这些词语尽管表面上不同,但在更深刻的层面体现"面包"这个理念时,都是相同的(本雅明得用尽所有力量才能说服我们相信这说法是深刻而不是空洞的)。语言是模仿功能的最高级发展,它自身内部拥有一个包含这些非感官的相似性的档案馆。阅读具有成为某种梦幻经验的潜力,使我们可以进入一种人类共同的无意识,那地方正是语言和"理念"的场所。

本雅明的语言观,完全与二十世纪的语言科学脱节,但它使他堂皇地进入神话和寓言的世界,尤其是进入卡夫卡那个(他所认为的)原始、近乎人类出现以前的"沼泽世界"。(第二卷,第808页)对卡夫卡的热情阅读给本雅明自己后期的悲观主义写作留下了难以磨灭的印记。

"拱廊计划"的故事大致如下。

二十世纪二十年代末,本雅明构思一部作品,灵感来自巴黎拱廊。它将描写都市经验;它将是"睡美人"故事的一个版本,一个辩证的童年故事,通过蒙太奇手法把碎片式文本串联在一起,以超现实方式来讲述。就像王子的吻,它将唤醒欧洲大众,使他们意识到资本主义制度下的生活真相。它将有约五十页篇幅;为准备写这篇文章,本雅明开始从阅读中抄录各种引语,归入各个类目,例如"沉闷""时装""尘土"等。但是,当他将某个文本缝在一起时,它每次都随着新的引语和笔记而不断膨胀。他与阿多诺和马克斯·霍克海默①谈起这些问题,后者使他相信他要谈论资本主义就得对马克思有适当了解。于是,"睡美人"的意念便失去其光泽。

到1934年,本雅明已有一个在哲学上更具野心的新计划:他将利用同一种蒙太奇手法,把十九世纪法国的文化上层建筑追溯至商品及其成为拜物教的威力,他是在阅读卢卡奇的《历史与阶级意识》时注意到这一威力的。随着笔记量不断增加,他把它们归入精心设计的归档系统,以三十六卷宗分类,有关键词和索引。他就他迄今所收集的材料

---

① 霍克海默尔(1895—1973),德国哲学家和社会学家。

写了一个梗概,题《巴黎,十九世纪的首都》,然后交给阿多诺(当时本雅明正接受阿多诺和霍克海默从法兰克福搬到纽约的社会研究所的资助,因此有义务这样做)。

本雅明受到阿多诺严厉的批评,以致他决定暂时搁下该计划,并从他的大量材料中提取一本关于波德莱尔的书。这本书的其中一部分于1938年以《波德莱尔著作中的第二帝国巴黎》(1938)之名脱稿,依然是以蒙太奇手法来建构。阿多诺再次提出批评:他说,本雅明让事实本身自己说话;理论不够。本雅明把它进一步修改为《论波德莱尔著作中的若干母题》(1939),这一回反应较好。

波德莱尔是"拱廊计划"的中心人物,因为在本雅明眼中,波德莱尔在《恶之花》中首次把现代城市作为诗歌题材揭示出来。(本雅明似乎未读过华兹华斯,后者在波德莱尔之前五十年,就已写到成为伦敦街头人群的一部分的情景,受到四面八方的目光的挤迫,被五光十色的广告弄得眼花缭乱。)

然而波德莱尔以寓言的方式表达他的城市经验,这是一种自巴洛克以来就已过时的文学风格。例如在《天鹅》中,波德莱尔把诗人寓言化,喻为一只高贵的鸟,一只天鹅,滑稽地在铺石的市场上乱扒乱觅,无法展翅飞上高空。

为什么波德莱尔使用寓言?本雅明求助于马克思的《资本论》来回答这个问题。马克思说,把市场价值升级为唯一的价值标准,是把商品缩减成仅仅是记号——它所要卖的价钱的记号。在市场统治下,事物与它们的实际价值的关系是任意的,如同在巴洛克符号中死者的头与人受时间摆布的关系。因此,符号出人意表地以商品的形式重返历史舞台,而商品在资本主义制度下已不再是它们表面上所是的东西,而是像马克思曾警告过的,开始"(充满)形而上的微妙和神学上的精细"。(《拱廊计划》,第 196 页)本雅明辩称,寓言恰恰是商品时代的正确风格。

在写这本关于波德莱尔的书时(该书未完成——手稿在他死后以《夏尔·波德莱尔:发达资本主义时代的抒情诗人》之名出版),本雅明继续做"拱廊"的笔记并增添新卷宗。战后从国家图书馆该部作品的隐藏处寻回来的,相当于九百页摘录,主要摘录自十九世纪作家,但也有摘录自本雅明的同代人的,它们被归入不同类目,点缀着评论,以及各种计划和提要。这些材料于 1982 年由罗尔夫·蒂德曼编辑出版,名为《拱廊工程》,哈佛的《拱廊计划》使用蒂德曼的文本,但略去蒂德曼的很多背景材料和编辑组构。哈佛版把所有法语都译成英语,并增添了有用的注释和大量的插图。这是一本漂亮的书:其对本雅明复杂的索引的处理,堪称是排印精巧的一次示范性胜利。

"拱廊计划"的历史,是耽搁和起跑失误的历史,是从事常见于搜集主义气质的那种锲而不舍的追求时在档案的迷宫中游荡的历史,是不断变换理论基础的历史,是批评太轻易地产生影响的历史,①而且总的来说也是本雅明对自己没把握的历史,这一切意味着此书传到我们手上时是极端地不完整的:不完整地构思和在常规意义上几乎没有写

---

① 应是指本雅明太在意阿多诺的批评。

成的。蒂德曼把它比喻成一座房子的建筑材料。在那座假设已完成的房子中，这些材料原是会被本雅明的思想构筑在一起的。我们根据本雅明的批评和按语，知道那思想的大致格局，但并非总能看到那思想如何配合或包容那些材料。

蒂德曼说，在这种情况下，似乎最好只出版本雅明自己的文字，而剔掉那些引语。但本雅明的意图，不管多么乌托邦，却是要在某个适当的时候谨慎地撤掉他自己的评论，完全让那些引语去承受整个房屋结构的重量。

1852年的一本旅游指南说，巴黎的拱廊是"室内大街……玻璃屋顶、大理石嵌板的长廊，贯穿整个街区的建筑物……两旁排列着……最优雅的商品，整个拱廊变得如同一座城市，一个微型世界"。（《拱廊计划》，第31页）它们透气的玻璃和钢建筑很快被西方其他城市竞相模仿。拱廊的鼎盛时期延伸至十九世纪末，直到百货商店使它们黯然失色。在本雅明看来，它们的衰落是资本主义经济逐渐展露的逻辑的一部分；他没有预见到在二十世纪末它们会以城市商场的形式卷土重来。

这本"拱廊"书绝没有打算要成为一本经济史（尽管其野心之一是对经济史这个学科做彻底纠正）。最初的一段描述表明某种更像《柏林童年》的东西：

> 我们知道在古希腊有些地方，道路通往地下世界。我们醒着的存在也像一片土地，某些隐蔽点会通往地下世界——一片充满各种不惹眼的地方的土地，梦从

那里升起。我们整天毫不怀疑地经过它们,但我们刚入睡,便迫不及待地摸索着原路回去,迷失在黑暗的长廊里。在白天,城市居所的迷宫类似意识;那些拱廊……未被注意地伸上街道。然而,在夜里,在栉比鳞次的阴暗房子底下,它们更浓厚的黑暗像某种威胁一样突出来,夜间的途人匆匆经过——即是说,除非我们使他壮起胆子另入狭窄的小巷。(《拱廊计划》第84页)

两本书成为本雅明的楷模:路易·阿拉贡的《巴黎的农民》(1970年英译本名《梦游者》,1971年英译本名《巴黎农民》),尤其是该书对歌剧院拱廊的礼赞;以及弗朗茨·黑塞尔[1]的《漫步柏林》,该书集中描写恺撒长廊及其唤起对过去时代的记忆的力量。他自己的作品则受普鲁斯特关于不由自主的记忆的理论的影响,但其做梦和幻想则要比普鲁斯特更有历史的具体性。他常常试图捕捉巴黎人在陈列的物品中间游荡的"幻觉效应"的经验,这种经验在他自己的时代都还能追忆:当时"拱廊点缀大都会风景如同洞穴残留着已消失的怪兽的化石遗骸:帝国前的资本主义时代的消费者,欧洲的最后恐龙"。(《拱廊计划》,第540页)

"拱廊计划"的伟大发明,应是它的形式。就像那篇那不勒斯随笔和《莫斯科日记》一样,它主要是根据蒙太奇原则,把过去和现代的文本碎片并置,以期它们会互相碰出火花并互相照耀。因此,譬如说,如果指涉1837年凡尔赛宫

---

[1] 黑塞尔(1880—1941),德国作家、翻译家。

一家美术馆的开幕式的"卷宗L"的条目(2,1),与追踪拱廊发展成百货商店的轨迹的"卷宗A"的条目(2,4)联系起来读,那么"博物馆之于百货公司就如同艺术作品之于商品"这个类比就会跃入读者脑中。(《拱廊计划》,第37页、第408页)

据马克斯·韦伯的说法,现代的显著特点是信仰的丧失,是祛魅。本雅明有不同看法:资本主义已把人们催眠,只有使他们明白他们身上发生什么事,他们才会从集体的魔咒中苏醒过来。"卷宗N"的题词摘自马克思:"意识的变革只能发生在……世界从它梦见自己的梦中醒来。"(《拱廊计划》,第456页)

资本主义时代的梦体现在商品中。这些梦和商品在整体上构成了一种幻觉效应,不断根据时尚潮流改变形状,提供给着魔的大群膜拜者,作为他们最深切的欲望的体现。幻觉效应永远隐藏其来源(这来源存在于异化的劳动中)。因而,本雅明所称的幻觉效应,有点像马克思的意识形态——一套由资本的力量支撑的公共谎言——但更像弗洛伊德所称的在一个集体、社会的层面上施展的"梦的运作"。

*

"我不必说什么。仅仅展示。"本雅明说。另一处:"理念之于物件就如星座之于星星。"如果这部由引语构成的马赛克作品建造得正确,就会出现一个图案,一个多于其各部分之总和但不能独立于各部分而存在的图案:这就是本雅明相信自己正在从事的历史唯物主义写作这一新形式的精髓。[14]

使阿多诺对1935年这个计划感到失望的,是本雅明这样一个信念,也即仅仅是物件的组合(就这本书而言,是脱离上下文的引语)本身就能说明一切。他写道,本雅明正处于"魔术与实证主义之间的十字路口"。1948年,阿多诺有机会看到了"拱廊"的全貌,并再次对其理论性的薄弱表示怀疑。[15]

本雅明对这类批评的反应,需要依赖辩证的形象这一概念,而他把这一概念追溯至巴洛克时期的符号——由图像表现的理念——和波德莱尔式的寓言——理念的互动作用被符号化物件的互动作用取代。他认为,寓言可接管抽象思想的角色。栖居于拱廊的物件和人物——赌徒、妓女、镜子、尘土、蜡像人物、机械玩具——都是(在本雅明看来)符号,它们的互动作用产生意义,是无须理论来饶舌的寓言式意义。同样地,摘自过去然后置于历史性现在之电荷场的文字片段,也有能力发挥作用,如同一个超现实主义意象的诸多元素,自发地互动,释放政治能量。(本雅明写道:"历史学家周围和历史学家参与其中的事件,将潜存于他的陈述,如同一个用隐形墨水写的文本。")[16]如此一来,那些片段便构成辩证的形象,那是冻结了一会儿、可供检查的辩证运动,是"处于静止中的辩证法"。"只有辩证的形象才是真正的形象。"(《拱廊计划》第462页)

本雅明这本极其反理论的书所诉诸的理论固然精巧,

还是就此打住吧。但是,对该理论无动于衷的读者,对在他们眼中辩证形象并不像被假设要达到的那么生动的读者,对关于资本主义漫长睡眠之后是社会主义黎明的卓越叙述也许会不敢恭维的读者,他们能从《拱廊工程》得到什么呢?

最简短的清单将包括以下各项:

一、一个聚集有关十九世纪初期巴黎的令人好奇的资料的宝库(例如没有什么更好的事情可做的男人会去停尸室看裸尸)。

二、一个敏锐且有独特癖好的心灵在多年间查阅数以千计的书籍所收获的启思益智的引语(蒂德曼列出约八百五十本实际被引用的书籍的清单)。有些引语来自我们以为我们已熟知的作家(马克思、雨果);另一些来自较不为人知的作家,而根据这里所呈示的证据,他们值得重新发掘出来——例如《微宇宙》(1864)的作者赫尔曼·洛策①。

三、一部对本雅明最喜爱的题材简明扼要的观察的汇编,这些观察经过他的擦拭,闪耀着高度格言式的光泽。"卖淫可以要求被视为'工作',当工作变成卖淫的时候。""最早的照片之所以如此无与伦比,也许是因为:它们代表了机器与人相遇的最早影像。"(《拱廊计划》第348页、第678页)

四、窥见本雅明调侃地以新方式看待自己:"一部秘密词典中的关键词"的搜集者,一部"神奇百科全书"的编纂

---

① 赫尔曼·洛策(1817—1881),德国哲学家和逻辑学家。

者。作为一座寓言式城市的隐秘读者,本雅明突然间似乎很接近他的同代人豪·路·博尔赫斯,后者是一个被重写的宇宙的寓言作家。(《拱廊计划》第211页、第207页)他们的共同嗜好当然是犹太神秘哲学,博尔赫斯曾长时间认真研读它,本雅明则在他对无产阶级革命的信念消退时把注意力转向它。

从远处看,本雅明这部巨著令人奇妙地想起二十世纪文学中的另一个大废墟——埃兹拉·庞德的《诗章》。两部作品都是多年苦读的产物。两部作品都是用碎片和引语构筑的,并遵循现代主义全盛时期的意象美学和蒙太奇美学。两部作品都有经济学野心并以经济学家作为主要人物(一个是以马克思,另一个是以格塞尔①和道格拉斯②)。两位作者都投资于古文物式的知识典籍,并高估它们对他们自己的时代的意义。两人都不知道何时停下来。两人最终都被法西斯主义这头怪兽吃掉——本雅明是悲剧性地,庞德则是可耻地。

《诗章》的命运是若干片段被收入选集,其余内容(范布伦③、马拉泰斯塔家族④、孔子等)则被悄悄剔除掉。《拱廊计划》的命运可能也相差不多。我们可以预见一本精简的学生版,主要从卷宗B("时装")、H("搜集者")、I("内

---

① 西尔维奥·格塞尔(1862—1930),德国理论经济学家。
② C.H.道格拉斯(1879—1952),英国经济学家,"社会信贷说"提出者。
③ 范布伦(1782—1862),美国第八任总统。
④ 马拉泰斯塔家族,十三至十六世纪的意大利家族。

部")、J("波德莱尔")、K("梦幻城市")、N("知识的理论")和Y("摄影")摘取,引语会被删至不能再删,而留存下来的,则大多数会是本雅明自己写的评论。而这并不完全是件坏事。

即使是本雅明择定的范围,他也还有很多可指摘之处。虽然他不见得就是一个真正的经济史家,却也花了多年时间披读经济史,但他引人注目地无视世界上那些十九世纪资本主义发展最蓬勃的国家,也即英国和美国。在他对待百货商店方面,他看不到巴黎的百货商店与纽约和芝加哥的百货商店之间的决定性差别:前者向大众顾客竖起路障,后者扮演了教育工人阶级购物者养成中产阶级消费习惯的角色。他还忽略了一个事实,也即拱廊和百货公司尤其迎合女人的欲望,并竭尽全力塑造这些欲望甚至创造新欲望。

本雅明《文选》头两卷所体现的兴趣范围,是广泛的。除了本文谈及的那些文章外,还选辑了他早期一些怀着颇热情的理想主义写的论教育的文章;众多的文学性和批评性随笔,包括两篇论歌德的长文,其中一篇解释《亲和力》,另一篇精湛地综论歌德的生涯;漫谈哲学中的各种论题(逻辑、形而上学、美学、语言哲学、历史哲学);谈论教学、儿童文学、玩具的随笔;一篇现身说法论藏书的迷人文章;各种游记和初步尝试的小说。论《亲和力》的随笔尤其是一次奇怪的表演:一首加长的咏叹调,以精雕细琢、繁复华美的散文,论爱与美、神话与命运,这首咏叹调以本雅明所看到的小说情节与他和他妻子卷入的一场悲喜剧式的四人情欲游戏之间的秘密相似性达至紧张的高音。

《文选》第三、四卷包括"拱廊计划"1935年、1938年和1939年的内容的摘要,两个版本的《艺术作品在其技术可复制性时代》,《讲故事者》,《柏林童年》,《关于历史观念的论文》,以及一批与阿多诺和朔勒姆的主要通信,包括1938年那封论卡夫卡的重要书信。

这些出自不同人之手的译本,全都非常出色。如果其中任何一位译者值得挑出来特别称赞的话,无疑是罗德尼·利文斯通,因为他以审慎的态度有效地处理了风格和语调的转变,而这是本雅明作为一位作家发展的标志。注释也差不多达到同样的高标准,但不是完全这样。本雅明提到的人物的资料,有时候已过时(罗伯特·瓦尔泽)或不准确:卡尔·科尔施,他是本雅明解释马克思时严重依赖的人物(科尔施因其异见而被开除出德国共产党),但他的生卒日期被注为1892—1939,而事实上应是1886—1961。(第二卷,第790页注5)希腊语和拉丁语有错误,而法语有时候错得颇糟:把一群穿黑色法衣的喧闹的牧师称作"文明化的乌鸦"是搞错了——称为"驯化的乌鸦"会更好。(第二卷,第354页注35)晦涩的句子——例如二十世纪二十年代德国"闲逛崇拜的不祥蔓延"——未加解释。(第一卷,第454页)

编者和译者的某些普遍做法也有问题。本雅明有一个习惯,就是写几页长的段落:译者无疑不必亦步亦趋,而应把它们打散。有时候同一篇文章的两个草稿都一齐放进去,又没有说明理由。书中使用了本雅明援引的一些德语文本的现成英译,可这些译文显然不够水准。[17]

瓦尔特·本雅明是一个什么样的人:哲学家？批评家？历史学家？仅仅是"作家"？最佳答案也许是汉娜·阿伦特的评语:他是"难以归类的人之一……其著作既不符合现有规矩也不是创新体裁"。[18]

他的商标式做法——不是直取某个问题而是从一个斜角进入,逐步从一个完美地组构的总结转往下一个——既立即就能辨认又不可模仿,倚重才智的敏锐,其学识稍旧,其散文风格一旦放弃把自己视为本雅明博士教授就立即变得令人惊异地精确和简洁。他这个立志要贴近我们时代真相的计划的基础,是歌德那个理想,也即把事实原原本本摆出来,使事实成为它们自己的理论。这部"拱廊"作品,不管我们对它做出什么样的裁决——废墟、失败、不可能的计划——都表明一种论述某个文明的新方法,也即用它的垃圾而不是它的艺术作品做材料:来自下面的历史而不是来自上面的历史。而他在《关于历史观念的论文》中呼唤以失败者的痛苦为中心的历史而不是以胜利者的成就为中心的历史,则预示了我们有生之年见到的方法:历史写作已开始想到它自己。

(2001)

原注

[1] 瓦尔特·本雅明《拱廊计划》,霍华德·艾兰、凯文·麦克劳克林译(坎布里奇:哈佛大学出版社,1999),第

948页。

[2] 瓦尔特·本雅明《文选》(第一卷:1913—1926),马库斯·布洛克、迈克尔·W.詹宁斯编,罗德尼·利文斯通、斯坦利·康戈尔德、爱德蒙·杰夫科特、哈里·索恩译(坎布里奇:哈佛大学出版社,1996),第446页。

[3] 瓦尔特·本雅明《文选》(第二卷:1927—1934),迈克尔·W.詹宁斯、霍华德·艾兰、加里·史密斯编,罗德尼·利文斯通等译(坎布里奇:哈佛大学出版社,1999),第473页。

[4] 引自苏珊·布克-莫尔斯《看的辩证法:瓦尔特·本雅明与拱廊计划》(坎布里奇:麻省理工学院出版社,1997),第21页。

[5] 致马丁·布伯信,收录于瓦尔特·本雅明《通信1910—1940》,格肖姆·朔勒姆、特奥多尔·W.阿多诺编,曼弗雷德·雅各布森、伊夫琳·雅各布森译(芝加哥:芝加哥大学出版社,1994),第313页。

[6] 引自布克-莫尔斯,第383页。

[7] 瓦尔特·本雅明《作品集》,七卷本,罗尔夫·蒂德曼、赫尔曼·施韦彭霍伊泽编(法兰克福:祖尔坎普出版社,1972—1989),第三卷,第52页;第二卷,第559页。

[8] 《艺术作品在其技术可复制性时代》,收录于《启迪》,汉娜·阿伦特编,哈里·索恩译(纽约:朔肯出版社,1969;伦敦:乔纳森·凯普出版社,1970),第238页。

[9] 《论波德莱尔著作中的若干母题》,收录于《启迪》,第190页。

[10] 引自莫梅·布罗德森《瓦尔特·本雅明传》,马尔科姆·R.格林、恩格里达·利杰斯译(伦敦及纽约:左页出版

社,1996),第239页。
[11] 引自布克-莫尔斯,第220页。
[12] 1931年书信,引自格哈德·里希特《瓦尔特·本雅明与自传的集成》(底特律:韦恩州立大学出版社,2000),第31页。
[13] 引自赖纳·罗赫利茨《艺术的祛魅:瓦尔特·本雅明的哲学》,简·玛丽·托德译(纽约:吉尔福德出版社,1996),第133页。
[14] 《拱廊计划》,第460页;《德国悲剧的起源》,约翰·奥斯本译(伦敦:新左图书公司,1998),第34页。
[15] 引自布克-莫尔斯,第228页。
[16] 引自布克-莫尔斯,第291页。
[17] 见《文选》第一卷,第360页,注38。
[18] 《启迪》,第3页。

布鲁诺·舒尔茨

布鲁诺·舒尔茨最早的一个童年回忆,是他小时候坐在地板上,在一张张旧报纸上涂抹一幅幅"画",围观的家人啧啧称奇。在创造的狂喜中,这孩子仍活在"天才时代",仍能自然而然地进入神话的王国。或者说,是长大后的舒尔茨这样觉得;他成熟时期所有的奋斗都将是为了重新接触他早年的力量,都将是为了"成熟至童年"。[1]

这些奋斗将产生两类作品:蚀刻画和素描画,如果不是因为它们的作者以其他手段成名,它们大概不会引起多大兴趣;以及两本小书,它们是关于外省地区加利西亚一个少年的内心生活的故事和小品集,这两本书在两次世界大战之间使他成为波兰文学界的前线作家。《肉桂色铺子》(1934)和《沙漏做招牌的疗养院》(1937)有丰富的幻想,充满对活生生的世界的理解的喜悦,风格优雅,机智诙谐,并得到一种神秘但前后一致的唯心主义美学的加固。两本书都是独特而骇人的产品,似乎都是毫无来处。

布鲁诺·舒尔茨生于1892年,是出身商人阶层的犹太父母的第三个孩子,其名字取自基督教圣徒布鲁诺①,因为他的生日正好是圣布鲁诺纪念日。他的家乡德罗霍比兹是奥匈帝国一个省的小工业中心,它在第一次世界大战之后归还,成为波兰的一部分。

虽然德罗霍比兹有一所犹太人学校,但舒尔茨却被送去波兰语高级中学(在附近地区布罗迪的约瑟夫·罗特②,则去了一所德语高级中学)。他的语言是波兰语和德语;他不讲街头的意第绪语。在学校他的艺术成绩卓著,但在家人的劝说下他放弃以艺术为职业的打算。他进勒武夫理工学院读建筑,但在1914年宣战时被迫辍学。由于心脏缺陷,他没有被征召入伍。他返回德罗霍比兹、着手实施一个密集的自我教育计划,阅读和改进他的绘画才能。他汇编一本以情欲为主题的图画集,叫作《偶像崇拜集》,并怯生生地试图销售,但不大成功。

由于无法以艺术谋生,加上父亲逝世后要承担起支援满屋病弱亲人的重任,他遂在当地一所学校担任美术教师,一直做到1941年。虽然受到学生爱戴,但他觉得学校生活乏味,于是写了一封又一封的信恳求当局让他请假从事艺术创作。值得一赞的是,他们对他的恳求并非总是充耳不闻。

虽然舒尔茨在外省与世隔绝,但他仍能在城市中心举办画展,以及与志趣相投者通信。在他数千封书信中,有约

---

① 圣徒布鲁诺(1030—1101),天主教加尔都西会创始人。
② 罗特(1894—1939),德语犹太作家,生于奥匈帝国,代表作《拉德茨基进行曲》。

一百五十六封保存下来,他在书信中倾注他大量的创作精力。舒尔茨的传记作者耶日·菲科夫斯基称他是波兰书信艺术的最后杰出代表。[2]所有证据都显示,构成《肉桂色铺子》的大部分作品,是在他写给诗人德博拉·福格尔的书信中开始它们的生命的。

《肉桂色铺子》在波兰知识界引起热烈反应。舒尔茨访问华沙时,受到各艺术沙龙的欢迎,文学杂志向他约稿;他的学校授予他"教授"称号。他与皈依天主教的犹太人约瑟芬娜·塞林斯卡订婚,虽然他本人没有跟着皈依天主教,但他正式退出德罗霍比兹的犹太宗教社区。他在谈到未婚妻时写道:"(她)构成我对生活的参与。通过她,我成了一个人,而不再仅仅是一只狐猴和一个小精灵……她是地球上最亲近我的人。"(菲科夫斯基,第112页)然而,两年后订婚告吹。

卡夫卡的《审判》于1936年首次译成波兰语发表,译者署名舒尔茨,但实际上是由塞林斯卡翻译的。

舒尔茨的第二本书《沙漏做招牌的疗养院》大部分是早期作品的拼凑,其中一些仍然是试探性和业余的。舒尔茨倾向于贬低这本书,尽管事实上不少故事的水准并不比《肉桂色铺子》逊色。

受教学和家族责任的负累,加上对欧洲政治发展的忧虑,舒尔茨在二十世纪三十年代末陷入抑郁症状态,无法写作。波兰文学院授予他"金桂冠"称号并未能使他打起精神。对巴黎进行三周访问也未能使他振作起来,尽管这是他仅有的一次远离家乡的实质性历险。他启程前往他后来回顾时所称的"世界上最独特、自足、冷漠的城市",怀着一个无把握的希望,希望为他的艺术作品安排一次展览,但他仅接触过几个人,便空手离开。[3]

1939年,按照纳粹和苏联对波兰的瓜分,德罗霍比兹被并入苏联乌克兰。在苏联人统治下,舒尔茨没有机会当作家。("我们不需要普鲁斯特们",他被直截了当地告知。)然而,他受委托制作一些宣传画。他继续教书,直到1941年夏天乌克兰遭德国人入侵,所有学校关闭。对犹太人的杀害立即开始,1942年犹太人遭集体驱逐。

舒尔茨一度设法躲过最坏的情况。他幸运地获一名自称喜爱艺术的盖世太保官员的荐举,从而获得"必要的犹太人"的地位和珍贵的袖箍,这个识别标志使他在围捕期间得到保护。他替其赞助人的住宅四壁和盖世太保官员们的赌场的四壁做装饰,并获得粮食配给作为报酬。与此同时,他把他的艺术作品和手稿打包,存放在非犹太人朋友处。华沙的好心人偷偷带钱和假文件给他,但他还未来得及下定决心逃离德罗霍比兹便死了,他是在盖世太保发起的一个无政府日期间,在街上被挑出来枪毙的。

1943年,犹太人已在德罗霍比兹绝迹。

二十世纪八十年代末,随着苏联解体,波兰学者耶日·菲科夫斯基接到消息,称一个获准查阅克格勃档案的匿名人士取得了舒尔茨的一个包裹,准备以某个价格脱手。虽然不知道究竟是什么,但这包裹为菲科夫斯基的一个执拗的希望提供基础,这希望就是,也许舒尔茨失踪的作品能够寻回。这些失踪的作品包括一部未完成的长篇小说《弥赛亚》，我们知道它是因为舒尔茨曾把片段读给朋友听；还有就是舒尔茨在死前一直在做的笔记，它们是他与犹太人谈话的备忘录，这些犹太人曾亲眼看到行刑队的运作和运输犹太人的过程，他打算以它们为基础写一本有关犹太人受迫害的书。（一本与舒尔茨的计划相似的书，于1997年出版，作者是亨利克·格林贝格。[4] 舒尔茨本人成为格林贝格书中第一章故事的一个次要人物。）

在波兰，耶日·菲科夫斯基（2006年逝世）作为诗人和研究吉卜赛生活的学者闻名。然而，他的主要声誉建立在研究布鲁诺·舒尔茨的著作上。从二十世纪四十年代起，菲科夫斯基便突破官僚程序上和物质上的重重障碍，孜孜不倦地在波兰、乌克兰和更广大的世界搜寻舒尔茨的遗物。他的译者西奥多西娅·罗伯逊称他是一位考古学家，是舒尔茨的艺术遗物的主要考古学家。（菲科夫斯基，第12页）《伟大异端的区域》是罗伯逊翻译的菲科夫斯基所撰舒尔茨传记的第三版，也是修订版（1992），菲科夫斯基在修订版增加了两章——一章讲遗失的长篇小说《弥赛亚》，一章讲舒尔茨生命最后一年在德罗霍比兹所绘的壁画的命运——以及增加了详尽的生平事迹和舒尔茨留存下来的书信选。

罗伯逊在她翻译的《伟大异端的区域》中，选择重译所有引述自舒尔茨的段落。她这样做是因为她像其他以美国为基地的波兰文学研究者一样，对现有的英译本有保留。这些译文出自采莉纳·维尼耶夫斯卡之手，于1963年出版:舒尔茨迄今为英语世界所知,正是拜这些被冠上《鳄鱼街》总标题的作品所赐。[5]维尼耶夫斯卡的译文值得商榷,有很多理由。首先,它们是根据有错误的文本翻译的:一套独立的、学术版的舒尔茨作品集直到1989年才出版。其次,维尼耶夫斯卡在一些地方悄悄修改舒尔茨。例如,在《第二秋》这篇小品中,舒尔茨凭空把博莱霍夫称为鲁滨孙的家乡。博莱霍夫是德罗霍比兹附近的一个城镇;不管舒尔茨不指出自己的城镇是基于什么理由,译者应尊重作者原意才对。维尼耶夫斯卡把"博莱霍夫"改为"德罗霍比兹"。(维尼耶夫斯卡,第190页)第三,也是最严重的,维尼耶夫斯卡在很多地方删节舒尔茨的散文,以使其较不那么堆砌,或把一些特殊的犹太人典故普遍化。

必须帮维尼耶夫斯卡说一句的是,她的译文可读性很高。她的散文具有少见的丰富性、典雅,并且风格统一。无论谁担当起重译舒尔茨的任务,都将发现自己难逃她的阴影。

《肉桂色铺子》的最佳指南,莫过于舒尔茨本人在试图使一家意大利出版社对该书发生兴趣时所写的梗概(他的计划落空,如同他计划的法文和德文译本)。

他说,《肉桂色铺子》是一个家庭的故事,它不是以传记或心理学的形式,而是以神话的形式讲的。因而,该书在构想上可以说是异端的:如同古代人,他们把家族的历史时间往后溯,与祖先的神话时间合流。但在他的书中,神话在性质上并不是公共的。它们从童年早期的雾霭里出现,从希望和恐惧、幻想和不祥的预感里出现——他在别处所称的"神话学谵妄的牢骚"——这些因素构成了神话思维的苗床。(维尼耶夫斯卡,第370页)

故事中这个家庭的中心人物,是雅各布,他是一个商人,但一心想着拯救世界,他通过对催眠术、电疗法、心理分析和其他被他称作"伟大异端的区域"的超自然法术进行各种实验这一手段,来追求他的使命。雅各布周围是些愚笨的人,他们对他的形而上奋斗毫不理解,尤其是他的宿敌——女仆阿德拉。

雅各布从世界各地进口各种蛋,在他的阁楼培育大批信使鸟——神鹰、鹰、孔雀、野鸡、鹈鹕——有时候连他自己的实体生命也近乎跟它们相同。但是阿德拉总是用扫帚把他的鸟儿们赶得四分五散。雅各布受挫、沮丧,并开始收缩和枯竭,最后变成一只蟑螂。时不时他会恢复原形,以便给儿子讲解各种事物,例如傀儡、裁缝的人体模型,以及异教创始人把垃圾变成生命的能力。

舒尔茨为解释他的《肉桂色铺子》的内容而做的努力,并非仅限于这个梗概。舒尔茨还向他的一位朋友、作家兼画家斯塔尼斯拉夫·维特凯维奇做详尽解释,写出一份内省的分析,其感染力和敏锐之非凡不亚于诗学信条。

他首先回忆他自己的"天才时代"的场面,他的神话学的童年,"当时一切都闪烁着神似的光彩"。(维尼耶夫斯卡,第319页)其中两个画面依然主宰着他的想象力:一辆挂灯笼的马车闪闪发光从黑暗的森林里驶出;一个父亲在黑暗中大踏步走着,给搂在怀中的孩子说着安慰话,但孩子听到的却全是黑夜的不祥召唤。他说,第一个画面的来源,他并不清楚;第二个画面则是来自歌德的叙事诗《魔王》,他八岁时母亲读这首诗给他听,他吓得灵魂深处发抖。

他接着说,这类画面都是在生命早期昭示给我们。它们构成"精神的铁资本"。对艺术家而言,它们划出他的创造力的疆界;他余生的任务就是探索和解释和设法理解它们。童年之后我们没有发现什么新鲜事,我们只是一再回到原点,不断挣扎但没有结果。"灵魂把自己打在里面的那个结,并不是一个你把两端一拉就解开的假结。相反,它收得更紧。"在与这个结的斗争中,产生了艺术。(维尼耶夫斯卡,第368页)

舒尔茨说,至于《肉桂色铺子》更深层的意义,一般来说,让作家太理性地分析自己的作品,并不是一个好政策。这就像要求演员扔掉面具:会毁掉那出戏。"在一部艺术作品中,那个把它与我们所有的关注联结起来的脐带还没切断,神秘性的血液仍在循环;血管的末端消失到茫茫黑夜里,然后从茫茫黑夜里回来,充满暗液。"(维尼耶夫斯卡,第368—369页)

然而,如果被要求做出解释,他会说这本书呈现某种原始的、生机论的世界观,根据这种世界观,物质持续地处于一种发酵与萌芽的状态。不存在死物质这回事,物质也不是维持一种固定的形式。"现实呈现某些形状,仅仅是为了显露,如同一个笑话或一种游戏形式。一个人是人类,另一个人是一只蟑螂,但外形不能说明本质,而只是一个暂时扮演的角色,一层很快就会脱掉的皮……形式的变换是生命的本质。"正因此,他的世界才"弥漫着反讽气息":"单独的个人存在这一赤裸裸的事实含有一种反讽,一个骗局。"

对这种世界观,舒尔茨不觉得他需要给出伦理正当性。《肉桂色铺子》尤其是在一个"前道德"的深处运作的。"艺术的作用是做一次深入无名中的调查。艺术家是一部机器,负责记录那个深层中的进展情况,价值形成于那个深层中。"然而,在个人层面上,他承认故事来自及表现"我的生活,我的命运",这命运的特征是"深刻的孤独,与日常生活的东西隔绝"。(维尼耶夫斯卡,第369页、第370页)

《现实的神话化》写于一年后的1936年,它以言简意赅的方式呈现舒尔茨对诗人的任务的思考,这种思考本身的运作是神秘的,而不是系统化的。舒尔茨说,对知识的追求在本质上是追求恢复一种本源的、统一的生存状态,这是一种曾经发生过某种跌入碎片化状态的状态。科学的目的是耐心地、有条理地、有诱惑力地寻求把碎片重新拼凑起来。诗歌寻求同样的目标,但其寻求是"直觉的、推理的,在其过程中有很多大胆的缩略和近似值"。诗人——本人是一个从事神秘追求的神秘存在——在最基本的层面上工作,也即词语的层面。词语的内在生命在于"使自己朝着千百种联结拉紧和绷紧,像传说中被切断的蛇,它的切片在黑暗中寻找彼此"。系统化思想就其本质而言,是把那条蛇的切片分开来检查它们;诗人却可以进入"古老的含义",诗人允许词语的切片再次在神话中找到它们的位置,而一切知识都是由那些神话构成的。(维尼耶夫斯卡,第371—373页)

由于舒尔茨的两部虚构作品都专注于描写一个孩子所体验的世界,因此人们往往根据这两部小说而把舒尔茨当成一个稚拙的作家,某种城市民间艺术家。然而,一如他的书信和随笔所表明的,他是一个拥有强大的自我分析能力的原创性思想家,一个尽管来自外省却能与像维特凯维奇和贡布罗维奇这样的同行平等地交锋的老练知识分子。

在一次交流中,贡布罗维奇向舒尔茨报告他与一个陌生人、一个医生的妻子的谈话,后者告诉他在她看来作家布鲁诺·舒尔茨"要么是一个有病的变态者要么是一个装腔作势者,但最有可能是一个装腔作势者"。贡布罗维奇怂恿舒尔茨,要他在报刊上为自己辩护,并说他应把这次挑战视为既是实质的又是美学的:而他替自己辩护时应使用一种既不傲慢和轻率也不造作和郑重的语气。(维尼耶夫斯卡,第374页)

舒尔茨在回答时,不理会贡布罗维奇向他提出的任务,而是从斜地里应对这个问题。他问道,是什么引起贡布罗维奇和一般艺术家注意、甚至窃喜于最愚蠢、最市侩的公共舆论?(例如,为什么福楼拜耗费多月、多年时间搜集蠢话,然后把它们编入他的《庸见词典》?)他问贡布罗维奇:"难道你不对(你)这种非自愿地跟终究与你不相容和对你有敌意的东西同声同气感到吃惊吗?"(维尼耶夫斯卡,第377页)

舒尔茨说,不自觉地跟无脑的流行意见同一鼻孔出气,源自我们大家根深蒂固的返祖思维习惯。当某个无知的陌生人把他,舒尔茨,斥为装腔作势,"你(贡布罗维奇)身上便升起一个不善于说话的暴民,像一头受训练去对吉卜赛人的笛声做出反应的熊"。而这是源于心灵本身的组织方式:一个层层互叠的亚系统,有些较理性,有些较不理性。因此才有我们一般思维方式的"混乱、多轨道性质"。(维尼耶夫斯卡,第377页、第378页)

舒尔茨还普遍被认为是他的年纪较大的同代人卡夫卡的一个信徒、追随者甚至模仿者。他的个人历史与卡夫卡的个人历史之间的相似性确实是瞩目的。两人都是在弗朗茨·约瑟夫一世皇帝统治时期生于商贾阶级的犹太家庭;两人都体弱多病,都对性爱关系感到困难;两人都认真负责地做刻板工作;两人都被父亲形象所笼罩;两人都死得早,留下复杂而麻烦的文学遗产。另外,人们(错误地)相信舒尔茨翻译过卡夫卡。最后,卡夫卡写了一个故事,故事中一个男人变成昆虫;舒尔茨则写了一些故事,故事中一个男人不仅变成一只又一只的昆虫,而且变成一只螃蟹。(父亲雅各布的螃蟹化身被女仆扔进滚烫的水里,但没人能吃他变成的那团糊状物。)

舒尔茨对自己的作品的评论,应可使我们清楚地看到这些类同是多么表面。他自己的倾向,是倾向于再创造——或许是编造——童年的意识,它充满恐怖、迷恋,以及疯狂的光荣;他的形而上学是物质的形而上学。这些,都是在卡夫卡身上找不到的。

舒尔茨为约瑟芬娜·塞林斯卡翻译的《审判》写了一篇后记,其见识和格言式力量引人注目,但更突出的是它企图把卡夫卡纳入舒尔茨式的轨道,使卡夫卡变成舒尔茨这个名字存在前的舒尔茨。

"卡夫卡的做法,也即创造一个'酷似物'或替代性现实,可以说是没有先例的,"舒尔茨写道,"卡夫卡以异乎寻常的精确性看到存在的现实性表面,他可以说是默记其姿势的密码,所有事件和情景的外部机制,它们互相吻合和互相交错的方式,但这些对他而言只是没有根的松散表皮,他把它像一层精致的膜那样扯起来,黏合到他的超验世界上,嫁接到他的现实上。"

虽然舒尔茨所描述的这个程序,并未抵达卡夫卡的核心,却说得极令人激赏。但他继续说:"(卡夫卡)对现实的态度是剧烈地反讽、奸诈,深刻地不怀好意的——一个变戏法的人与其原材料的关系。他只是装出一副注意这个现实的细节、严肃性和精确的样子,以便更完全彻底地违背现实。"突然间,舒尔茨把真实的卡夫卡抛诸脑后,开始描述另一种艺术家,那种他本人就是的,或愿意被视为的艺术家。他敢于按自己的形象来改造卡夫卡,足见他对自己的力量的信心。(维尼耶夫斯卡,第349页)

舒尔茨在他两本书中创造的世界,引人瞩目地没有被历史玷污。大战和紧接着而来的痉挛并没有投下向后的阴影;例如,《死季》这篇故事在写到那个赤脚农民的儿子们遭犹太店员们奚落时,并没有暗示他们会在数十年后回到同一家商店,洗劫它,并殴打店员们的子女。

有些暗示表明舒尔茨意识到他不可能永远靠他在童年

储存起来的铁资本度日。在1937年的一封信中谈到他的心境时,他说他感到自己仿佛在深睡中被拖出来。"我的内心进程的特点和不寻常的本质,把我隐士似的密封起来,使我对世界的突然入侵懵然不知和反应迟钝。现在我正向世界敞开自己……如果不是因为(这种)仿佛就要进行一次天知道会去什么地方的艰巨冒险之前的恐惧和内心收缩,那一切都会很好。"(维尼耶夫斯卡,第408页)

他最明显地把脸转向广大世界和转向历史时间的小说,是《春天》。年轻叙述者偶然见到他第一本集邮册,在这本灼热的书中,在对各种图像(这些图像来自一些他根本不知道实际情况是什么样子的地方——海德拉巴德、塔斯马尼亚、尼加拉瓜、阿巴拉卡达布拉)的大检阅中,一个德罗霍比兹以外的世界的火烈之美突然自己显露出来。在众多神奇的邮票中,他见到一些奥地利邮票,主要是乏味的弗朗茨·约瑟夫这个习惯于呼吸法庭和警察局空气的干瘪、沉闷的皇帝的图像(这里,叙述的声音再也不能假装是一个孩子的声音了)。生在由这样一个统治者管辖的土地,是何等的可耻啊!做那个精力充沛的马克西米连大公①的子民要好得多!

《春天》是舒尔茨最长的小说,也是他尽最大的协调努力去发展一条叙述线索的小说——换句话说,成为一个较传统的讲故事者。小说的基础是探险故事:青年主人公开

---

① 马克西米连(1832—1867),奥地利大公,本人是墨西哥皇帝,由墨西哥保守派和法国皇帝拿破仑三世扶助称帝,法国军队撤退后被处死。

始在一个以集邮册为模型的世界里追踪他心爱的比安卡（裸露纤腿的比安卡）。作为叙述，它是由陈套堆砌而成的；过不久，它便沦为古装戏的拼凑，然后逐渐没戏。

但是在半途中，当舒尔茨开始对他正在编造的故事失去兴趣时，他把眼光转向内心，进入一段四页篇幅的密集沉思，沉思自己的写作过程，我们只能想象它是在恍惚状态下写的，一种狂想诗文式的哲学思考，最后一次发展了地下土床的意象——神话也正是从中吸取其神圣力量。跟我到地下来，他说，来到根茎的地方，在那里文字解体，重归其词源学——回忆前尘的地方。然后到更深处去，去到最底层，去到"那黑暗的基础，在母亲们中间"——未出生的故事聚集的王国。（维尼耶夫斯卡，第140页）

在这些地下深层，哪个故事是第一个展翅破睡眠之茧而出的故事？原来是构成他自己的精神存在的两个基础神话中的一个：魔王的故事，故事说的是一个孩子，其母亲无力量阻挡她（或他）被黑暗那甜蜜的劝说诱走——换句话说，是从母亲口中听来的故事，它向年轻的布鲁诺宣布，他的命运意味着将离开母亲的乳房，进入黑暗的王国。

舒尔茨作为一个自己内心生活的探索者，其才能是无与伦比的，这内心生活同时也是对他的童年和他自己的创造活动进行回忆的内心生活。他的故事的魅力和新鲜源自前者，他的故事的知识力量则来自后者。但他觉得他不能永远从这个井里汲取东西，而他这感觉是对的。他必须从某个地方更新他灵感的泉源：二十世纪三十年代末期的抑郁和枯竭，也许正是源自他意识到他的资本已耗尽。写于

《疗养院》之后的四个故事（其中一个不是用波兰文而是用德语写的），都没有迹象表明曾发生过这样的更新。至于他在《弥赛亚》中是否成功找到新泉源，我们可能——尽管菲科夫斯基寄予最大希望——永远不知道。

舒尔茨在某种狭窄的技术范围和情感范围内，是一位有才能的视觉艺术家。早期《偶像崇拜集》系列尤其是一份受虐狂记录：驼背、侏儒式的男人，拜倒在裸露纤腿的傲慢女郎脚下，而我们可从这些男人中辨认出舒尔茨本人。

我们可以在舒尔茨笔下这些女郎的自恋式挑战的背后，觉察到戈雅的《裸体的玛哈》的影子。表现主义的影响也很强烈，尤其是爱德华·蒙克的影响。亦明显有比利时人费利西安·罗普斯①的痕迹。令人好奇的是，虽然梦在舒尔茨小说中扮演重要角色，但超现实主义者竟没有在他的画作上留下印记。反而是随着他的成熟，一种嘲弄式喜剧的元素愈见强烈。

舒尔茨画中的女郎们与《肉桂色铺子》中的女仆阿德拉是同一模式，阿德拉统治那一家子，并以伸开一条腿和递上一只脚让叙述者的父亲膜拜而把他变成幼稚。小说和艺术作品属于同一宇宙；有些画原是要作为小说插图的。但舒尔茨从没有佯装他那些野心有限的视觉艺术作品可以跟他的写作匹比。

菲科夫斯基的书收录了舒尔茨一辑素描和图画。他编

---

① 罗普斯（1832—1898），比利时超现实主义画家。

辑的《全集》可见到更完备的画。舒尔茨所有留存下来的画都收录在亚当·密茨凯维奇文学馆出版的一部漂亮的双语画册里。[6]

(2003)

原注

[1] 布鲁诺·舒尔茨致安杰伊·普莱什涅维奇信,引自切斯瓦夫·Z.普罗科普奇克编《布鲁诺·舒尔茨:新文件与解释》(纽约:彼得·朗出版社,1999),第101页。

[2] 耶日·菲科夫斯基《伟大异端的区域:布鲁诺·舒尔茨传记肖像》,西奥多西娅·罗伯逊译(纽约:W.W.诺顿出版社,2002),第105页。

[3] 1938年8月致罗曼娜·哈尔佩恩信,收录于《布鲁诺·舒尔茨作品集》,耶日·菲科夫斯基编(伦敦:皮卡多尔出版社,1998),第442页。

[4]《德罗霍比兹、德罗霍比兹和其他故事》,艾利西亚·尼特基译(纽约:企鹅出版社,2002)。

[5]《鳄鱼街》,采莉耶·维尼耶夫斯卡译,耶日·菲科夫斯基序(纽约:企鹅出版社,1977)。

[6] 布鲁诺·舒尔茨《亚当·密茨凯维奇文学馆收藏画作与文件选辑》(华沙,1992)。

约瑟夫·罗特：小说集

在一个始于 1848 年、终于 1916 年的统治时期的顶点，奥地利皇帝和匈牙利国王弗朗茨·约瑟夫管治着约五千万子民。在这些子民中，有不足四分之一以德语为母语。即使在奥地利境内，每两个人就有一个这样或那样的斯拉夫人——捷克人、斯洛伐克人、波兰人、乌克兰人、塞尔维亚人、克罗地亚人或斯洛文尼亚人。这些族裔，各自都盼望建立独立的民族国家，连同与此有关的所有附属物，包括有自己的民族语言和民族文学。

事后回顾起来，我们可以看到这个帝国政府的错误，是太轻视这些愿望，以为隶属于一个开明、繁荣、和平、多种族的国家所带来的利益，会重于分离主义的拉力和反日耳曼（或就斯洛伐克而言，是反匈牙利）偏见的推力。当战争——因一次由族裔民族主义者发动的突如其来的恐怖主义行为而加速——于 1914 年爆发时，帝国发现自己太弱，无法抵挡其边境上的俄罗斯、塞尔维亚和意大利军队，于是分崩离析。

"奥匈帝国完了，"西格蒙德·弗洛伊德在写于 1918 年停战日的日记中对自己说，"我不想生活在任何其他地方……我将继续靠它的躯干活下去,并想象它仍是一个整体。"[1]弗洛伊德这番话,颇能代表当时很多有奥德文化背景的犹太人的心声。旧帝国的解体和东欧地图为了根据种族来建立新家园而进行的重绘,尤使犹太人受损害,因为他们没有自古以来属于自己的土地。超民族的旧帝国适合他们;战后的安置对他们则是一场灾难。分拆后的、几乎难以维持的新奥地利国家最初几年,先是粮食短缺,继而是抹去中产阶级储蓄的高通胀,然后是左右两派准军事部队之间的街头暴力,这些只会加剧犹太人的不安。有些人开始考虑把巴勒斯坦作为民族家园;另一些人转向共产主义的超民族信仰。

缅怀失去的过去,忧虑无家可归的未来,是奥地利小说家约瑟夫·罗特成熟作品的核心。罗特深情地回望奥匈王朝,把它当作他唯一曾有过的祖国。"我爱这个祖国,"他在《拉德茨基进行曲》序中写道,"它允许我同时成为一个爱国者和一个世界公民,既在奥地利所有民族中间又是一个德国人。那时我爱这个祖国的美德和优点,现在它消亡了,我甚至爱它的缺点和弱点。"[2]《拉德茨基进行曲》是罗特的杰作,是由一位子民从帝国一个边境地区写给哈布斯堡奥地利的一首伟大挽诗;是一位在德国文学界几无立足点的作家对德语文学的伟大贡献。

摩西·约瑟夫·罗特1894年生于布罗迪,它是帝国加利西亚州距俄罗斯边境仅数里的一个中等城镇。加利西亚在1772年波兰解体时就已成为奥地利帝国的一部分;它是一个贫困地区,人口密集,主要是乌克兰人(在奥地利被称为鲁塞尼亚人)、波兰人和犹太人。布罗迪本身曾是"哈斯卡拉"犹太启蒙运动的中心。十九世纪九十年代,其人口有三分之二是犹太人。

在帝国讲德语的部分,加利西亚犹太人受鄙视。他青年时代在维也纳获得成功时,淡化自己的背景,宣称他生于施瓦本多夫,那是一个居民以德国人为主的城镇(这个虚构的原籍,出现在他的正式证件上)。他宣称父亲是(有各种说法)工厂主、军官、州高官、画家、波兰贵族。事实上纳楚姆·罗特在布罗迪一家公司工作,替德国粮商采购谷物。摩西·约瑟夫根本不认识父亲:1893年,纳楚姆婚后不久,在乘火车去汉堡时猝发某种脑病。他被送往一家疗养所,再从那里移交给某位施奇迹的拉比。他没有康复,也没有回布罗迪。

摩西·约瑟夫在母亲娘家由母亲带大,外祖父母是融入社会的富裕犹太人。他就读一所犹太人社区学校,学校授课用德语;然后入读布罗迪德语高级中学。他的同学有一半是犹太人:对来自东部的年轻犹太人来说,德语教育打开了通往商业和主流文化的大门。

1914年,罗特入读维也纳大学。当时维也纳拥有中欧最大的犹太社群,约二十万人生活在相当于某种自愿的犹太人隔离区里。"做一个东犹(来自东欧的犹太人)难",罗特如此说;但"做一个维也纳的东犹局外人更难"。东犹不仅得跟反犹做斗争,还得跟西欧犹太人的高傲做斗争。[3]

罗特是一个杰出学生,尤其是德语文学的杰出学生,尽管他瞧不起大多数老师,觉得他们逢迎和迂腐。这种鄙视反映在他的早期作品中,它们所反映的国家教育制度,要么是事业狂的乐园,要么是胆怯、无创见的乏味苦干者的温床。

他兼职为一位伯爵夫人的年轻儿子们补习,在这过程中学会了花花公子的言行举止,例如吻女士们的手、拿手杖、戴单片眼镜。他开始发表诗。

他的教育,似乎会使他踏上学术生涯的道路,却不幸地被战争终止了。他克服和平主义的性格倾向,于1916年入伍,同时放弃摩西这个名字。帝国军队里族裔关系紧张严重,他遂被调离他所属的讲德语的部队;他于1917年至1918年在加利西亚一支讲波兰语的部队里度过。他的服役期成为他进一步给自己的生平添油加醋的好题材,包括他曾是军官,以及他曾在俄罗斯当战俘。多年后,他仍在讲话中掺杂军官阶层的俚语。

战后,罗特开始为报章写稿,并迅速在维也纳赢得一批读者。战前,维也纳是一个伟大帝国的首都;如今,是一个在全国仅七百万人口中占两百万人口的贫困城市。为了寻找更好的机会,罗特与新婚妻子弗里德里克移居柏林。他在柏林为自由派报纸撰稿,但也为左派的《前进》周刊写文章,署名"红色约瑟夫"。他出版第一部报纸小说,称作报纸小说不仅因为这些报纸小说与他的报刊文章有着同样的主题,而且因为其文本被剪裁成短小精悍的单元。《蜘蛛网》(1923)先知先觉地描写法西斯主义右派的道德和精神威胁。它出版才三天,希特勒就首次夺权。

1925年,罗特被当时主要的自由派报纸《法兰克福汇报》任命为驻巴黎记者,其薪水使他成为德国报酬最高的记者之一。他来柏林是为了成为一个德语作家,但在法国他发现自己骨子里是法国人——"来自东欧的法国人。"[4]法国女人那种他所称的丝绸质感,尤其是他在普罗旺斯所见的女人,使他如沐春风。

即使在青年时代,罗特就已能运用清晰、柔韧的德语。现在,他以司汤达和福楼拜——尤其是《一颗简单的心》的福楼拜——为楷模,使他特有的精确的成熟风格更臻完美。(他在谈到《拉德茨基进行曲》时说:"特罗塔上尉就是我。"这是在有意识地呼应福楼拜的"包法利夫人就是我"。)[5]他甚至动过定居法国并以法语写作的念头。

然而,一年后,《法兰克福汇报》找别人接替他在巴黎办事处的职位。他感到失望,遂提出让他去一趟俄罗斯。他有一个习惯就是(用他的话说)"以反讽的方式处理中产阶级世界的某些制度、道德和习俗",但他继续说,仅凭这个习惯不应假设他无资格报道俄罗斯和报道俄罗斯革命的"可疑的后果"。他的系列报道取得巨大成功;接着是从阿尔巴尼亚、波兰和意大利发回来的报道。他对自己的新闻工作很自豪。"我不写所谓的风趣的评论。我勾勒时代的面貌……我是新闻工作者,不是记者,我是作家,不是头条新闻的制作者。"[6]

在写这些新闻作品的同时,他继续写小说。1930年他出版第九部小说《约伯:一个单纯的男人的故事》。虽然(或许正因为)有一个滥情的、童话式的结局——饱受命运打击、落魄在纽约贫民窟的老人门德尔·辛格,获被他抛弃在旧世界的白痴儿子营救,这个他对其情况一无所知的儿子,成了世界著名的音乐家——但是《约伯》却获得了国际上的成功(罗特承认,如果不是求助于喝酒,他根本没法写出这个结局)。好莱坞将《约伯》的犹太人因素剔除之后,把它改编成电影,名为《人之罪》。《约伯》出版两年后,罗特出版他最具野心的小说《拉德茨基进行曲》。他余生还出版了另六部小说,规模都较小,另外还有很多短篇小说。

《拉德茨基进行曲》是罗特无可比拟的最伟大的小说,也是唯一在不必赶稿的状态下写的小说。小说追踪王国政府公仆特罗塔一家三代人的时运:第一个特罗塔是一个简单的士兵,后来因其英勇行为而晋升为小贵族;第二个是省政府高官;第三个是军官,随着哈布斯堡王朝的神秘性对他失去吸引力,他的生命亦沦为无聊,最后在大战中死去,没有留下子嗣。

特罗塔家族的轨迹反映帝国的轨迹。中间那个特罗塔所体现的无私公仆的理想在其儿子身上衰落,不是因为帝国在任何客观意义上误入歧途,而是因为环境转变使旧理想主义难以维系(同样是环境转变成为罗伯特·穆齐尔在《没有个性的人》中对旧奥地利进行解剖的起点)。生于十九世纪九十年代的年轻特罗塔也许代表着罗特和穆齐尔一代("特罗塔上尉就是我"),但书中最悲剧性的人物是他父亲:他不仅要在晚年吞忍儿子的失败带来的羞耻,而且发现——以他那惹人喜爱的谦逊发现——他一生坚守的信仰已经落伍;也是他,证明了作为一位批判性艺术家的罗特,要比后来替哈布斯堡王朝辩护的罗特复杂得多。

在罗特的著作中,帝国最忠诚的支持者总是最边缘化的子民。特罗塔家族是罗特概念中的模范奥匈人,他们原籍不是德国而是斯洛文尼亚。在让其笔下这个家族的直系人物死光之后,罗特在《先王陵墓》(1938,英译本《皇帝之墓》)中创造一个特罗塔的远房堂弟,通过这个人物来继续以小说的形式叙述帝国理想沦为战后维也纳犬儒主义和颓废的历史,但这部小说作为《拉德茨基进行曲》的续篇有点苍白。

与此同时,弗里德里克·罗特患精神病住院。她二十世纪三十年代在德国和奥地利的精神病院度过;她将成为纳粹掌权时被挑选去施无痛苦致死术的人之一。

1933年,罗特永远离开德国,在欧洲各地漫游了一阵子之后,回到巴黎定居。他的作品开始被译成十余种语言;以大多数尺度衡量,他是一位成功的作者。然而,他不懂理财。此外,他长期以来酒瘾一直很大,到三十年代中期,他沦为酒鬼。在巴黎,他以酒店一个小房间为基地,终日在楼下咖啡馆写作、喝酒、接待朋友。

他对法西斯主义和共产主义都怀敌意,宣称自己是天主教徒,并参与保皇派政治活动,尤其是参与旨在使最后皇帝的侄孙奥托·冯·哈布斯堡恢复皇位的努力。1938年,在德国的吞并威胁逼近时,他以保皇派代表的身份前往奥地利,欲说服政府把总理职位交给奥托。他未获接见,被迫蒙耻离开。回到巴黎后,他呼吁建立一个奥地利军团来武力解放奥地利。

他有不少逃往美国的机会,但他让它们错失。"你为什么喝这么多?"一位忧心的朋友问道。"你以为你可以逃走?你也会被消灭。"罗特答道。[7] 1939年,他在陷入多天的震颤性谵妄之后,死于巴黎一家医院,终年仅四十四岁。

*

虽然罗特也断断续续写短篇小说,但他在英语世界的声誉迄今都建立在他的长篇小说,尤其是《拉德茨基进行曲》上。接着,在2001年,他的短篇小说集由迈克尔·霍夫曼翻译出版。霍夫曼在导言中认为,罗特最好的时候,堪与安东·契诃夫媲美。[8]

书名《约瑟夫·罗特短篇小说集》似乎做出了一个承诺,并且是毫不含糊的承诺:这是罗特的短篇小说全集。但到底什么是短篇小说?霍夫曼没有试图确立一个形式标准——这是一个没有希望的任务——而是明智地把罗特除长篇小说以外的所有虚构性散文视为短篇小说。在由弗里茨·哈克特编辑的经典的六卷本德语版《作品集》中,共有十八个不是被称为长篇小说的虚构作品。这本《小说集》包括这十八个作品中的十七个,并不理会这十八个中有些并不是有开头、中间和结尾的正式小说,而只是被放弃的较大作品的残篇;也不理会其中四个曾在罗特生前或死后以单行本出版:《四月:一场爱情的历史》(1925)、《盲镜:一部短长篇小说》(1925)、《神圣酒徒的传奇》(1939)和《海中怪兽》(出版于1940年,但到1945年才发行)。

没有收录在《小说集》中的第十八个,是《神圣酒徒的传奇》,它被哈克特正确地称为中篇小说,或长的短篇小说,而不是长篇小说。霍夫曼在导言中简略地提到,没有收录它的理由是市场上已有一个译本(霍夫曼本人译)。因此,《小说集》严格地说并不是短篇小说全集:尚需要配合《神圣酒徒的传奇》(伦敦:查托与温都斯出版社,1989)或由两个短篇小说合在一起出版的《〈左与右〉和〈神圣酒徒的传奇〉》(纽约:漏网出版社,1992)来读。

这本小说集中第一篇明白无误的杰作是写于1933年的《站长法尔默赖厄》。法尔默赖厄是一个我们经常在罗特小说中遇到的那种冷静、自足的男人,尽职但没感情地经历爱情、婚姻和为人父母的过程。然后命运来干预。在他当站长的奥地利一个外省城镇附近发生火车撞车。其中一名乘客、俄国瓦莱夫斯卡伯爵夫人(这些译文的一个扰人的特点,是用德语约定俗成的译法来译俄语姓名)受惊过度,他把她带到家里休养。她离开后,法尔默赖厄发现自己爱上了她。

几个月后——那是1914年——奥地利与俄罗斯交战。法尔默赖厄在东部前线作战,他想再见伯爵夫人的决心使他活了下来。他利用空余时间学俄语。果然,有一天他发现自己来到瓦莱夫斯基的庄园。他报上姓名;他与伯爵夫人成了恋人。

他们的甜美时光被布尔什维克革命中止了。法尔默赖厄从红军手中救出伯爵夫人,护送她跨洋过海,安全抵达瓦莱夫斯基在蒙特卡洛的别墅。但是,正当他们的幸福似乎已在手中时,他们以为已死去的瓦莱夫斯基伯爵突然现身。他又老又残,要求获照料。他妻子无法拒绝。法尔默赖厄估量了局面之后,二话没说便离开了。"从此再未听说过他。"(《小说集》第201页)

罗特对短篇小说中可以和不可以达到什么,把握是很准的。在一位长篇小说家眼中——例如托尔斯泰,他的影子不仅可在这篇小说中,而且可在刚完成的《拉德茨基进行曲》中觉察到——从站长和伯爵夫人初次邂逅到伯爵现身的一系列事件,可能都只是为提出那个真正的问题做准备:一个中年奥地利人抛家弃国追随一个女人,现在发现自己漂泊于战后的欧洲,他将如何打发余生?罗特甚至懒得去想这个问题。罗特在没有否认爱情甚至狂迷的爱情的力量能使我们成为更完满的人的情况下,把法尔默赖厄带到"接下去会怎样"的边缘,然后把他留在那里。

《皇帝的半身塑像》(1935)完全属于罗特的极端保守时期。小说背景设在紧接着大战之后的加利西亚,描写堂吉诃德式的弗朗茨·克萨弗尔·莫施丁伯爵,他不顾其物业如今划入波兰境内,坚持在住宅门口保留一座弗朗茨·约瑟夫皇帝的半身塑像,并穿着奥地利骑兵军官的制服到处走。故事是由一个匿名叙述者讲的,该叙述者觉得自己有责任纪念这种对历史进程提出的默默无闻而低调的抗议。

叙述者忙不迭地给我们解释他对摩登时代的看法。他挖苦地说,在十九世纪的进程中,人们发现"每一个人都必须是某个种族或民族的一员"。"所有那些除了是奥地利人便什么也不是的人……开始按照'当时的风气',把自己称作波兰、捷克、乌克兰、德国、罗马尼亚、克罗地亚'民族'的一部分。"在少数继续把自己视为"超民族"的人士当中,包括莫施丁伯爵。(第232页、第233页、第228页)

战前,伯爵曾有某个社会角色,担当人民与国家官僚机构之间的调停人。现在,他无权无势。然而,村民——犹太人、波兰人、鲁塞尼亚人——继续尊敬他。叙述者认为,这些村民应受到称赞,因为他们抵抗"世界历史那不可理喻的反复无常"。"大千世界与洛帕蒂尼这个小村子,并不像领袖们和惑众者们要我们相信的那么不同。"他悻悻地补充说。(第241页)

波兰新政府下令伯爵把皇帝塑像移走,莫施丁遂亲自监督塑像的肃穆葬礼。接着,他隐居法国南方安度晚年和写回忆录。"我以前的家,那个君主国……是一座大宅,有很多门户和很多房间,供很多不同的人出入居住,"他写道,"这座大宅被瓜分,破坏,毁灭。我与那里的事情再无纠结。我习惯于住大宅,而不是小屋。"(第247页)

像《皇帝的半身塑像》和长篇小说《先王陵墓》这样的作品,不仅在政治外观上是保守的,而且在文学技巧上也是保守的。罗特不是一个现代主义者。其中一部分原因是意识形态的,一部分是性格的,一部分坦率地说是这样一个事实,也即他无法跟上文学世界的发展。罗特读得不多,他喜欢援引卡尔·克劳斯:"一个整天花时间阅读的作家,就像一个整天花时间吃饭的侍应。"[9]

《海中怪兽》是一个完全不同类型的故事。罗特不再对其东犹背景三缄其口。小说背景不是设在加利西亚,而是邻近的俄罗斯帝国境内的沃伦。小说写得很开阔,语调是抒情的,风格是民俗的。中心人物是犹太人尼森·皮采尼克,他虽然以卖珊瑚珠给乌克兰农妇维持生计,却从未见过大海。在他想象的大海中,所有生物,包括珊瑚,都受到一头巨兽——《圣经》中的海中怪兽的保护。

　　皮采尼克与一个年轻水手做朋友,开始与他一起光顾酒馆,常常错过祈祷。他抛弃家庭,与新朋友去敖德萨,在那里待上几星期,被港口生活迷倒。

　　回家后,他发现自己的生意被一个对手抢去了,后者出售新式流行的赛璐珞珠。他受不了诱惑,开始把赛璐珞珠与珊瑚珠混起来卖。但即使如此,也无法恢复他的生意。他决定移民。在前往加拿大的途中,他的船沉没。"愿他在海中怪兽身边安息,直到弥赛亚来临",罗特这篇他作品中最具鲜明犹太人特色的小说的最后一句如此说。(第276页)

　　《站长法尔默赖厄》《皇帝的半身塑像》和《海中怪兽》都是罗特成熟期的作品。《小说集》中的早期故事是些混杂的篇什,包括单调的自然主义小说、失败的实验和放弃的片段。早期阶段完整的作品中,有两篇尤值得重视。1916年的《优等生》是引人瞩目地自信的首次亮相。该小说以日耳曼奥地利小城为背景,用讽刺的眼光看待标题中的优等生安东·万茨尔的崛起,他热情、守纪律、谄媚、狡猾——一个极适合在官僚教育制度中青云直上的人。然而,像早期阶段的很多作品一样,它开头充满理念和能量,然后无以为继,逐渐泄气。

万茨尔这个人物在约十五年后获拯救,被改写,采用第一人称叙述,题《青春》。叙述者给人的印象是冷酷、犬儒,喜欢感官享受却情绪暴躁,文学研究成绩突出却对那些造就伟大文学的激情一窍不通。《青春》几乎没有想要装扮成小说:我们似乎是在阅读一篇罗特尖刻的、几乎不加掩饰的自我分析。

《盲镜》(1925)讲的是一个有点普通、爱做梦、顺服、在性方面天真无知的工人阶级女孩菲妮,用维也纳人的说法,是一个甜妹子。这里,罗特尝试写一个仿中篇小说风格的故事,以反讽的笔触和黑色诗歌风格的闪现来减缓缠绵的伤感情绪。菲妮在一个城市办公室工作,与凡事纠缠不休的母亲和伤残退役军人父亲住在狭窄的居所里。她被一个年纪较大的男人引诱,立即发现这种半婚姻生活毫无乐趣可言,其爱人不洗澡,穿着拖鞋在屋内走动,忘记拉上裤子的拉链。"一星期,或两星期一次,他们在沙发床上交媾,一次可悲的献身,默默无语,伴随着无声的哭泣,如同一个临终病人绝望的生日庆祝会。"(第128页)

菲妮经历一次迟来的恋情,在一个潇洒的革命者怀中找到真爱。当这个情人消失后,她便投水自尽。她的故事——不协调地混合了戏仿、感伤和城市现实主义——结束时,她的尸体被摆上医学院解剖台。

罗特在二十世纪二十年代的书信中一再提及他正在写的一部大规模的长篇小说。该小说从未写出来;只剩下两个片段,也收录在这里——一系列轶事,有幻想特点,点缀着惹人注目的意象,以他早年在加利西亚的生活为基础。后来,罗特将这些素材变成更黑暗的音调,然后用于一部有力度的短长篇小说《假重量》(英译本为《重量与度量》)。《假重量》是另一部描写一个男人太晚才找到爱情,无福享受爱情的小说。

迈克尔·霍夫曼以前译过罗特,其译著曾多次获奖。霍夫曼的英语有表达力,平稳、准确,如同罗特表现最出色时的德语。然而,罗特并非总是写得那么好,而霍夫曼在罗特不尽人意时所做的处理,令人关注。

例如在《海中怪兽》中,罗特写到珊瑚商人皮采尼克的妻子夜里穿的衣服时说,一件"长睡衣,点缀着很多不规则的黑斑,跳蚤的证据"。霍夫曼把它压缩成一件"有跳蚤斑点的睡衣"。在同一个故事中,皮采尼克的顾客迎接他,罗特原文是"以拥抱和吻,笑和叫,仿佛他们在他身上寻回十年不见、长期思念的朋友"。在霍夫曼的版本中,他们迎接他,"以拥抱和吻,像失散已久的朋友"。在这两个例子中,霍夫曼似乎相信他可以通过改造或压缩原文而不是逐字译出,来更好地翻译罗特的意思。但译者的工作是否包括教作者如何写得简洁? (第263页、第260页)

有时霍夫曼改善罗特,达到重写他的程度。在霍夫曼那里,我们读到一对铜茶炊"被落日磨亮"。磨亮金属是擦拭它,使它闪亮。"磨亮"(burnish)这个词内,完全是语言上的巧合,恰好包含一个"烧"(burn)字——铜发亮可以说是因为太阳火烈的燃烧的缘故。任何反对英语 burnish 源自与燃烧无关的法语 brunir 也即擦拭的看法，都可以置之不理，因为带有"burn-"和"brun-"构词成分的词，原来就在它们印欧语系过去的词根中纠结不清。唯一的麻烦是，这个具有独创性的词在罗特原文中根本就没有,在他的德语中太阳仅仅是反映(spiegelte sich)在茶炊上。(第261页)

有时候霍夫曼似乎轻推罗特，让罗特朝着实际上不是他要去的方向走：一个男人的手指压在一个女孩的手臂上是"固执地"，而在原文中只是"柔和"而已。另一方面，有时候他看不到明显的强调。对《皇帝的半身塑像》中的叙述者来说,在1918年之后继承欧洲权力的一代人是够坏的,但不至于坏得像紧接而来的（在霍夫曼的版本中）"那些更进步和凶残的继承者"——显然是暗指墨索里尼、希特勒和他们的同伙。但法西斯主义者怎可称为进步呢？在德语中,这个词是 moderneren,也即更现代：在后期的罗特看来,催生欧洲民族国家的那一套现代思想,也鼓励了种族仇恨,而种族仇恨最终把欧洲推向灾难。(第105页、第237页)

霍夫曼是英国人,时常使用英国习语,其意义美国读者可能无法领会。一个青年男子因钟爱一个女孩而计划"送走"（赶走）情敌。一个女孩问另一个女孩"不舒服"了没有（来月经了没有）。某个人在医院一个病房门前"嗯呃"（犹豫不决）。就像必要时应译成译者运用得最生动的英语方言一样,相反的情况也是如此,在使用方言时应尽可能做到

语言上中立,使大西洋两岸读者都能接受。(第25页、第102页、第118页)

(2002)

原注

[1] 引自威廉·M.约翰逊《奥地利心智:知识与社会史,1848—1938》(伯克利和洛杉矶:加州大学出版社,1972),第238页。

[2] 引自悉尼·罗森菲尔德《约瑟夫·罗特》(南卡罗来纳大学出版社,2001),第45页。

[3] 引自赫尔穆特·尼恩贝格尔《约瑟夫·罗特》(汉堡:罗沃尔特出版社,1981),第38页。

[4] 引自尼恩贝格尔,第15页。

[5] 引自尼恩贝格尔,第104页。

[6] 引自尼恩贝格尔,第70页、第74页。

[7] 引自尼恩贝格尔,第119页。

[8] 《约瑟夫·罗特小说集》,迈克尔·霍夫曼译(纽约:W.W.诺顿出版社,2001)。在英国的书名为《约瑟夫·罗特短篇小说集》(伦敦:格兰塔,2001)。

[9] 引自戴维·布龙桑编《约瑟夫·罗特与传统》(广场出版社,1975),第128页。

山多尔·马洛伊[*]

我们正与老将军亨里克一起,在他的匈牙利城堡里。时间是 1940 年。自哈布斯堡王朝崩溃以来,将军已有二十年没有公开露面。现在他要接见一位访客,他从前的知心朋友康拉德。

将军凝望双亲的画像:父亲是警卫队军官,母亲是法国女贵族,她尽其所能给这座林中花岗岩陵墓注满色彩和音乐,但最终还是被其冰冷的重量压死了。在一次长时间的闪回中,他记得他少年时代怎样被带往维也纳入读军校;他怎样在那里结识康拉德,两人怎样难分难离。在放假回家时,他与康拉德一起骑马,一起击剑,发誓要保持忠贞。"没有什么可以跟这种关系的微妙相比。生活后来所提供的一切,感伤的渴望或原始的欲望,强烈的感情以及最终的激情联结,都只会更粗鄙、更野蛮。"[1]

两个青年人如期从军校毕业,加入警卫队。亨里克过普通的军官生活,康拉德则开始独自在夜里读书。然而,即使在亨里克与美丽的克里斯蒂娜结婚之后,两个青年之间

---

[*] 现多译马洛伊·山多尔,此处随作者原文,保留匈牙利语姓名顺序。

的纽带似乎也没有断裂。

闪回结束。老将军打开一个秘密抽屉,拿出一支上子弹的左轮枪。

康拉德在黑暗中抵达(他如何竟能穿越德国占领的欧洲,他没有解释)。在餐桌上,他描述自他与亨里克四十年前各走各路以来的生活。他在马来亚替英国一家贸易公司工作了很多年。现在他是英国公民,住在英格兰。亨里克则讲述君主国被废除之后,他如何辞去他的军官职务。

两人都同意1919年之后的管治不能在他们身上引起效忠的感情。康拉德:"我的家乡是一种感情,这种感情已受了致命伤……我们发誓要维护的东西已不再存在……那时的世界,是活得有价值,也死得有价值。那世界已经死了。"亨里克有不同看法:"那世界还活着,即使在现实中它已不再存在。它活着,因为我曾发誓要维护它。"(第92—93页)

闪电击中输电网。城堡里两个老人继续在烛光下进餐。一百页过去了。我们来到《余烬》的中途(匈牙利语标题《烛火燃尽》)。现在是亨里克开始谈正经事的时候了。

过去这四十年来,他对康拉德说,他一直被一个问题困扰着,现在机会来了,他必须得到答案。事实上,要不是康拉德今晚来了,他也会出发去找他,即使下到地狱最底层。他提醒康拉德1899年某个宿命的日子发生的事,那天他去康拉德的单身汉寓所,并吃惊地——他从未到过这里,以为他一定是家徒四壁——发现寓所里充满各种美丽的物件,"窗帘和地毯、银、青铜、水晶和家具,罕见的毛织品"。(第118页)当他站在那里叹为观止时,克里斯蒂娜从门外进来,真相大白。

康拉德和克里斯蒂娜欺骗及背叛他——这就是为什么康拉德逃到国外。但他们的背信弃义是不是比表面上的还要深?他不能忘记那一刻,他与康拉德出去打猎,第六感告诉他康拉德的枪不是对准那头鹿而是对准他的后脑勺。(他没有转过头来:他不想体验"受害者感到的那种耻辱,被迫两眼注视杀人者"。)他们是不是还计划谋杀他,而如果是,为什么计划失败了?是不是因为康拉德没胆扣动扳机?(第148页)

亨里克回忆他父亲对康拉德的私下判决:骨子里康拉德不是一个军人。像现已死去多年的克里斯蒂娜一样,康拉德也是音乐爱好者。亨里克没有这方面的热情。如同托尔斯泰的《克鲁采奏鸣曲》中那个病态地嫉妒的主人公一样,他把音乐斥为一种放荡和无政府的召唤,一种"小撮人"使用的秘密语言,用来表达"放纵、不正常的,还可能是下流和不道德的事情"。"你把我心里某样东西杀死了,"他对康拉德说,"今晚,我要杀死你心里某样东西。"(第178页、第141页)

然而,即使他可以任意处置康拉德,他的复仇欲望却似乎减退了。究竟杀死康拉德可达到什么呢?似乎,随着年事渐高,我们开始接受一个事实,也即在这世间我们的欲望以前找不到、将来也找不到真正的回声。"我们爱的人不爱我们,或不以我们所希望的方式爱我们。"(第135页)因此,对康拉德,他仅仅要求他讲出真相。他与克里斯蒂娜之间究竟计划什么?

对亨里克的问题、谴责、威胁和恳求,康拉德都没有反应。拂晓时他离去。最后一页翻过去,左轮枪依旧没用过。

《余烬》是一部几乎没发生什么事的长篇小说——实际上是中篇小说。在三个演员中,克里斯蒂娜只是一个影子,康拉德则固执地沉默。那个城堡、那场风暴和康拉德的夜访无非起到一个布景和场合的作用,让亨里克自言自语,讲述他的痛苦和嫉妒随着时间推移而产生的突变,以及谈论他对生命的想法。全书读起来就像一个由舞台剧改编而成的故事,有时还挺笨拙。

亨里克表达那些有点平凡的思想所涉的问题,包括刚爆发的战争(一个发疯的世界);原始的民族(至少他们仍觉得杀人有某种神圣感);沉默所包含的阳刚美德,孤独,一诺千金;友谊(只有男人才懂的感情,比性欲更高贵,因为它不要求回报);打猎(男人仍可以体验被禁止的快乐仅剩的场地,也即本身无善无恶,纯粹是为了打败对手的那种冲动)。

亨里克的见解,都是些我们也许预期任何脾气暴躁的退休将军会有的见解。但他不止于此。他还是世纪初尚未重整的欧洲军队精英中盛行的那种对尼采的粗俗化解释的追随者,把暴力浪漫化,并带有同性恋的神秘性。解读《余烬》的一个方法是把它当作一部讽刺作品,旨在使人世间的亨里克们用他们自己的话暴露他们思想的粗糙,而不必作者去饶舌。但要做这样的解读,读者必须把这本书当作一部伪装得天衣无缝的作品,其中刻意不显露马洛伊的任何情绪。若是如此,则那些陈词滥调就是反映亨里克本人的粗糙感受,那些简陋的场面描写也是如此:哥特式城堡弥漫着"难以捉摸的神秘感";桌上摆着"雅致迷人"的瓷器;主人与照料主人的老扈从之间的关系"深得文字无法形容";他在探究生命的意义时阅读的"古老文字";等等等等。(第25页、第83页、第15页、第111页)

对这本谜一样的书——谜一样,因为它与其时代是如此明显地脱节(出版于第二次世界大战期间)——的另一种解读方法,是侧重用它来解读马洛伊对我们是否有能力理解别人所持的悲观态度和他本人那斯多葛式心甘情愿的默默无闻。"在文学中如同在人生中,"他在回忆录《陆地,陆地!……》中写道,"只有沉默才是'真诚'的。"[2]一旦你放弃最内在的秘密,你也就放弃自己,在这个意义上也是停止成为你自己(因此,马洛伊瞧不起以治疗为目标的心理分析)。即使老将军内心里感到他不是别人眼中的漫画式人物,他也未见得会抗议或斗争,而是必须把他的角色扮演到底。在一个重要段落,马洛伊写道:

> 我们不仅行动、讲话、思想、做梦,我们还对某些事情保持沉默。我们一生都对我们是谁保持沉默,我们是谁只有我们知道,关于我们是谁我们不能跟别人说。然而我们知道,我们是谁和我们不能说的东西恰恰构成"真相"。我们就是我们保持沉默不说的东西。

(《陆地,陆地!……》第83页)

他在别处还说,在爱情领域,一个女人冒着输掉游戏的危险交出她的自我的秘密。[3]

在对《余烬》的第二种解读中,也许最忠实于自己的是康拉德和克里斯蒂娜,前者决意拒绝替自己辩护,后者从康拉德逃亡的那个致命日子起,直到她逝世,都未再跟丈夫说过一句话("个性很犟。"他赞赏地说)。(《余烬》第191页)

《余烬》于1942年在布达佩斯出版,如果与早三年出版的中篇小说《艾斯泰的遗产》并读,会更有收获。[4]像《余烬》一样,《艾斯泰的遗产》似乎是作为戏剧来构思的。它同样从头至尾聚焦于一个舞台人物,同样是隐晦的心理导致意想不到的行为:一名中年妇人在不知所措的环境下签字,把其财产送给一个她很了解的男人,然后编织很多滥情的谎言来欺骗自己。一如她以饶有兴味的超脱态度指出的,她内心似乎有什么东西促使她被愚弄。她可以抗拒,但这样做不符合她的身份。抗拒意味着拒绝漫画版的女性气质,也即女人是爱听谎话、爱顺服的。抗拒这幅漫画将意味着大声谴责生活的戏剧,意味着挣扎着从命运的梦游中醒来。我们推断,更深刻的英雄主义存在于斯多葛式的接受。

《艾斯泰的遗产》的叙述策略要比《余烬》更直接,其父系血统也更透明——契诃夫、斯特林堡——因此也许是一个较不那么像谜的引介,让我们认识马洛伊那严厉而激进的宿命论。

山多尔·马洛伊1900年出生于外省城市卡绍,卡绍在奥匈帝国于1919年解体之后不再属于匈牙利,而是以科希策之名归入新国家捷克斯洛伐克。在当律师的父亲这边,其家族为撒克逊血统:名字是格罗施密特,但在1848年起义时,他们为匈牙利民族主义这边作战,之后他们改名。在家里,他们讲德语而不是匈牙利语。

马洛伊的教育遭第一次世界大战中断。他十七岁应召入伍,但服役的大部分时间似乎都入住医院。战后他曾与左派学生短暂来往,然后出国。在莱比锡,他入读新创办的新闻学院,但觉得课程学术味太浓,遂转往法兰克福,这里气氛较活跃,他感到更自在。他颇谙人际关系之道,很快便在权威的《法兰克福汇报》发表作品。他读卡夫卡,并把卡夫卡一些作品译成匈牙利文。

他从法兰克福向柏林进发,入读柏林大学。他的计划是取得一个德语学位,使自己完全同化为德国人,然后成为一个德语作家——实际上就是继承他的格罗施密特遗产。但他却与一个来自卡绍的女孩结婚,放弃学习,迁往巴黎,过一个有松散中欧背景的自由流动知识分子的生活。在五年中,他以巴黎为基地,做广泛旅行。他为匈牙利报纸写文章;还写了第一部后来被他否定的长篇小说。

1928年,他返回匈牙利定居,重新正规学习匈牙利语。他写作量很大,有戏剧和长篇小说。在1930年至1939年,他共出版十六本书,通过这些书开始在匈牙利和德语世界赢得不少读者。他不属于任何政党,过私人生活。他对小说家哲鲁拉·克鲁迪①的称赞亦很能说明他自己的价值："他不准备为某个社会阶层或大众而写,只为独立者这一阶层和大众而写。他从不想做民族的宠儿。"[5]

战争爆发,但他的著作仍源源不断地出版。这些作品包括一部关于他重返卡绍的回忆录,卡绍现在又成为匈牙利的一部分。1943年,他与其他匈牙利作家在一封公开信上签名,呼吁抵抗外来影响,保护他认为已受到威胁的匈牙利文化。他开始写一部打算要出版的日记,第一卷于1945年出版,内容覆盖1943年至1944年。

在1945年战争结束时至1948年,马洛伊出版了另八本书。但是,随着在莫斯科指示下对匈牙利各机构的接管开始启动,官方对他的态度亦愈来愈冰冷。他预感到事情不妙,遂开始流亡,先是流亡瑞士,继而是意大利,然后是纽约。1956年匈牙利起义给他带来新希望。他回到欧洲,却只是遇见大批溃逃的难民。1979年他和妻子随着领养的儿子——一个战争孤儿——前往加州。1989年,他自杀。

在流亡期间,马洛伊的著作由多伦多的沃勒什瓦里-韦勒出版社以匈牙利语出版,以及翻译成法语和德语出版。在1931年至1978年,他的德语译本总数达二十二种。他的作品不受政治气候转变的影响这一事实,表明他坚持的超越当时政治的理念在德国中产阶级中间引起回响。与此同时,马洛伊继续写他的《日记》;1958年至1997年出版了另五卷。1990年他获死后追认,得了匈牙利最高荣誉的科

---

① 克鲁迪(1878—1933),匈牙利作家和记者。——译注

苏特奖。

根据马洛伊的美国经验写成的唯一一本书,是《来自西方的风》。这是一本游记结集,以他二十世纪五十年代旅行西南部和南部以及涉足墨西哥的经验为基础。游记作品质量的一项测试,是它有没有给本地人提供看待自己的新角度。马洛伊未能通过这个测试。他有关美国的信息,似乎更多是来自美国报纸而不是亲身观察;他对所见所闻难得有新鲜或惊人的见解。很难想象美国人会对这本书太感兴趣,也许除了勉强作为记录一个马洛伊那一代和那一背景的欧洲人如何看美国(例如,圣迭戈是因其挤迫的市中心、因其意大利南方的典雅而受到礼赞)。[6]

马洛伊本人以另一种视角理解他对美国的评论。他写道,在旧时,一个来美国观光的欧洲人可假装自己是一块未发现的土地的勘察者。但在今天的美国,已没有什么可发现的了,因为已不存在诸如未知的事物这样的东西了。作者只剩下一件事情可做,就是利用他的旅行经验来欣赏一个事实,也即他是这块大陆的陌生人,他是一个欧洲人。[7]

*

马洛伊最成功最受欢迎的书,其德语标题《一个中产阶级的自白》可意释为"一个旧欧洲中产阶级成员的自白"。它1934年出版时,被当成一部自传作品。马洛伊感到担忧,遂在第三版增加一篇作者说明,强调他所写的是"虚构性的传记",其人物"并不活在也未曾活在真实世界上"。然而,《自白》的主人公的生涯,就我们所知,颇接近马洛伊早年生活的轮廓,其意见也完全与马洛伊本人的意见吻合。至于他到底虚构了些什么,则有待未来的传记作者来澄清。

《自白》第一卷带领我们经历无名主人公的童年和青年时代,先是在他父母位于卡绍的家中,继而在布达佩斯的寄宿学校。这本书所唤起的对早已消逝的可爱而悠闲的生活方式的记忆,是它最有吸引力的地方。它是一种即使在它已消逝之后其记忆也仍被马洛伊紧抱不放的生活方式——中欧中产阶级的、苦干、爱国、有社会责任感、尊重知识的生活方式。

第二卷记述主人公在战后欧洲漂泊的"漫游生活",先是作为三心二意的学生,继而作为自由写作者,从莱比锡到法兰克福到柏林到巴黎到佛罗伦萨,直至1928年重返布达佩斯认真定居下来,过作家生活。

在柏林,由于马克暴跌,而他袋子里装的是匈牙利福林,因此他发现他的生活过得颇舒适。他与一些朋友租了一个办公室,出版一本文学杂志。他有情欲冒险;他写第一个剧本。生活从未如此惬意和无拘无束过。

在巴黎,他和新婚妻子尝试波希米亚生活。他们境况凄惨。食物差,卫生条件坏透了,他们无法明白巴黎人的讲话。"我们的生活就像流亡者,在一个原始、吝啬的城市。"一年后,他们放弃这项实验:他们搬到右岸,租了一个舒适的公寓,从卡绍引进一个女仆,买了一辆小汽车,活得较体面。他本人被蒙帕尔纳斯吸引("集大学研讨班、蒸气浴和户外舞台于一身"),但更愿意充当旁观者而不是参与者。[8]

逐渐地,他学会对法国人更存善意。他们也许讲究实际,战争也许打击了他们的信心,但他们没有丧失他们基本的分寸感,懂得什么对他们才是有益的。他们的适可而止和缺乏品味——"自我意识,近乎谦卑"——变得惹人喜爱。而打开心扉和热情待人对他们也非难事。(第372页)

至于德国人,他们有未赎、神秘的罪孽感,群众倾向,难解、神经兮兮的好战性,令人不安的制服,对秩序的无情渴望和内心的缺乏秩序,这些,很可能对欧洲构成危险。然而,在这"迂腐、疯狂"的德国背后,闪耀着另一个较温柔的德国,歌德和托马斯·曼的德国。谁知道哪个才是真的呢?(第316页)

第二卷以主人公安坐在他布达佩斯的书房里结束,此时他对世界局势的走向和他自己的前途充满疑虑。在他离开的十年间,他已失去对母语的感觉。在整个欧洲,文化正在堕落,文明的标准正在消退,到处弥漫着羊群心态。然而,哪怕会令人觉得他有点过于早老,他仍要代表资产阶级的启蒙运动发声,这场启蒙运动是"一个由数代人构成的时代,宣布理性战胜本能,相信精神有力量抵制和克服奔向死亡的冲动"。(第420页)

作为一部叙述性虚构作品,《自白》是插曲式的,缺乏戏剧性。作为二十世纪二十年代柏林和巴黎的艺术生活的回忆录,它的观察不深入,判断流于表面。最好是把它当成其标题所宣称的来接受:一个青年人的信仰表白,他在经历了侨居的波希米亚生活之后,在亲眼见识过意大利和德国令人不安的政治发展之后,为自己证实了他似乎一直都早已知道的:在所有重要方面,他都属于一个垂死的品种——奥匈帝国的进步资产阶级。

匈牙利人的共识似乎是,马洛伊最终将会以他的六卷本日记留名。这些日记尚未有英译本,新近的德语版则因其编辑功夫的草率而受抨击。

与日记一起的,还可加入1972年最先在多伦多出版的那部书名被不幸地称作《陆地,陆地!……》的回忆录(书名令人想起哥伦布旗舰上那个守望的水手看到新世界时的惊呼)。1996年《陆地,陆地!……》的英译本出版,用的是一个无生气的书名《匈牙利回忆录1944—1948》。[9]这个译本很糟糕,故本文未予引用。然而,在我们有马洛伊的日记和他更多的小说被译成英文之前,这个译本却是英语读者可以读到的马洛伊最实质性的作品,我们对他的评估也将严重依赖它。

《陆地,陆地!……》是马洛伊从1944年红军抵达布达佩斯外围到1948年他离开匈牙利开始流亡生涯的回忆录。它对事件的记述并不浓厚——马洛伊并不是任何实际战斗的目击者,而对马洛伊家族来说紧接着战后的时期基本上是在一座被摧毁的城市勉强度日的时期。它反而是一部有关共产党控制生活的方方面面之际,首都政治、社会和精神转变的记录。

在1944年夏天,马洛伊必须与俄罗斯士兵共住他位于布达佩斯以北的别墅,而这个在其闲暇时间沉浸于阅读斯宾格勒《西方的没落》的高大、优雅的欧洲中部人与俄罗斯、吉尔吉斯和布里亚特小伙子们之间这种被迫的接近,以及他们需要通过一名讲捷克语的妇女作为中介而进行的简单交流,对双方来说都是一种打开眼界的经验。"你不是资产阶级,"一名较有眼光的俄罗斯人对马洛伊说,"(因为)你不是靠(继承来的)财富或靠别人的劳动生活,而是靠你自己的劳动。但是……在你的灵魂里你依然是资产阶级。你紧紧抓住某种已不再存在的东西不放。"(《陆地,陆地!……》第53页)

至于马洛伊,在他那斯宾格勒式的心态中,他私底下把苏联人和中国人混在一起,称为"东方人"。在东方与西方各式各样的意识之间,他指出一个无法逾越的鸿沟:东方意识含有内在空间,这些内在空间是由征服的辽阔地理和历史创造的,而这是西方人所不能效仿的。俄罗斯人也许可以把德国人逐出匈牙利,"但他们不能带来自由,(他们自己)没有的自由。"几乎看不出俄罗斯年轻人与"希特勒年轻人"有什么差别:"在他们灵魂中,传统文化的反射作用(已)消失。"(第64—66页、第19页、第35页)

虽然他很清楚,他所鄙视的纳粹利用对斯宾格勒的粗俗解读来作为纳粹的历史理论的支柱,但是马洛伊仍求助于斯宾格勒来作为他本人对俄罗斯向西扩张的历史解释。为什么呢?一部分原因是斯宾格勒身上文化与种族的混合,与马洛伊本人与生俱来的文化概念是可兼容的,也因为斯宾格勒对西方的命运(也即西欧基督教徒的命运)所持的悲观主义态度与他意气相投,复因为斯宾格勒本来就属于马洛伊的阅读储备,而马洛伊的保守信条中较固执的一项,是决不在不做斗争的情况下放弃任何东西。①

德国人被逐走后,马洛伊和妻子便重返布达佩斯市,但发现他们的寓所已变成废墟,藏书基本上被毁尽。他们搬到一个临时居所,与其他市民一起等待预期中他们下一阶段的解放,也即匈牙利被重新纳入基督教、天主教的欧洲的版图。当他们明白他们的等待是徒劳的(马洛伊说,贝克特的《等待戈多》准确捕捉到这种政权空白的状况),明白匈牙利已被抛弃给俄国人,一股没有具体方向的憎恨的浪潮便蔓延全国。事实上,马洛伊争辩说,战后时期的一个总特征,是精神病式的憎恨浪潮的蔓延——所以全世界才会涌现如此多复仇性的革命运动。

比马洛伊的世界历史观更有趣的,是他不能不讲述的布达佩斯普通人的生活的故事,他们先是在俄罗斯占领下,继而在匈牙利共产党统治下生活。通货膨胀不仅摧毁全国的社会生活,而且摧毁全国的道德生活。秘密警察回来了,他们是那种同样可鄙的人,他们像以前那样是从"无产者"当中吸纳来的,只是换上新制服而已。有一则八页的连篇累牍的轶事,讲的是一个犹太人,他在战时遭追捕,如今是有权势的警官,坐在时髦的伊姆克咖啡馆让吉卜赛乐队为他演奏来自法西斯主义三十年代的爱国主义音调,乐融融

---

① 指马洛伊不会轻易放弃阅读斯宾格勒。

地微笑着,邻桌的吉尔吉斯士兵则不信任地望着他。"直接从陀思妥耶夫斯基小说中走出来的。"马洛伊评论道。(第157页、第145页)

回匈牙利是不是一个错误?马洛伊问自己。他回想1938年那一天,消息传来,说奥地利的舒施尼格总理已向希特勒的威胁屈服并已辞职。像大家一样,马洛伊知道脚下的世界正在改变。然而,第二天,他照常打网球,然后洗澡和按摩。他不为自己的行为感到骄傲。"当你发现自己不是英雄而是受骗者,一个历史的受骗者时,你总是感到羞耻。"但他现在该做什么呢?向自己头顶倒灰烬?捶胸顿足?他拒绝。"我只是遗憾,遗憾我没有过上更舒适更多样的生活,尽管我曾有这样的机会。"(第125页、第127页)

写出这样的句子,是需要相当的自信以至傲慢的。《陆地,陆地!……》是一部比1934年的《自白》更发人深省的自白。马洛伊对自己是率直的:像匈牙利其他精英一样,他未能以富于想象力的方式回应二十世纪的各场危机。他的行为就像资产阶级知识分子的一幅漫画,蔑视左派的乌合之众和右派的乌合之众,躲入自己的私人乐趣。

然而他辩称,这种失败不应解释成欧洲中产阶级活该被扔进历史的垃圾堆。身份认同并不是一个纯粹的个人问题。我们并非只是我们的私人自我,我们还参与我们自己的漫画版,这个漫画版存在于社会领域。既然我们不能躲避这幅漫画,倒不如拥抱它。何况,"在……两次世界大战之间的时期,并非只有我是一幅漫画:在匈牙利整体生活

中——在其制度,在人们看待事物的方式中——存在着某种漫画式的东西。知道并非只有自己如此,是件好事。"(第132页)

战争结束一年后,马洛伊允许自己去了一趟瑞士、意大利和法国。瑞士引起他忧伤地省思人道主义——欧洲贡献给世界的最大礼物——在奥斯威辛和卡廷的消亡。一个已丧失其人道主义使命感的欧洲,对于像他这样的"边缘欧洲人"还有什么意义?瑞士人蔑视他们这个贫穷、衣衫褴褛的访客。至少俄罗斯人不会这样。(第196页)

在法国,他在留意着他预期法国人会有的"勇敢而确切的自我批评、应承担的道德责任",但他根本看不到这类行动。似乎,法国人只想拾起他们在1940年残剩的东西,而拒绝正视"白人"历时四百年的上升已来到终点。(第206页)

回到匈牙利,最后镇压已着手,秘密警察无所不在。马洛伊停止为报纸写东西,但仍继续出书,包括一部有关希特勒时期的三部曲的前两卷,它们遭到卢卡奇的猛烈抨击,后者把马洛伊对法西斯主义者的描写解读成对共产党人的隐蔽评论。之后,马洛伊便沉默了,靠版税过普通生活。他以沉浸于阅读十九世纪匈牙利次要小说家度日,他们的故事所描写的世界,正是他童年的世界。

资产阶级知识分子受到愈来愈大的压力,要他们支持政权。他渐渐明白,像他这类人,即使是保持沉默的自由,这种内在流亡的形式,也将被剥夺。他请教他敬爱的歌德,歌德告诉他,如果这是他的命运,那他就有义务实现这个命运。他为离开做准备。奇怪的是,官方没有阻挠他。

流亡生活一年年过去了,一年年的无能为力,与"奇妙、寂寞的匈牙利语言"切断,(第89页)但他对他出身的阶级和那个阶级的历史使命的信念,却未受动摇:

> 我以前是一个资产阶级(哪怕只是漫画中的),现在也依然是,尽管年纪大了并且在外国。对我来说身为资产阶级绝不是一个阶级地位的问题——我一向把它视为一种职责。对我来说,资产阶级依然是现代西方文化生产的最好的东西,因为资产阶级生产了现代西方文化。(第86页)

最近对马洛伊的兴趣突然浓烈起来,并不容易解释。在二十世纪九十年代,他有五本书在法国出版,引起充其量只能说是表示敬意的评论。接着是1998年,在阿德尔菲出版社的罗伯托·卡拉索的推广下,《余烬》的意大利语译本登上畅销书榜。在德国,《余烬》德语译本受到文学书评领军人物马塞尔·赖希-拉尼基的青睐,精装本卖七十万册。"一位新大师,"德国《时代》周刊一位书评人热情地说,"将来会被我们拿来与约瑟夫·罗特、斯蒂芬·茨威格、罗伯特·穆齐尔和天知道我们还有哪些被淡忘的半神们相提并论,也许甚至能与托马斯·曼和弗朗茨·卡夫卡相提并论。"[10]

《余烬》英译本出版于2001年,由卡罗·布朗·詹韦不是译自匈牙利语而是转译自德译本——一个成问题的专业做法。美国书评人似乎未加思考就接受出版商的说法,出版商宣称《余烬》在1999年前不为现代读者所知(事实上1950年有一个德译本,1958年有一个法译本,后者于1995年再版),并把马洛伊当作失而复得的大师。该书在欧洲的成功又再在英语世界重复一遍。

不能不相信,这种成功很大部分是对该书大众化言情因素的反应——森林中的城堡、激情与通奸和复仇的故事、康拉德的香艳情人、夸饰的语言等等——即是说,恰恰是马洛伊以他复杂的反讽方式既与之保持距离又将之当作不可避免来加以接受的那层表面的漫画化矫情;不过,就欧洲读者而言,我们不应忽略一股更深层的历史潮流,也即一种二十世纪视域的耗尽以至对这种视域的不耐烦:一切都要么引向要么引离大屠杀的黑洞。此外就是一种引起共鸣的怀旧,怀念那个道德问题依然有相当分量的时代。

在2004年,马洛伊的另一部长篇小说《博尔扎诺的客串演出》(1940)英译本以不同书名出版:在英国叫作《博尔扎诺的谈话》,在美国叫作《博尔扎诺的卡萨诺瓦》。[11]

《博尔扎诺的谈话》的情节极少——本书的构思原就是要如此。故事开始时,贾科莫·卡萨诺瓦抵达博尔扎诺。他刚从威尼斯的监狱逃出来,并且心中有未了事:五年前,他曾为帕尔马公爵的十五岁未婚妻弗兰切丝卡而与公爵决斗。公爵当时已警告他,别再回到这里来。现在,他又来了。

公爵获悉他在这里,便来他旅馆的房间里见他。公爵提出一项交易:为了交换让他自由去追求弗兰切丝卡,也许还可以跟她共度一个良宵,卡萨诺瓦必须承诺以后永不再见她。至于他因此所受的痛苦,他将获得一万达克特补偿和一封确保他平安离开的通行信。

这对你有什么好处?卡萨诺瓦问道。这是我给妻子的礼物,公爵答道:与一个痴情的伟大艺术家共度一晚的经验,以及吸取一个教训,知道他根本就承受不起真爱。公爵寄望在妻子受这个教训之后,能赢得妻子的感激和感情。

卡萨诺瓦接受公爵眼中的这项交易,但他把它视为一个挑战。

公爵离开后不久,弗兰切丝卡就出现了。她丈夫低估了她,她说。她准备抛弃一切与卡萨诺瓦生活在一起,向他证明真爱可以达到什么程度。但她看得出,他的激情与她不能相比。他只对他的艺术忠诚。她告辞时,预言他晚境凄凉,充满遗憾。

《博尔扎诺的谈话》主要就是由这两场漫长的谈话构成,基本上是戏剧独白(公爵的部分长达五十页),以及卡萨诺瓦对这些谈话的反复思考。一如小说原名暗示的,小说玩弄名人表演这个概念,让人以为表演会发生在公爵的假面舞会上,也许是舞会结束后公爵夫人的睡房里;而开始于卡萨诺瓦房间里的开场白,围绕着是否会有任何表演这个问题展开,但结果这个开场白竟是唯一的表演。《博尔扎诺的谈话》具有一种静态的性质,没有当下的行动,而是对过去的行动的记忆以及对未来可能的行动的省思——这种性质,再加上叙述骨架单薄,都表明这部小说与《余烬》一样,显示作者在十九世纪戏剧中比在小说中更自如。

同样地,就像在《余烬》中,小说谈不上有什么发展。

三个人物都设定位置,并从各自的立场讲话,就连年轻的公爵夫人也是如此,而三个人的讲话都无非是阐明各自的立场。无论就个人而言还是就集体而言,作为这场表演的参与者,他们都是典型的马洛伊式人物。"你跟我一样,"公爵对卡萨诺瓦说,"只是一个木偶,一个演员,是那玩弄我们的命运的工具,而那命运的目的有时候似乎深不可测。"(第202页)虽然弗兰切丝卡催促卡萨诺瓦反叛为他准备好的角色——也即充当没心肝的诱惑者——但她的催促不含任何她希望改变他的暗示。两个恋人似乎意识到他们正在表演某出悲剧,在这出悲剧中爱的诺言将一方面以家庭生活之名、另一方面以感官享受之名遭窒息;然而,他们自己并没有渴望反叛他们置身其中的角色。一种忧伤的斯多葛主义取代了悲剧的勇气。

马洛伊绝没有在任何地方暗示说,历史人物卡萨诺瓦留传下来的回忆录证明他是一位伟大的艺术家。然而,从他对女人的吸引力和从他引起当局本能的不安——他在威尼斯坐牢,不是因为他做错任何事情,而是因为"他整个存在方式,他的灵魂"——从这个角度看,卡萨诺瓦是大众心目中的浪漫主义艺术家-反叛者的体现。(第107页)《卡萨诺瓦的谈话》的知识中心,在于艺术家作为真理的象征这一幼稚的设想——弗兰切丝卡照单全收——与卡萨诺瓦作为这种艺术家的反面榜样之间的对抗。卡萨诺瓦在道德上和美学上都屈从于行使幻觉,甚至是那种最老掉牙的幻觉。卡萨诺瓦表示,诱惑的艺术家为所欲为,不是因为他打开女孩的眼睛使她发现真实的自己,也不是因为他用谎言蒙蔽她的双眼,而是因为他和她都感到历代诱惑者不断重复的谎言拥有它们自己的真理。

当弗兰切丝卡和卡萨诺瓦登上舞台表演他们的大场面,他们(由于某种难以令人信服的情节设计的结果)是以伪装的方式表演的:弗兰切丝卡戴上面具并扮成男人,卡萨诺瓦扮成女人。弗兰切丝卡提出她在爱情问题上的幼稚立场:爱情意味着除下幻觉,拥抱爱人的赤裸真相。"我们依然是假面人物,我的爱,"她说,"而且你我之间还有很多面具,必须一个个除下,然后我们才能最后认识彼此真实、赤裸裸的面孔。"(第261页)

卡萨诺瓦在给公爵的告别信中实际上给出了艺术家的回应。爱情依赖错觉,他说,"不过,仍有一样东西是我知道而帕尔马公爵夫人不知道的,也即只有欲望和渴望的隐蔽面纱在她面前拉下一道帷幕并遮掩她,真相才有可能存在下去。"(第291页)卡萨诺瓦式的艺术所进入的忧伤的真相是,不仅我们永远戴着面具,而且我们无法在除掉面具的情况下存在下去。

《博尔扎诺的谈话》开始是作为一部例常的历史小说,但匆忙填充背景和再创造环境的工作很快就惬意地完成了,使小说可以安顿下来,成为马洛伊要它成为的样子:一个他用来传达他对艺术的伦理的看法的载体。据说还会有更多的马洛伊小说译本出版;但就不谙匈牙利文的读者迄今所能读到的而言,读者无法抖掉这样一个印象,也即无论他是一个多么深思熟虑的二十世纪四十年代这个黑暗十年的纪事家,无论他多么勇敢地(或许只是不害臊地)为他出身的阶级说话,无论他那似是而非的面具哲学多么具有挑衅性,他关于长篇小说形式的设想都依然是老套的,他对长篇小说的潜能的发掘是有限的,因而他在这个媒介中的成就也是微弱的。

(2002)

原注

[1] 山多尔·马洛伊《余烬》,卡罗·布朗·詹韦转译自克里斯蒂娜·维拉格的德语译本(纽约:克诺夫出版社,2001;伦敦:企鹅出版社,2003),第42页。

[2] 《陆地,陆地!……回忆录》,德语版,汉斯·斯基雷基译自匈牙利语(慕尼黑:皮珀出版社,2001),第114页。

[3] 《一个中产阶级的自白:回忆录》,德语版,汉斯·斯基雷基译自匈牙利语(慕尼黑:皮珀出版社,2001),第310页。

[4] 《艾斯泰的遗产》,德语版,克里斯蒂娜·维拉格译自匈牙利语(慕尼黑:皮珀出版社,2000)。

[5] 引自拉斯洛·罗瑙伊"马洛伊年表",见山多尔·马洛伊《陆地,陆地!……》(柏林:奥伯鲍姆出版社,2000),第二卷,第161页。

[6] 《来自西方的风》,德语版,阿图尔·塞特努斯译自匈牙利语(朗根-米勒出版社,1964)。

[7] 日记1968—1975,收录于《日记选》(柏林:奥伯鲍姆出版社,2001),第25—26页。

[8] 《一个中产阶级的自白》,第323页、第350页。

[9] 艾伯特·泰兹拉译自匈牙利语(布达佩斯:科维纳出版社/中欧大学出版社,1996)。
[10] 《时代》,2000年9月14日。
[11] 《博尔扎诺的谈话》(伦敦:维京出版社,2004);《博尔扎诺的卡萨诺瓦》(纽约:克诺夫出版社,2004),乔治·西尔泰什译自匈牙利语。

保罗·策兰和他的译者

保罗·安彻尔 1920 年生于布科维纳土地的切尔诺维茨,它在奥匈帝国 1918 年解体之后成为罗马尼亚的一部分。那时,切尔诺维茨是一个在知识上活跃的城市,居住着颇多讲德语的犹太少数民族。安彻尔从小讲高地德语;他所受的教育一半是德语,一半是罗马尼亚语,还在一家希伯来语学校念过一阵子。他青年时代开始写诗,崇敬里尔克。

继在法国读了一年医学院(1938—1939)并在那里结识超现实主义者们之后,他放假回家,但因战争爆发而羁留家中。根据希特勒与斯大林的协约,布科维纳被并入乌克兰;有一阵子,他成为苏联公民。

1941 年 6 月希特勒入侵苏联。切尔诺维茨的犹太人被赶入隔离区;不久,便开始了驱逐。安彻尔显然预先感到不妙,在父母被抓走的那天晚上躲了起来。父母被运往被占领的乌克兰劳动营,并双双死在那里,母亲是在不能工作时被一颗子弹打中头部的。安彻尔本人战争期间在轴心国同盟的罗马尼亚从事强迫性劳动。

1944 年被俄国人解放之后,他曾在一家精神病院当了一阵助手,然后在布加勒斯特做编辑和翻译,使用笔名策兰,它是安彻尔这个名字的罗马尼亚拼法的换音词。1947年,在铁幕降下前,他偷偷逃往维也纳,再从维也纳转往巴黎。在巴黎,他通过了文学学士学位考试,然后在著名的高等师范大学担任德语文学讲师,直至逝世。他与一个法国女人结婚,她是一个有贵族背景的天主教徒。

这次从东欧迁往西欧的成功,很快就黯淡下去。策兰一直在翻译的作家中,包括法国诗人伊凡·哥尔(1891—1950)。哥尔的遗孀克莱尔对策兰的翻译有异议,并进而公开指控他剽窃哥尔的某些德语诗。虽然这指控是恶意的,甚至可能是疯狂的,但这些指控使策兰担忧,以致他相信克莱尔·哥尔是一次针对他的阴谋的一部分。"我们犹太人还未忍受够吗?"他写信告诉他的知己内利·萨克斯,萨克斯跟他一样,也是用德语写作的犹太人,"你无法想象有多少人应被称为卑鄙,不,内利·萨克斯,你无法想象!……要不要我把名字一一列举出来?你会吓得张口结舌。"[1]

不能简单地把他的反应视为妄想狂。随着战后德国开始变得较为自信,反犹潮又再次涌动,不只来自右翼,更令人不安的是来自左翼。策兰并非没有理由地怀疑,德语文化的雅利安化运动①,并没有在1945年结束,仅仅是潜入地下,而现在他成了这场运动的一个方便的焦点。

克莱尔·哥尔从未放松她对策兰的指控,甚至在他死

---

① 雅利安指北欧日耳曼人,尤指不包括犹太人的白种人。德语文化的雅利安化运动,指把犹太人的影响从德语文化中清除出去的运动。

后也不放过;她的扰攘毒化他的生命,成了他最终崩溃的重要原因。

在1938年至他逝世的1970年,策兰用德语写了约八百首诗;尚有一批用罗马尼亚语写的早期作品。随着他的《罂粟与记忆》在1952年出版,他的天才很快获承认。他以《语言栅栏》(1959)和《无主的玫瑰》(1963)巩固他作为一个较重要的德语青年诗人的声誉。他生前还出版了另两部诗集,死后又出版了三部。这些后期诗与1968年之后德语知识界的左倾运动格格不入,因而没有引起太热情的反应。

按国际现代主义的标准,直至1963年之前的策兰是颇好懂的。然而,后期诗变得瞩目地困难,甚至晦涩。书评家们对他们认为是神秘的象征主义和私人指涉感到困惑,并把策兰这些后期诗称为隐逸诗。这是一个他猛烈反对的标签。"一点也不隐逸,"他说,"读吧!一读再读,自会明白。"[2]

策兰典型的"隐逸"诗,包括这首死后出版的无题诗,约翰·费尔斯蒂纳的英译如下。[3]

> 你躺在一种伟大的倾听中,
> 被灌木长满着,被雪花纷飞着。
>
> 到嬉闹,去哈弗尔河,
> 到肉钩去,

红苹果立起界桩
从瑞典——

礼物桌来了，
它翻倒一个伊甸园——

那男人变成一个筛，那夫人
必须游泳，那大母猪
为她自己，为无人，为每个人——
兰韦尔运河不低语一句。
没什么
　　　停止。

这首诗在最基本层面上讲什么？很难说，除非你接触某些资料，策兰向批评家彼得·松迪提供的资料。那个变成"筛"的男人是卡尔·李卜克内西，在运河内游泳的"那夫人……那大母猪"是罗莎·卢森堡。"伊甸园"是建在上述两名行动分子1919年遭枪杀地点上的一座公寓楼的名字，而"肉钩"则是在哈弗尔河畔的普勒塞这个地方吊死那些在1944年策划暗杀希特勒的人的吊钩。有了这些资料，该诗便成了对德国右翼的凶残性继续存在着和德国人对此保持缄默的悲观评论。

当哲学家汉斯-格奥尔格·伽达默尔替被指晦涩的策兰辩护，并对这首描写罗莎·卢森堡的诗进行解读时，这首诗便成了用来说明问题的"经典"。伽达默尔辩称，任何有德国文化背景知识且接受能力强、思想开放的读者，都能够在无须协助的情况下明白策兰诗中重要的因而应明白的东西,并说上述背景资料相对于"该诗(本身)知道的东西"而言,应居于次要地位。[4]

伽达默尔的立论是勇敢的,却也是不能服人的。他忘记我们要等知道解开这首诗的秘密的资料——就这首诗而言,也即那死去的男人和女人的身份——之后,才能确定这资料是次要。然而,伽达默尔提出的问题却是重要的。诗歌是不是提供一种有别于历史提供的知识,并要求一种不同的接受能力?是不是有可能对像策兰这样的诗歌做出反应,甚至翻译它,而无须充分明白它?

策兰最卓越的译者之一迈克尔·汉布格尔似乎这么认为。汉布格尔说,虽然学者们肯定为他理解策兰诗歌提供启示,但是就"明白"一词的正常意义而言,他不敢肯定他"明白"哪怕那些被他翻译过来的诗,或策兰的全部诗。[5]

"(它)对读者要求太多"是费尔斯蒂纳对这首描写罗莎·卢森堡的诗的判词。另一方面,他继续说,"就这段历史的重要性而言,什么是太多呢?"简言之,这就是费尔斯蒂纳对策兰被指隐逸做出的回应。就二十世纪反犹迫害的严重程度而言,就德国人和整体上的基督教西方太正常不过地需要逃离一头凶残的历史恶魔而言,什么记忆、什么知识是要求太多呢?即使策兰那些诗是完全不能理解的(费尔斯蒂纳并没有这样说,但这是一个可以成立的推断),它们也依然像一座坟墓似的拦住我们的路,一座由一位"诗人、幸存者、犹太人"(费尔斯蒂纳的策兰研究专著的副题)建造的坟墓,它以其高耸的存在坚持要我们记忆,尽管铭刻在墓碑上的字看上去可能像属于一种难以破解的语言。
(费尔斯蒂纳,第254页)

问题的关键,并非仅仅是一个迫不及待要忘记过去的德国与一个坚持要提醒德国人别忘记过去的犹太诗人之间的简单对抗。策兰曾以《死亡赋格》闻名,现在也仍以这首诗而广为人知:

> 黎明的黑牛奶我们晚上喝你
> 我们中午喝你死亡是一个来自德国的大师
> 我们日落时喝你早晨喝你我们喝我们喝
> 死亡是一个来自德国的大师他的眼睛是蓝的
> 他用铅子弹打你他的枪法很准

(我引用汉布格尔《保罗·策兰的诗》译本[第63页],因为费尔斯蒂纳这一段的译文尽管本身也很有吸引力,但如果脱离上下文引用,却是成问题的。)① 《死亡赋格》是策兰发表的第一首诗:作于1944年或1945年,1947年首次以罗马尼亚译文发表。它从超现实主义者们那里吸收了一切值得吸收的东西。它不完全是策兰的产物:他有多处从切尔诺维茨时期的诗友们那里采摘一些字句,包括"死亡是一个来自德国的大师"。然而,它的影响却是直接和广泛的。《死亡赋格》是二十世纪标志性的诗歌之一。

《死亡赋格》在德语世界被广泛阅读,收入选集,被学

---

① 费氏的翻译,是逐渐把"死亡是一个来自德国的大师"从英语还原为德语。读全诗,读者不会感到有障碍。在这里所引的段落,费氏把"一个来自德国的大师"还原为德语。

生研究，成为一个叫作"面对过去"或"克服过去"的计划的一部分。策兰在德国做公开朗诵时，人们总是要求他读《死亡赋格》。它是策兰诗中咒骂和谴责最直接的一首：咒骂死亡集中营发生的事，谴责德国。有些策兰的辩护者辩称，把他称为"困难"只是因为读者感到与他遭遇给他们带来太大的感情挫伤。这个说法欠一个解释，解释《死亡赋格》得到的接受，那显然是一种拥抱的接受。

事实上，策兰本人从不信任他在西德受欢迎以至受热情款待的那种态度。他从德国批评家们对《死亡赋格》的看法中——用一位著名批评家的话说，它表明他已"(逃出)历史血腥的恐怖室，升入纯诗的太空"——感觉到他被误释，而且在最深层的历史意义上，是遭刻意误释。[6] 他同样不喜欢听说德国学生在课上被指导去忽视诗的内容而专注于诗的形式，尤其是该诗对音乐（赋格）结构的模仿。

当策兰写到书拉密的"灰发"①时，他是在唤起对灰似的飘落在西里西亚乡村的犹太人的头发的记忆；当他写到"那大母猪"游动在兰韦尔运河时，他是在用卢森堡其中一个谋杀者的声音来称谓一具犹太女人的尸体。策兰顶住一个压力，也即人们试图把他还原成一个把大屠杀变成某种更高的东西——诗歌——的诗人；他还反对二十世纪五十年代和六十年代初的正统批评，这种正统批评认为一首理想的诗应是一个自我封闭的美学客体。策兰坚称，他从事

---

① "灰发"又可译成"灰似的头发"。这里是指《死亡赋格》一诗中的名句"你的灰发书拉密"。

一门真实的艺术,一门"不美化或变得'有诗意'"的艺术;它指名,它断定,它试图测量既有和可能的区域。[7]

《死亡赋格》有着重复、锤击的音乐,对其题材的态度是力求达到诗歌可能达到的直接。它还对在我们时代诗歌有能力做什么或应有能力做什么做出两项未言明的重要宣称。一项是语言能够描写任何题材:不管大屠杀多么难以言喻,但有一种诗歌可以道出它。另一项是,语言,特别是曾在纳粹时期被委婉语和某种假大空话语腐蚀得病入膏肓的德国语言,有能力道出德国刚过去的历史的真相。

第一项宣称遭到特奥多尔·阿多诺的强烈反驳,后者先在1951年宣布、继而在1965年重申"在奥斯威辛之后写诗是野蛮的"[8]。阿多诺还大可以再加上:用德语写诗则加倍野蛮。(阿多诺于1966年不大情愿地收回他的话,也许是向《死亡赋格》让步。)

策兰在写作中避免"大屠杀"一词,如同他避免所有这样一些用词:它们似乎暗示日常语言有能力说出它向其做出姿势的事物;进而限定并掌握该事物。策兰一生中发表过两次重要的公开演说,都是受奖词。他在这两篇谨小慎微地斟酌字句的演说中,回应人们对诗歌未来的疑虑。在发表于1958年的第一篇演说中,他谈到他那并非总是毫不动摇的信念,也即语言,甚至德国语言,也挺过了纳粹统治下"发生过的事情"而幸存下来。

> 在那些丧失之中依然保存着一样东西:语言。
> 它,这语言,依然没有丧失,没错,尽管发生那么多事情。但它却必须经受自己的无言以对,经受可怕的

缄默,经受招来死亡的言语的千百个黑暗。它经受却无法说出发生过的事情;然而它经受事情的发生。经受而仍能再次显露,被这一切所"丰富"。(《诗文选》第 395 页)

出自一个犹太人之口,表达这样一种对德语的信念,也许显得怪异。然而并不只是策兰如此:即使在 1945 年之后,也仍有很多犹太人继续把德国语言和知识传统当成自己的。其中包括马丁·布伯①。策兰曾探访过年迈的布伯,就继续以德语写作请教布伯。布伯的回答使他失望,布伯认为只有用自己的母语写作才是自然的,认为应当对德国人采取一种宽恕态度。一如费尔斯蒂纳所言:"策兰最需要的是听到他的煎熬的回声,布伯却无法或不愿领会。"[2]他的煎熬是,如果德语是"他的"语言,也只能是一种复杂、争执和痛苦的语言。

在战后的布加勒斯特时期,策兰提高了他的俄语,并把莱蒙托夫和契诃夫翻译成罗马尼亚语。在巴黎,他继续翻译俄罗斯诗歌,在俄罗斯语言中找到一个称心的、抗衡德语的家。他特别沉浸于阅读奥斯普·曼德尔施塔姆(1891—1938)。在曼德尔施塔姆那里他不仅遇到一个其一生故事他觉得奇怪地与他相似的人,而且遇到一个阴魂似的对话者,能对他最深处的需要做出回答,能提供策兰所称的"兄弟般的东西——在我可以给予这个词最大的尊敬这个意义上的兄弟"。策兰在 1958 年和 1959 年撇下自己的创作,大

---

① 布伯(1878—1965),奥地利裔哲学家。

部分时间用来把曼德尔施塔姆翻译成德语。他的翻译等于是一次异乎寻常的行为,也即进入另一个诗人的角色,尽管曼德尔施塔姆的遗孀娜杰日达·曼德尔施塔姆正确地称译文"与原文相差甚远"。(费尔斯蒂纳,第131页、第133页)

曼德尔施塔姆关于诗歌是对话的概念,对策兰调整自己的诗学理论起了重大作用。策兰的诗开始向一个"你"说话,这"你"有点远,大概是认识的。在说话者我与你之间的空间中,两者找到一个新的张力场。

> (我认识你,你是那低低俯身的,
> 而我,被刺穿而过的,需要你。
> 哪里燃起一个词来为我俩作见证?
> 你——完全真实。我——完全疯狂。)

(这是费尔斯蒂纳的译文。在希瑟·麦克休与尼古拉·波波夫较自由的译文中,最后一行是:"你是我的现实。我是你的幻影。"[10]

如果说约翰·费尔斯蒂纳的策兰传记有一个主导性的主题,那就是策兰从一个其命运是成为犹太人的德语诗人,发展成一个其命运是以德语写作的犹太诗人;以及他超出与里尔克和海德格尔的亲属关系,在卡夫卡和曼德尔施塔姆身上找到他真正的精神前辈。虽然策兰在二十世纪六十年代继续到德国朗诵,但他可能与重新崛起的德国发展一种感情介入的任何希望已消退,甚至达到他把这称为"最悲剧性、事实上是最幼稚的错误"的程度。（费尔斯蒂纳，第226页）他开始阅读格尔肖姆·朔勒姆关于犹太神秘主义传统的著作、布伯关于犹太教哈西德主义的著作。希伯来词——指上帝存在的非尘世之光的 Ziv；指记忆的 Yizkor ——出现在他的诗歌中。指证、见证的主题占显著地位，与痛楚的个人潜主题并驾齐驱："没人／为见证者／作见证。"（《诗文选》第261页）他那如今持续采用对话体的诗歌中的"你"，断断续续但明白无误地变成上帝；出现犹太教神秘哲学关于整个造物是神性语言中的一个文本这一教导的回声。

以色列军队在1967年战争中夺取耶路撒冷，使策兰充满快乐。他写了一首庆祝诗，该诗在以色列被广泛阅读：

想想吧：你
自己的手
抓住了这小块
可居住的土地，
它苦尽了
又见生命。（《诗文选》第307页）

1969年，策兰首次访问以色列（"如此多犹太人，只有犹太人，而且不是在隔离区"，他带反讽地惊叹道。）（费尔斯蒂纳，第268页）他发表讲话和朗诵，会见以色列作家，恢复与一个在切尔诺维茨时期认识的女人的浪漫关系。

策兰小时候曾入读一家希伯来语学校三年。虽然他是迫不得已地学习希伯来语（他把它与他那位犹太复国主义者的父亲联系起来,而不是与他热爱的那位亲德国的母亲联系起来),但他对希伯来语的掌握却令人意料不到地深刻。当时是以色列人但原籍像策兰一样是切尔诺维茨人的阿哈龙·阿佩尔费尔德①认为,策兰的希伯来语"挺好"。(费尔斯蒂纳,第 327 页)当耶胡达·阿米亥诵读他翻译的策兰的诗时,策兰能提出改善的建议。

回到巴黎后,策兰纳闷自己留在欧洲是不是一个错误的选择。他动过接受以色列一个教学职位的念头。对耶路撒冷的记忆使他有了一个短暂的创作爆发期,写了一批同时具精神性、欢乐和情欲的诗。

策兰长期以来受抑郁症发作之苦。1965 年,他曾进一家精神病院,后来接受过电休克治疗。他在家中,一如费尔斯蒂纳所言,"有时候很暴力。"他与妻子同意分居。一位从布加勒斯特来访的朋友觉得他"深刻地警惕,未老先衰,沉默寡言,双眉紧锁"。"他们在对我进行实验,"他说。他在 1970 年写信给那位以色列情人时说:"他们把我治愈成碎片。"两个月后他投水自尽。(费尔斯蒂纳,第 243 页、第 330 页)

在曾与策兰通信的历史学家埃里希·卡勒看来,策兰的自杀证明"既做一个伟大的德语诗人又做一个在集中营阴影下成长的年轻中欧犹太人"是太大的负担,不是一个男人承受得起的。[11]在深刻的意义上,这个对策兰自杀的

---

① 阿佩尔费尔德(1932—2018),以色列小说家,代表作有《奇迹年代》等。

判断是对的。但我们不能不考虑一些较平常的原因,例如克莱尔·哥尔拖长的、疯狂的怨气,或他所接受的精神治疗的性质。费尔斯蒂纳没有直接评论策兰的医生们对策兰实施的治疗,但从策兰自己痛苦地提及的片言只语看,他们显然得对此负很大责任。

即使在策兰生前,就已发展了一门以研究策兰为基础的学术生意,主要是在德国。这门生意如今已扩大成一个工业。策兰之于德语诗歌已变得如同卡夫卡之于德语散文。

虽然有杰罗姆·罗滕贝格、迈克尔·汉布格尔和其他人的开拓性翻译,但是策兰要等到他在法国受重视之后才真正穿透英语世界;而在法国,策兰被当成一位海德格尔式的诗人,即是说,仿佛他的以自杀告终的诗歌生涯,说明了我们时代艺术的终结似的,仿佛这个终结呼应了海德格尔判定的哲学的终结似的。

虽然策兰不是一位我们所称的哲理诗人,一位理念的诗人,但把他与海德格尔联系起来并非突发奇想。策兰非常仔细地阅读海德格尔,如同海德格尔阅读策兰;荷尔德林对海德格尔和策兰的性格形成期都产生过影响。策兰同意海德格尔关于诗歌特别占有真理的观点。他关于自己为何写诗的解释——"可以说,是引导我自己去寻找我曾在哪里和我要去哪里,是引导我去为自己勾勒现实"——是与海德格尔完全合拍的。(《诗文选》第396页)

虽然海德格尔过去与民社党有关系,以及对死亡集中营这个问题保持沉默,但他对策兰的重要性足以使策兰在1967年到他在黑森林的隐居处拜访他。之后他有一首诗(《托特瑙堡》)写这次见面,写他希望从海德格尔那里听到却未能听到的"心中的/词"。

策兰期待的那个词会是什么呢?菲利普·拉库-拉巴尔特在那本论策兰与海德格尔的书中认为是"原谅"。但他很快就修订自己的猜测:"我错误地以为……要求饶恕就够了。(灭绝)是绝对无可饶恕的。那才是(海德格尔)应当说的。"[12]

对拉库-拉巴尔特来说,策兰的诗歌"全部都是与海德格尔的思想的对话"。(第33页)正是欧洲这种对策兰的主流解读,最严重地把策兰拖离受教育的普通读者的轨道。但还有一个相反的流派,这显然也是费尔斯蒂纳黏附的流派,它把策兰解读成一个根本性的犹太诗人,其成就是以强势力量使犹太人过去的记忆重新打入德国高级文化(其野心是把其完美的源头定在古典希腊),打入德国语言,而这记忆是以海德格尔为高峰的一系列德国思想家力图要消除的。按这个观点,则策兰无疑回答了海德格尔,但回答了他之后,便把他抛在背后。

策兰是以译者身份开始其职业生涯的,并继续做翻译,直到最后。主要是把法语译成德语,但也把英语、俄语、罗马尼亚语、意大利语、葡萄牙语和(与人合作)希伯来语译成德语。他的六卷本《作品集》中有两卷是翻译。在英语方面,策兰主要翻译埃米莉·狄金森和莎士比亚。虽然他的德语版狄金森,节奏不如原文那样错落参差,但他似乎在她身上找到某种他能从中学习的句法上和隐喻上的压缩。至于莎士比亚,他一再回到莎士比亚的十四行诗。他的译文是令人屏息的、迫切的、充满探询的;它们并没有试图模仿莎士比亚的典雅。一如费尔斯蒂纳所说,策兰有时候"(步步进逼)超出了与英语对话,变成争辩",重写莎士比亚,使莎士比亚符合他对自己的时代的感觉。(第205页)

费尔斯蒂纳本人在翻译策兰时,做了一门他以前的译者未做过的功夫,就是从策兰的手稿修改本和朗诵录音,以及从策兰认可的法语译本,来揣摩策兰的本意。有一个例子可以说明他怎样利用这些研究。策兰最长的诗《密接模仿》,开头几行"Verbracht ins/Gelande/mit der untruglichen Spur",意思是:以不出差错(或准确无误)的轨道(或踪迹)移入地域(或领土)。怎样翻译verbracht一词才算最佳呢?策兰审定的该诗法语译文,使用deporte一词。然而,如果我们检查阿兰·雷奈关于死亡集中营的纪录片《夜与雾》画外音策兰所译这首诗的德语版本,我们发现法语deporter在德语里被翻译成deportieren。Deportieren这个词常被用于官方文件,用来指把囚徒或人口递解出境,带有抽象和委婉的色彩。为了避免这种委婉语,费尔斯蒂纳避开了同源的英语词deported,而是联想到被拘留者对verbracht的地道使用法,于是把它翻译成"带走":"带走,进入……地带"。(《诗文选》第118—119页)

费尔斯蒂纳的《保罗·策兰诗文选》的很多译文,都已穿插出现在《保罗·策兰:诗人、幸存者、犹太人》一书中,但重新收录在这里时,已做过修改,且在大多数情况下都更为精练。费尔斯蒂纳较早那本书的一个雄心,是以不谙德语的读者能理解的方式,解释策兰给译者带来的各种问题的实质,包括未加解释的暗指和压缩或复合或发明的词,以及费尔斯蒂纳本人如何逐个予以回应。这不可避免地意味着把他自己的策略和词语选择合理化,因而给该书带来一个较不幸的特点:自我推广的因素。

在策兰近期的译者中,费尔斯蒂纳、波波夫与麦克休(以下简称波波夫-麦克休)和皮埃尔·约里斯较为突出。如果说约里斯不如其他译者那么立即就吸引住人,那也许是因为他肩负一个更困难的任务:费尔斯蒂纳和波波夫-麦克休都拥有选择最适合自己的诗来翻译的自由(因而,也就回避了那些挫败他们最大努力的诗),约里斯则贡献给我们两部策兰后期诗集《换气》(1967)和《棉线太阳》(1968)的全译本,总共约二百首诗。由于现在人们已普遍认为策兰是以系列和组诗方式写作的,一本诗集里的某些诗作常常指涉前面和后面的其他诗,因此约里斯的工程应受到称赞。但是,问题也随之而来。策兰有很多诗是未完全完成的诗,更重要的是有很多时刻是近于彻底晦涩的。约里斯的温度并非总是白热,而这是可以理解的。[13]

费尔斯蒂纳从策兰整个生涯中选译约一百六十首诗,包括一些动人的早期抒情诗。波波夫-麦克休主要选译后期作品。他们两个译本重复者极少,不足二十首。只有几首诗是三个译本都译的。

要在费尔斯蒂纳与波波夫-麦克休之间做出选择是困

难的。波波夫-麦克休用来解决策兰带来的问题的办法,有时候具有令人目眩的创造性,但费尔斯蒂纳也有其光辉时刻,尤其是在《死亡赋格》中,英语最后被德语淹没("Death is ein Meister aus Deutschland")①(《诗文选》,第31—33页)在如何对策兰盘根错节、压缩的句法结构进行分析因而也是进行理解上,不时会有实质性的分歧,而费尔斯蒂纳在这类情况下通常是较可靠的。

费尔斯蒂纳是一位可畏的策兰学者,但波波夫-麦克休在学问上也不逊色。当策兰的诗要求轻盈处理时,费尔斯蒂纳的局限便显现,例如在《三人的,四人的》这首倚重民歌风格和荒谬手法的诗中。波波夫-麦克休的版本风趣而抒情,费尔斯蒂纳则太偏于持重。

策兰的音乐不是恢宏的:他似乎是逐字逐字、逐句逐句构筑,而不是写一口气读完的字句。译者除了逐字逐句慎重处理外,还必须创造节奏上的力度。

策兰:

> ich ritt durch den Schnee, horst du,
> ich ritt Gott in die Ferne—die Nahe, er sang,
> es war
> unser letzter Rit.

费尔斯蒂纳(《诗文选》第138—139页):

> 我乘骑穿过大雪,你听到吗,

---

① "死亡是(英语)一个来自德国的大师(德语)"。

> 我乘骑上帝进入远处——近处,他唱。
>
> 那是
>
> 我们最后的乘骑……

波波夫-麦克休(第5页):

> 我乘骑穿过大雪,你明白我吗,
> 我乘骑上帝去远方——我乘骑上帝
> 到近旁,他唱。
>
> 那是
>
> 我们最后的乘骑……

费尔斯蒂纳的译文在节奏上是无生气的。波波夫-麦克休的译文"我乘骑上帝去远方——我乘骑上帝/到近旁"原文并不是这样,但我们很难说译文中传递的向前驱策的气势是不合适的。

另一方面,有很多地方他们的角色正好调换过来,费尔斯蒂纳更大胆和创新。策兰:"Wenn die Totenmuschel heranschwimmt/will es hier lauten(当死者的贝壳浮涌而出,这里将有钟的珍珠)。"波波夫-麦克休"当死亡的贝壳冲上岸"仅仅译出运动。(第1页)费尔斯蒂纳"当死人的海螺壳浮涌而出"从贝壳一跃而成海螺壳,发挥了海螺壳那号角似的宣告式效果。(《诗文选》第89页)

还有一些看似明显的地方,被波波夫-麦克休忽略了。在一首诗中,一根 Wurfholz 也即投掷棒投入空间又返回。费尔斯蒂纳把它译成"回飞镖",而波波夫-麦克休却令人费解地译为"投木"。(《诗文选》第179页;波波夫-麦克

休,第11页)

在另一首诗中,策兰写到一个词掉入他额头后面的坑中并继续在那里生长:他把这个词与"Siebenstern"(七星)比较,七星花的学名是Trientalis europea。在原本是极出色的译文中,波波夫-麦克休把Siebenstern简单地译成"星花",而没有译出与犹太人有特殊关联的六角大卫星和七扦枝大烛台这一层意思。费尔斯蒂纳把该词扩充为"七扦枝星花"。(《诗文选》第195页;波波夫-麦克休,第12页)

另一方面,在德语里称为die Zeitlose(永恒)的花(学名Colchicum autunnale),被费尔斯蒂纳没有想象力地译为"藏红花",而波波夫-麦克休则合理地不受约束,把它改成"不凋花"。(《诗文选》第201页;波波夫-麦克休,第13页)

总之,有时候是费尔斯蒂纳灵机一动找到贴切字眼,有时候是波波夫-麦克休,简直使人感到可以把他们各自的版本缝合起来,再加上偶尔穿一两针约里斯的版本——然后合成一个改善所有三个译本的文本。有鉴于三个版本具有风格上的共通性,一种当然是源自策兰的共通性,这样一个程序并非牵强或行不通。

三人——费尔斯蒂纳在其策兰传记中、波波夫-麦克休在他们的注释中、约里斯在他的两篇导言中——都对策兰的语言提出自己独到的见解。约里斯在谈到策兰与德语的争论式关系时,尤其有眼光:

> 策兰的德语是一种诡异的、近于幽魂似的语言;它既是母语,因而牢牢地把锚下在死者的王国,又是一种诗人必须去配制、去再创造、去再发明、去复活的语

言……他严重地被剥夺了任何其他现实,于是着手创造自己的语言——一种像他一样处于绝对流亡状态的语言。试图把它当成仿佛它是通常讲的德语或现成的德语来翻译——也即找一个相似的通用英语或美语"口语"——不啻是误解了策兰诗歌的一个重要方面。(《换气》第42—43页)

策兰是二十世纪中期欧洲最卓越的诗人,他不是超越其时代——他并不想超越其时代——而是充当其时代最可怕的放电的一根避雷针。他与德语难分难解的较劲,构成他所有后期诗歌的基础,在翻译中最好的时候也只是无意中听到而非直接听到。在这个意义上,其后期诗歌的翻译必然总是要失败的。然而,两代译者以令人瞩目的智谋和奉献,把可以带进英语的带进来。无疑,其他人也会跟着知难而进。

(2001)

原注

[1] 《保罗·策兰、内利·萨克斯:通信》,克里斯托弗·克拉克译(哈得孙河畔里弗代尔:牧羊草地出版社,1995),第17页。

[2] 约翰·费尔斯蒂纳《保罗·策兰:诗人、幸存者、犹太人》(纽约:W.W.诺顿出版社,1995),第253、第181页。

[3] 《保罗·策兰诗文选》,约翰·费尔斯蒂纳译(纽约:W.W.诺顿出版社,2000),第329页。此后简称《诗文选》。

[4] 汉斯-格奥尔格·伽达默尔"尾声",见《伽达默尔论策

兰》,理查德·海涅曼、布鲁斯·克拉耶夫斯基编译(奥尔巴尼:纽约州立大学出版社,1997),第 142 页。

[5] "导言",见《保罗·策兰诗选》(伦敦:安维尔出版社,1988),第 18 页。

[6] 汉斯·埃贡·霍尔特胡森语,引自费尔斯蒂纳,第 79 页。

[7] 保罗·策兰《散文集》,罗斯玛丽·沃尔德罗普译(里弗代尔:牧羊草地出版社,1986),第 16 页。

[8] 特奥多尔·阿多诺《文化批评与社会》,见《棱镜集》,塞穆尔和希尔里·韦伯译(伦敦:斯皮尔曼出版社,1967),第 34 页。

[9] 费尔斯蒂纳,第 161 页。这里需要谨慎。我们只有策兰对这次会面的忆述。策兰所报告的,与布伯比他早七年所写的有出入:"他们(迫害我们的人)已如此激烈地远离人类的领域……使得我心中根本激不起仇恨,更别说克服仇恨。我哪里谈得上什么'宽恕'呢!"引自莫里斯·弗里德曼《保罗·策兰与马丁·布伯》,见《宗教与文学》第 29 卷第 1 期(1997),第 46 页。

[10] 《保罗·策兰诗文集》,第 245 页;《喉塞音:101 首诗》,尼古拉·波波夫、希瑟·麦克休译(汉诺威和伦敦:卫斯理大学出版社,2000),第 19 页。

[11] 引自费尔斯蒂纳,第 287 页。

[12] 《作为经验的诗歌》,安德烈娅·塔尔诺夫斯基译(斯坦福:斯坦福大学出版社,1999),第 38 页、第 122 页。拉库-拉巴尔特这本书初版于 1986 年。

[13] 保罗·策兰《换气》(洛杉矶:太阳月亮出版社,1995);《棉线太阳》(洛杉矶:太阳月亮出版社,2000),译者均为皮埃尔·约里斯。

君特·格拉斯与"威廉·古斯特洛夫"号

君特·格拉斯1959年以《铁皮鼓》走红文坛,这是一部糅合寓言手法——一个儿童主人公,他拒绝成长,以抗议他周围的世界——和现实主义手法——以厚密的质感表现战前的但泽——的长篇小说,它宣布魔幻现实主义在欧洲的登场。

《铁皮鼓》的成功使格拉斯能够在经济上独立,于是他全力投身于支持威利·勃兰特的社会民主党。然而,在社会民主党于1969年上台之后,尤其是在勃兰特1974年辞职之后,格拉斯逐渐疏离主流政治,愈来愈专心于女性主义和生态问题。但在这一演化过程中他依然相信理性的辩论和虽然谨小慎微却是深思熟虑的社会进步。他选择的图腾是蜗牛。

由于格拉斯是最早对举国上下闭口不谈普通德国人在纳粹统治下的共谋做出抨击的人士之一——这种沉默的原因和后果,已由亚历山大和马格丽特·米彻尔利希在他们开拓性的心理历史著作《无能力哀悼》中探讨过——因此他也比大多数人都更敢于进入德国当前有关沉默与压制发声的辩论,以典型的谨慎和细致入微的方式,采取直到新世纪都只是右派激进主义者才敢公开主张的立场,也即普通德国人——而不只是消失在集中营或因反对希特勒而死去的德国人——也应被视为第二次世界大战的受害者。

有关受害,有关沉默,有关重写历史的问题,是格拉斯2003年的小说《蟹行》的中心,书中主角和叙述者在第三帝国行将灭亡时的剧痛中出世。保尔·波克里弗克的生日是1月30日,这个日子在德国历史上有某种象征性回响。1933年1月30日,纳粹掌权。1945年同一日,德国遭受历史上最严重的海难,这是一次真实生活中的灾难,而小说中的保尔就诞生在这次灾难中。因此,保尔是某种萨尔曼·拉什迪意义上的午夜的孩子,一个被命运指定来替其时代发声的孩子。

然而,保尔却宁愿逃避命运。不被注意地偷偷度过一生更适合他的口味。他本职是新闻记者,随着吹得最猛烈的政治强风使舵。在二十世纪六十年代,他为保守派的斯普林格报业写稿。社会民主党上台时,他成为一个半心半意的自由左派;后来他转向生态问题。

然而,他背后有两个影响力强大的人物,两人都纠缠着他,要他写他诞生那天晚上的故事:他母亲和一个幽灵般的人物,后者是如此酷似君特·格拉斯本人,我想把他称作"格拉斯"。

波克里弗克是保尔母亲的姓;父亲的身份就连母亲也不清楚。但保尔从母亲那里得知,他以一种纯属巧合的方式与一名重要纳粹人物、地区司令威廉·古斯特洛夫建立联系。古斯特洛夫——一个真实生活中的人物——于三十年代派驻瑞士,其任务是搜集情报和招募德国和奥地利侨民为法西斯主义事业服务。1936年,一名有巴尔干背景、名叫大卫·法兰克福特的犹太学生来到古斯特洛夫位于达沃斯的家,开枪杀死他,然后向警方自首。"我开枪是因为我是犹太人。我……不后悔,"据报,法兰克福特如此说。[1]法兰克福特在瑞士一个法庭受审,被判十八年徒刑,服了一半刑期之后被驱逐出境。他去巴勒斯坦,后来进以色列国防部工作。

而在德国国内,人们抓住古斯特洛夫之死这个难得的机会,来创造一个纳粹烈士和挑动反犹情绪。遗体被隆重地从瑞士运回德国,骨灰被葬在什未林湖畔一座纪念园林,竖起一座四米高的纪念碑。街道和学校纷纷以古斯特洛夫命名,甚至有一艘船以他命名。

游轮"威廉·古斯特洛夫"号于1937年下水,作为国社党的工人阶级休闲计划的一部分,该计划叫作"欢乐创造力量"。船舱不分等级,每次可载客一千五百人,目的地包括挪威峡湾、马德拉群岛和地中海。然而不久它便肩负更迫切的任务。1939年,它被派往西班牙载回"神鹰军团"。战争爆发时,它被装备成医疗船。后来,它成为德国海军的训练船,最后成为难民船。

1945年1月,"古斯特洛夫"号从德国哥滕港(现在波兰的格丁尼亚)向西航行,船上挤着约一万名乘客,他们大多数是逃避即将抵达的红军的德国公民,但也有受伤的士兵、受训的U潜艇水兵和海军辅助女兵。因此,它的任务并非不带军事性质。在波罗的海冰冻的水域,它被亚历山大·马林涅斯科船长指挥下的一艘苏联潜艇用鱼雷击沉。约一千二百名生还者被救起;其他人死亡。死亡人数使它成为历史上最严重的海难。

生还者中包括一个正处于怀孕晚期的女孩(虚构的),叫作乌尔苏拉("图拉")·波克里弗克。图拉在救起她的那艘船上生下一个儿子保尔。她与婴儿上岸后,试图穿越俄罗斯前线前往西部,最后却羁留在俄罗斯区的什未林,也即古斯特洛夫纪念碑的所在地。

因此可以说,保尔一出生就与威廉·古斯特洛夫有微弱的联系。一个更扰人的联系出现在数十年后的1996年,当保尔随意浏览互联网时,碰到一个网址,叫作www.blutzeuge.de,它是"什未林战友同盟"为保存对古斯特洛夫的记忆而设的网址。(Blutzeuge是一种血誓。11月9日血誓日是纳粹日历上的神圣日子,因为党卫军在这一天重申他们的誓言。)从熟悉的措辞特点,他开始怀疑所谓的"战友们"其实就是他的中学生儿子康拉德,这个孩子现在选择与其祖母图拉一起住在什未林,故他已很少与他见面。

原来,康拉德对古斯特洛夫事件着了迷。在历史课布置作业时,他写了一篇论"欢乐创造力量"计划的论文,但他的老师禁止他宣读,理由是该题目"不合适",论文则"严重染有国社党思想"。他曾试图在当地一次新纳粹主义者会议上宣读该论文,但论文对那些剃光头、喝啤酒的听众来说又太学术。自此,他便仅限于经营自己的网址,在"威廉"这个代号的名下,把古斯特洛夫当成真实的德国英雄和烈士推荐给世界,并重申祖母的一个说法,也即"欢乐创造力量"计划中那些不分等级的游轮体现了真正的社会主义。(第196页、第202页)

"威廉"很快就遇到敌意的反应。一名回应者以"大卫"之名在该网址留言,断言法兰克福特才是故事中的真正英雄,一个犹太人抵抗运动的英雄。保尔在电脑屏幕上观看儿子与那个被假设是犹太人的回应者一来一往的争辩。

但是,对康拉德而言,仅仅进行文字交锋还不够。他邀请"大卫"——原来他跟他同龄——到什未林来,并在被拆毁的古斯特洛夫纪念碑的原址枪杀他,如同法兰克福特枪杀古斯特洛夫。很快便发现,他的受害人的真名是沃尔夫冈,并不是什么犹太人,而是被大屠杀的罪孽感扰攘得不得安宁,于是试图在其德国家庭中生活得像一个犹太人,包括戴亚莫克便帽和要求母亲维持一个符合犹太人洁净食物教规的厨房。

康拉德对真相大白无动于衷。"我开枪是因为我是德国人,"他在受审时响应法兰克福特的话说,"还因为通过大卫之口说话的,是那个永恒的犹太人。"在盘问下,他承认他从未见过一个真正的犹太人,但声称这点并不重要。他说,虽然他对这些抽象的犹太人并无敌意,但犹太人属于以色列,不属于德国。如果犹太人愿意,就让他们去荣耀法兰克福特,而如果俄国人愿意,就让他们去荣耀马林涅斯科;但现在是让德国人荣耀古斯特洛夫的时候了。(第204页)

法庭竭力要把康拉德视为他自己无法理解的势力的傀儡。图拉戏剧性地出现在证人席上,替其孙儿辩护,并谴责他父母疏忽孩子。她没有告诉法庭,是她把杀人武器给了孙儿。

保尔在仔细检视整个审讯过程之后确信,康拉德是唯一不害怕讲出心里话的涉事者。他在律师们和法官们中觉察到一股压抑,如同一张闷燃着的毛毯。更糟糕的是受害者的父母,他们是彻头彻尾的自由派知识分子,不怪别人只怪自己,并否认他们有任何复仇愿望。保尔发现,他们的儿子渴望成为犹太人,恰恰是因为他父亲习惯于总是看到问题的正反两个方面,包括大屠杀的问题。

康拉德被判在青少年拘留中心关押七年,他证明自己是一个模范囚犯,利用时间学习,准备考大学。唯一的摩擦是当他要求在牢房里拥有一张地区司令古斯特洛夫的照片时遭拒绝。

图拉·波克里弗克生于1927年,与君特·格拉斯同年。她首次出现于《猫与鼠》(1961),尽管《铁皮鼓》中的卢齐·伦万德可视为她的前驱。在《猫与鼠》中她是"一个瘦弱小孩(十岁),双腿如牙签",与男孩们一起去皇帝港游泳,并获准观看他们的手淫比赛。[2] 在《狗年月》(1963)中,她是中学生,恶意地向警察举报她的一个老师:他被送往施图特霍夫集中营,并死在那里。另一方面,当一阵恶臭降临皇帝港,只有图拉一个人说出了大家私底下都知道的事情:那臭味是从施图特霍夫运出的一卡车一卡车的人类骨头散发的。

在战争最后一年,图拉是街车售票员,正竭尽全力要使自己怀孕。之后,她从视野中消失:在《母老鼠》(1986)中,现已将近六十岁的前鼓手奥斯卡·马策拉特想起她时,说她是"一种很特别的母狗",就他所知,她已随着"古斯特洛夫"号沉没。[3]

图拉的政治观很难简化为任何有条理的体系。她是一个受过训练的木匠和无可挑剔的无产阶级,在新成立的国家东德,她投身于党的事务,以其行动主义获承认和受嘉奖。她未加质疑地紧跟莫斯科路线,1953年斯大林逝世时她哭了,并为他点烛。然而,她这会儿可以把几乎杀了她的潜艇水兵誉为"苏联英雄,与我们工人结成友谊同盟",待会儿却可以把威廉·古斯特洛夫形容为"我们美丽的城市什未林惨遭谋杀的儿子"并把"欢乐创造力量"计划称为共产党应效仿的模范。(第149页、第93页)

虽然她犯错误,但她仍保留在集体中的地位,为同志们所钟爱,亦为他们所畏惧。东德政权1989年崩溃之后,当格拉斯所谓的"die Berliner Treuhand"——被英译者巧妙地译为"柏林移交信托基金"——进入旧东德收购国营企业时,她设法使自己被裁员。小说快结束时,她已把天主教纳入她那兼收并蓄的信仰系统:在她位于距列宁纪念碑不远的加加林街住所的起居室里,她有一个神龛,神龛里抽烟斗的"乔叔叔"①与圣母马利亚并排着。

---

① 指斯大林。

保尔把母亲视为最后的真正斯大林主义者。至于这到底是什么意思,他没有说;但从他的记述中可以看出,图拉无原则、老谋深算、狡诈、冥顽、对理论不耐烦、不饶恕人、生命力强,自始至终是一个民族主义者,以及一个反犹者,而这正好构成一个并非不准确的形象。她还在某个夜里,在目睹海面上漂浮着数以千计穿着无用的救生衣、脸朝下的儿童尸体时生下一个孩子,并听到"威廉·古斯特洛夫"号劫数难逃的乘客从甲板上掉进海里时最后的集体惨叫。"那种惨叫——你再也无法把它从你耳朵里清除出去,"她说。仿佛为了证实这点似的,她的头发在当夜变白了。因此,图拉还成了一颗受创的灵魂:受她所见所闻打击,并且再也无法克服她的悲伤,直到不许表现1945年1月30日那天发生的事情的禁令被打破、死者得到应有的追悼。(第155页)

图拉·波克里弗克是《蟹行》中最有趣的人物——也许仅次于格拉斯全部作品中最有趣的人物、带铁皮鼓的男童奥斯卡——不仅是在人情味层面,而且因为她在更大的德国社会具有代表性:一种伦理民粹主义,它在东德的生存状态要比西德好,但未引起左派和右派的注意;它对二十世纪德国和世界发生的事情有自己的一套看法,这看法也许是倾斜的、基于自身利益的、混乱的,然而却是感受很深的;它对被禁止心平气和讨论问题和被正统观念全面压制感到愤怒;它是不会消失的。

虽然我们可能会认为图拉·波克里弗克现象是丑陋的,但是《蟹行》提供了一个经深思熟虑的论点让我们去省察,这个论点就是应允许德国的图拉们和康拉德们有他们的英雄和烈士以及可供缅怀的纪念碑和仪式。保尔在面对自己的儿子的命运时,愈来愈认识到应反对压制,应支持一个容纳所有人的民族历史,也就是说,如果根深蒂固的激情被压制,它们就会以难以预料的新面目在别处出现。禁止康拉德在班上把论文读给同学听,他便去杀人;把他送进监狱,互联网便出现一个"康拉德·波克里弗克战友同盟"(www.kameradschaft-konrad-pokriefke.de)新网址,其血誓是:"我们相信你,我们等待你,我们追随你。"(第234页)

《蟹行》最个人的部分,是格拉斯或"格拉斯"站在保尔·波克里弗克背后,我们因此了解到保尔的叙述也即《蟹行》是如何写出来的。三十年前,作为西柏林的一名学生,保尔曾参加"格拉斯"主持的写作课。现在,"格拉斯"再次与他联系,敦促他写有关"古斯特洛夫"号的书,理由是作为那个悲剧之夜的后裔,他特别适合这个任务。多年前"格拉斯"曾收集材料,自己准备写这本有关"古斯特洛夫"号的书,但后来觉得"他已受够了过去",遂决定不写,而现在要写又太迟了。(第80页)

"格拉斯"吐露说,他那代人都对战争年代保持谨慎的沉默,因为他们个人的罪疚感太强烈了,还因为"应首先承担责任和表示悔过"。但现在他发现这是一个错误:德国苦难的历史记忆因此断送给激进右翼。(第103页)

"格拉斯"曾与保尔就写作计划进行过讨论,并敦促保尔想办法用恰当的文字描述战争最后几个月的恐怖:数十万,也许数百万德国人在逃亡中死去。为了指导保尔,"格拉斯"甚至写了一个样本段落(不过,这是误导性的指导,因为他所描述的段落并不是实际发生的事情,而是他在一部有关"古斯特洛夫"号末日的电影中看到的)。

保尔并不想对"格拉斯"的恳求照单全收。他怀疑,"格拉斯"之所以不写这本书,是因为他的精力已枯竭。此外,他怀疑,真正的压力来自纠缠不休的图拉,她在"格拉斯"背后催逼着他。"格拉斯"宣称自己只是图拉旧时在但泽结识的泛泛之交。但保尔怀疑,事实上"格拉斯"是图拉的情人,也许就是他的父亲。"格拉斯"在保尔的草稿上写的一句评语使保尔更加相信他的怀疑。"格拉斯"说,应赋予图拉更多神秘,更多"散开的光"。"格拉斯"似乎仍被那个白发女巫的魔咒笼罩着。(第104页)

德国谚语说:"谁播种风谁收割风暴。"德国激进右翼与其说是利用风暴——对逃出东部的德国族裔犯下的暴行、用火焰炸弹轰炸德国城市的恐怖、盟军对德国人战后苦难的冷酷漠视——来煽动人们的长期怨懑,不如说是利用沉默:那些把自己视为受害者或受害者后人被要求保持的沉默,一种先是由局外人强加给他们,继而被德国人自己当作经深思熟虑的政治措施来实行的沉默。

这个禁忌,如今正在一场广泛的全国辩论中被重新提出来检讨。《蟹行》于2002年初在德国出版时,成为畅销书。这不是因为古斯特洛夫/"古斯特洛夫"号的故事以前未被触及过。相反,威廉·古斯特洛夫死后仅一年,通俗作家埃米尔·卢德维希就以德语,虽然不是在德国,出版了一部有关这次事件的长篇小说,小说中法兰克福特被塑造成一个英雄,他通过打死一个著名纳粹人物而希望激发犹太人挺身反抗。1975年,瑞士导演罗尔夫·利西拍摄了一部主题相同的电影《对抗》。

德裔美国导演弗兰克·维斯巴尔亦根据"古斯特洛夫"号的最后航行拍摄了一部电影《夜幕降临哥滕港》。该次航行的一名幸存者海因茨·舍恩年复一年地发表他对这次致命事件和死者身份的调查研究。在英语中,则有克里斯托弗·多布森、约翰·米勒和托马斯·潘恩合著的《最残酷之夜:德国的敦刻尔克与威廉·古斯特洛夫号的沉没》(1979)。格拉斯本人曾在多部著作中提到"古斯特洛夫"号,最早一部是《铁皮鼓》;以及提到以前被英国战机炸沉的另一艘运载集中营幸存者的游轮"阿尔科纳角"号。

因此,古斯特洛夫或"古斯特洛夫"号都没有被遗忘,也就是说,并没有被删除或被有意排斥在记录之外。但是,在成为记录的一部分与成为集体记忆的一部分之间,存在着差异。图拉·波克里弗克这类人的愤怒和怨懑,源自这样一种意识,也即他们的痛苦没有得到适当关注,一次其灾难性足以引起公开哀悼的事件竟被迫继续成为一次私人悲痛的源头。她的苦境,以及千千万万像她这样的人的苦境,最强烈地表现在这一幕:当她要纪念死者时,她找不到任何地方来放置她的鲜花,而只能把鲜花摆在纳粹时代那座纪念碑的遗址。她以最情绪化的形式提出的问题是:我们无法一起哀悼和无法公开哀悼,是不是仅仅因为那数千名溺毙儿童是德国儿童？

自1945年以来，集体罪责的问题在德国一直是一个有意见分歧的问题，而格拉斯则不是直面，而是斜地里，像蟹行似的痛苦面对它。《蟹行》被标榜为中篇小说，它的主题不是"古斯特洛夫"号的沉没而是写"古斯特洛夫"号沉没的故事之必要，以及写这个故事的时机之成熟。

正是在这里，君特·格拉斯与影影绰绰的"格拉斯"这个人物最接近于合而为一：通过"格拉斯"，格拉斯为自己没有写该故事而道歉，以及为自己无能力写这部伟大的德国小说而抱疚，遗憾不能以小说形式复活大群在第三帝国的垂死挣扎中消亡的德国人，使他们可以被安葬和被适当哀悼，以及在完成哀悼后，历史的新一页终于可以翻过去，而这样一次纪念举动将可平息德国的图拉·波克里弗克们难以抒发的闷燃着的怨懑，并把他们的子子孙孙从过去的重负中解放出来。

但是，让某个保尔·波克里弗克来写一个"古斯特洛夫"号的故事，事实上意味着什么呢？释放想象力中这些可怕的最后时辰，然后把它们变成文字，把恐怖呈现在读者眼前，这似乎是"格拉斯"要保尔去完成的任务。但这只是事情的一个方面，因为展现在保尔面前、使他犹豫不决的这个写作计划，要大得多也艰巨得多：他得成为一个在当前历史时刻——二十一世纪头几年——选择以"古斯特洛夫"号沉没作为题材的作家，而这意味着他选择打破一个禁忌，这个禁忌就是断言在那个夜里有人对德国人犯了战争罪行，至少是对他们施加暴行。

保尔不情愿写那个大故事,以及他以蟹行之舞的方式讲述他的不情愿——在蟹行之舞的弯弯曲曲的舞步中,那个大故事在一定程度上被讲述出来——被认为是较合适的。让一个不知是幸或不幸而碰巧在事件现场出世的名叫波克里弗克的默默无闻的新闻记者来重述那个故事,并不意味着什么。在目前,有关德国人在战争期间的苦难的故事,是与由谁来讲或基于何种动机来讲密不可分的。讲述九千名无辜或"无辜"的德国人如何死去的最佳人选,并不是波克里弗克,甚至不是"格拉斯",而是君特·格拉斯——德国文学的祭酒、诺贝尔文学奖得主、德国公共生活中的民主价值的最稳固实践者和最持久的楷模。让格拉斯在新世纪开头来讲述这个故事,则意味着一些什么。它甚至可能标志着让所有关于那些恐怖岁月里发生的事情的故事进入公共领域是可接受的、合适的、恰当的。

君特·格拉斯从来不是一个伟大的散文风格家或小说形式的开拓者。他的力量在别处:在于他对德国社会所有层面的敏感观察,在于他有能力探入民族心灵的深层激流,在于他的伦理稳固性。《蟹行》的叙述是片片块块地拼凑起来的,有效地形成现时的格局,尽管并不太让人感到在美学上非如此不可。作者一步一步追踪潜艇及其猎物,使它们渐渐汇合在那致命的十字路口,仿佛有一个更高的主宰在操纵着——这手法尤其如履薄冰。作为一部作品,《蟹行》与格拉斯偶尔涉足的其他中篇小说形式相比,尤其是与《猫与鼠》和最近的《铃蟾的叫声》(1992)相比,是有所不及的。《铃蟾的叫声》是一部构筑优雅的小说,介于讽刺与挽歌之间,小说叙述一对正派的老夫妻创办一个协会,致力于把那些被逐出但泽(现时波兰格但斯克)的德国人埋葬在他们的出生地,但到头来他们这个理想却埋葬在他们脚下,整个计划因生意兴隆而变成赚钱勾当。[4]

拉尔夫·曼海姆是格拉斯最早也是最好的英译者,令人赞赏地与格拉斯的语言合拍。1992年曼海姆逝世后,其衣钵先是由迈克尔·亨利·海姆继而由克里希纳·温斯顿承接。虽然有一两处也许可以挑剔——图拉拥有师傅证书(Meisterbrief),而不是"师傅文凭",后者听上去太学院;马林涅斯科船长返回港口时并不是被降级(degradiert)而是减少军衔——但温斯顿的《蟹行》译本是忠实的,包括偶尔笨拙、格拉斯体的措辞也忠实地译了出来。(第191页、第180页)

对温斯顿的灵巧度的主要挑战,来自图拉·波克里弗克。图拉讲的是东德德语俗语,含有战前但泽工人阶级郊区的回声。在美国英语中寻找对等是一项吃力不讨好的任务。像"俺在这儿替他们卖命不也好得蛮好吗?"这样的语言风格给人一种古怪地过时的感觉;但也许西部德国人也觉得图拉的讲话是古怪地过时的。(第69页)

(2003)

原注

[1] 君特·格拉斯《蟹行》,克里希纳·温斯顿译(纽约:哈考

特出版社,2003),第25页。

[2] 《猫与鼠和其他作品》,A.莱斯莉·威尔逊编,拉尔夫·曼海姆译(纽约:连续出版社,1994),第23页。

[3] 《母老鼠》,拉尔夫·曼海姆译(伦敦:塞克出版社),第63页。

[4] 《铃蟾的叫声》,拉尔夫·曼海姆译(纽约:哈考特-布拉斯出版社,1992)。

W.G.塞巴尔德及其《效仿自然》

W.G.塞巴尔德①1944年生于德国南部的角落,那里是德、奥、瑞士交汇点。二十余岁时,他到英国深造,研究德语文学,并在英国一所外省大学教书,其大部分工作生涯都在那里度过。在2001年逝世时,他已出版了为数颇丰的学术著作,主要是论述奥地利文学。

但塞巴尔德在人到中年时,才开始成为一位成果累累的作家,先是出版一部诗集,然后是连续四部散文虚构作品。后者的第二部《移民》(1992,英译1996)使他引起广泛注意,尤其是在英语世界。在书中,他把讲故事、旅行记录、虚构性自传、古文物研究随笔、梦、哲学思考混合起来,写成优雅但有点哀伤的散文,并辅以具有惹人喜爱的业余质素的照片,作为文件证据——这手法对英语世界的读者来说,是十分新鲜的(德语读者这时已习惯于穿越虚构与非虚构作品之间的边境,甚至可以说熟视无睹了)。[1]

塞巴尔德著作中的人物,大都是一般所谓的忧伤型人物。他们生命的音调,被一种难以言说的感觉主宰着,觉得

---

① 又译作泽巴尔德。

他们不属于这个世界,觉得也许整体的人类也不属于这里。他们都很谦虚,不敢宣称他们对历史潮流具有超自然的敏感度——事实上他们倾向于相信是自己出毛病——但塞巴尔德著作的高音,是暗示他的人物是先知式的,尽管在现代世界中先知的命运是无人知晓和默默无闻。

他们忧伤的基础是什么呢?塞巴尔德一而再地暗示他们在欧洲近期历史的重负下劳作,在这历史中大屠杀占据主要画面。内心里,他们被一种冲突折磨着,一方面是自我保护的迫切性要求他们阻断痛苦的过去,另一方面是盲目地摸索寻找某个已失去的东西,至于它是什么连他们自己也不知道。

虽然在塞巴尔德的故事中,克服记忆缺失,通常是以艰苦研究的成果——在档案馆的故纸堆中苦觅、追寻目击者——来达成的,但是寻回来的过去却只是证实了他的人物在内心最深处已知道的东西,一如他们在面对世界时的持续忧伤早已表达的,一如他们间歇性地崩溃或患僵住症时,他们的身体就一直以它们自己的语言、症状的语言在诉说的:没得治,没有救。

塞巴尔德的忧伤人物遇到危机时,其体现形式是清楚界定的。先是有一个充满强迫性活动的前奏,常常包括夜间散步,心中总有挥之不去的恐惧。世界似乎充满着用密码写的信息。梦频繁而快速。然后是经验本身:人在悬崖上或在飞机里,在空间中俯视,但也在时间中回望;人及其活动似乎微小到毫无意义;所有目的感全部消散。这个幻象预示着某种昏厥,心智在昏厥中崩溃。

《眩晕》(1990)是塞巴尔德首部长篇散文作品,强调这种精神危机的灾难性向度。在书中最后一部分,叙述者"我"前往出生地 W.镇旅行。他在一个充满尘埃的阁楼里检视一批物件,阵阵回忆涌来,然后是出现种种征兆,显示该镇就要遭报应。他害怕自己会疯,于是逃走。这次穿越德国南部的故乡之行阴森可怖。风景都有一种异样感;火车站的人群看上去像来自末日城市的难民;有人在他眼前阅读一本书,而根据他后来对书目进行的研究,这本书根本就不存在。[2]

在塞巴尔德著作中,1914 年常常代表着欧洲发生错误转折的年份。但是,细看之下,1914 年前的田园生活证明是毫无根据的。那么,真正的错误转折是发生在更早,在启蒙运动的理性得胜和进步思想获加冕的时候吗?虽然塞巴尔德著作中有很多历史意识——他的人物穿行的城市和风景都充满鬼影,涂着一层过去的记号——虽然他总体的阴郁中有一部分是关于以进步之名摧毁栖居地,但他并不是一个保守主义者,也就是说,他并没有缅怀某个人类以美好、自然的方式在世上安居的黄金时代。相反,他时时以怀疑的态度检视家的概念和安家的概念。他其中一部文学批评著作是研究奥地利文学中"家园"的概念。他利用 uheimlich(不像家、不熟悉,因而诡异)这个词的多义性来提出他的一个看法,也即对今天奥地利人——一个其领土和人口随着现代欧洲历史的每一转折而变迁的徒有虚名的国家的公民——来说,安家的感觉应包含某种怪异。[3]

《土星环》(1995)是塞巴尔德著作中最接近于我们通

常认为是非虚构类的作品。写这部作品是为了克服其作者——即是说,书中的"我"这个人物——面对英格兰东部地区的衰微及其风景遭摧毁时"吓得不能动弹的恐怖"。(当然,塞巴尔德著作中的"我",与历史的 W.G. 塞巴尔德并不是同一个人。然而,作为作者的塞巴尔德,却恶作剧地捉弄两者之间的相似性,甚至在文本中复制"塞巴尔德"的快照和护照头像。)[4]

继步行穿越该地区之后,塞巴尔德或"我"住院,处于僵住症状态,症状包括一种与幻觉有关的绝然异化感,看见自己在高处俯视世界。对这眩晕,他给出一个形而上学的而不只是心理学的解释。"如果我们从极高处俯视自己,"他说,"我们会非常恐怖地发觉我们几乎对我们的物种、我们的目的和我们的终点一无所知。"当我们从上帝的观点看自己时,我们的头脑便会旋转,然后精神崩溃。(第92页)

塞巴尔德并不把自己称为小说家——散文作家是他较喜欢的称呼——但他的写作事业的成功,却有赖于扬弃传记或随笔的写法——普通意义上的散文体——升入想象性写法的王国。他近乎神秘地轻易达到这种扬弃,恰恰证明他的天才。但《土星环》并非总是在这方面取得成功。讲述约瑟夫·康拉德、罗杰·凯斯门特①、诗人爱德华·菲茨杰拉德②和中国最后一个女皇帝的篇章,依然停泊在散文

---

① 凯斯门特(1864—1916),爱尔兰诗人、革命家和民族主义者。
② 菲茨杰拉德(1809—1883),英国诗人,著名的《鲁拜集》译者。

体中,这几个人物——令人吃惊地——都与东英吉利有关。

在早期著作中,时间这个主题并未获深度处理,因为塞巴尔德对自己的媒介能否承受得起太多哲学考虑的重量并不是很有把握。当他思考这个主题时,他往往是通过指涉豪·路·博尔赫斯的唯心主义悖论来思考,或就《土星环》而言,是通过指涉博尔赫斯的导师之一、新柏拉图主义者托马斯·布朗爵士。但在塞巴尔德最具野心的著作《奥斯特利茨》(2001)中,他充分地直面时间的主题。[5]

时间没有真实的存在,雅克·奥斯特利茨如此断言。他是欧洲艺术与建筑学教授,小时候他的犹太人父母为了逃避即将来临的灾难而把他带到英格兰,从此他失去他的过去。奥斯特利茨说,不是存在着时间这个持续的媒介,而是存在着互相联系的一小块一小块的空间-时间,这种小块时空的结构我们可能永远无法明白,但所谓的生者和所谓的死者可以在一小块一小块时空之间活动,并因此互相认识。他继续说,一张快照是过去与现在之间联结的某个眼或结,使生者可以看到死者和死者可以看到生者也即幸存者。(回顾起来看,这种对时间的现实的否认,为点缀塞巴尔德散文文本的那些照片提供了一个解释。)

否认时间的一个结果,是过去被缩减成生者脑中一系列互相纠结的记忆。奥斯特利茨被一个认识所困扰,也即随着人们死去、记忆灭亡,每天也消失了一部分过去,包括他自己的一部分过去。这里,他呼应了赖纳·马利亚·里尔克在书信中对艺术家作为文化记忆承载者的责任表达的焦虑。实际上,在塞巴尔德的学者主人公背后,耸立着在二十世纪末看来是如此不合时宜的几位来自哈布斯堡王朝奥地利的已故大师:里尔克、写《尚多斯勋爵的信》的胡戈·冯·霍夫曼斯塔尔、卡夫卡、维特根斯坦。

塞巴尔德在逝世前不久出版了一本诗集,配有艺术家特斯·贾拉伊的插图。[6]这是一本没有大野心的作品,表明写诗只是他的一个消遣。然而,他第一部诗集《效仿自然》(1988)却是一部颇具规模的作品。虽然它的意象比塞巴尔德散文著作中的任何东西都更具挑战性,但是这部诗集保留塞巴尔德修辞优雅与清晰的优点,在英译本中也保存得很好——实际上他的作品在英译本中都保存得很好。[7]

《效仿自然》由三首长诗构成。第一首写的是 16 世纪画家马蒂亚斯·格伦沃尔德,有关他的历史资料寥寥无几,但塞巴尔德把这些零散的资料串联起来,加上一些对格伦沃尔德画作的看法,拼凑成格伦沃尔德的生平故事。格伦沃尔德的主要画作,包括格伦沃尔德为阿尔萨斯的伊森海姆的安东尼娜修道院所作的圣坛背壁装饰画——在格伦沃尔德时代,伊森海姆是一家收留各类瘟疫病患的医院的所在地。在其中一些最黑暗的伊森海姆时期画作中——圣安东尼的诱惑、耶稣被钉上十字架和遗体从十字架上放下——塞巴尔德笔下的格伦沃尔德把造物视为盲目、非道德的自然力量的一个实验场,而自然的一个较疯狂的产物是人类头脑本身,它不仅有能力模拟其造物主和发明各种巧妙的毁灭方法,而且有能力以生活中疯狂的幻象来折磨自己——格伦沃尔德就是一个例子。

同样阴郁的是格伦沃尔德在巴塞尔的《耶稣受难像》，怪异、浑浊的布光创造了一种时间向后飞驰的效果。塞巴尔德认为，画作蕴含着源自中欧1502年日食的对末日的预感，"世界渐渐地秘密病死，/在如同一阵眩晕的白天里，幻景似的蚕食性黄昏/从苍穹直泻而下。"（第30页）

格伦沃尔德的黑暗视域，不只是怪僻阴郁的脾性所致。格伦沃尔德通过与弥赛亚式的先知托马斯·闵采尔[1]的联系，了解"三十年战争"的恐怖并对它做出反应，这些恐怖包括一种任何艺术家都会为之战栗的流行极广的暴行：抠出眼珠。此外，通过他那位生于法兰克福犹太人隔离区、后来信教的妻子，格伦沃尔德对欧洲犹太人受迫害情况非常熟悉。

这第一首诗的结尾包含一个形象：世界被一个新冰河时代接管，白茫茫无生命，这正是视神经撕裂时大脑所见的。

《效仿自然》第二首诗再次是有关无垠、空白和冰冻状态的诗。诗中主人公格奥尔格·威廉·施特勒（1709—1746）是启蒙运动的产物，一个德国青年知识分子，放弃神学，从事自然科学研究。为了追求对冰冻的北方动物群和植物群进行编目分类的目标，施特勒前往圣彼得堡，这是一座怪影似的城市，耸现于"未来那回响的虚空"中。他在圣彼得堡加入由维图斯·白令率领的探险队，绘制从俄罗斯

---

[1] 闵采尔（1488—1525），德国神学家。

北极港口至太平洋的海上航道的地图。（第48页）

这次探险很成功。施特勒甚至在北美大陆上行走了数小时。然而，在返回俄罗斯途中，航海者们遭遇海难。忧伤的白令死了；幸存者们都乘坐一艘临时造的船回家，除了施特勒，他深入西伯利亚腹地，搜集样本，并结识当地人。他也死在那里，留下一份植物清单和一部手稿，该手稿注定要成为猎人和野兽诱捕者的指南书。

关于格伦沃尔德和施特勒的这两首诗，其目标并不是任何普通意义上的传记或历史作品。虽然两首诗背后的学问功夫做到十足——塞巴尔德曾出版过艺术史类的著作；他显然研究过白令探险队——但是，相对于他凭直觉对这些题材的了解，可能还有他对这些题材的规划（这也许是一条线索，使我们了解塞巴尔德如何在后期散文虚构作品中建构其人物），学问仅居第二位。例子一：他宣称格伦沃尔德虽然结了婚，但私底下是同性恋者，与一个叫作马蒂斯·尼特哈特的画家同行有过多年的"介乎恐怖与忠诚之间的/男性友谊"，这项宣称在专家中是争议极大的。马蒂斯·尼特哈特可能是格伦沃尔德的教名。例子二：历史上的施特勒似乎是一个虚荣和目空一切的青年人，主要对成名感兴趣，他是在酒醉不省人事时，在零下温度的环境中死去的。这些事迹都不见于塞巴尔德的诗中。

因此，最好是把格伦沃尔德和施特勒视为面具，这些面具使塞巴尔德得以把一个人物类型投射到过去，这个人物类型在这世界上感到不自在，实际上被逐出这世界，也许是塞巴尔德自己的类型，但他觉得这个人物类型有某种系谱，他可以通过他的解读和研究来揭示它。以二元论观点看待造物的格伦沃尔德这个面具，要比施特勒这个面具表现得更充分，后者仅仅是一系列姿势，这也许是因为塞巴尔德无法在后者的性格中找到——或创造——什么可信的深度。

《效仿自然》的第三首诗《黑夜毅然出发》具有较明显的自传色彩。这里，作为"我"的塞巴尔德不仅把自己作为个人来反思，而且作为德国近期历史的继承者来反思。该诗以图像和叙述碎片，讲述他从1944年作为一个土星座人（一个冷星座）出生以来的历史，直到八十年代。有些图像——此时我们已熟悉塞巴尔德的散文虚构作品的实践了——来自欧洲文化的聚宝箱，就此诗而言是阿尔布雷希特·阿尔特多费尔（1480—1538）的两幅画；一幅是关于所多玛的毁灭①；一幅是关于马其顿的亚历山大与波斯王大流士之间交战的阿尔比勒之役。

叙述者第一次看到这幅所多玛画时，突然有一种似曾相识之感，塞巴尔德将它与德国城市在第二次世界大战中遭轰炸以及他父母拒绝谈论这个问题联系起来。他父母那一代人普遍刻意的记忆缺失，是他不满他们和疏离他们的主要原因，并迫使他替他们记忆。（在二十世纪末二十一世纪初，终结这个历史遗忘症在德国变成一件引起全国关注的大事。它是塞巴尔德自己1999年出版的《空战与文学》的主题，该书英译名为《论毁灭的自然历史》[8]。）

在诗中，所多玛毁灭的奇观引向一场个人危机（"我几

---

① 所多玛是一个古城，因其居民罪恶深重而被上帝毁灭。

乎精神失常"),塞巴尔德把这场危机与自己一再出现的眩晕联系起来。事后回顾起来,我们可以看到它还将引向他的修补努力。这项修补努力由他的四部散文作品构成,尤其是由他那些想象的(《移民》中的人物;奥斯特利茨)或真实的(《土星环》中的他的朋友、现在是他的英译者的迈克尔·汉布格尔)犹太人传记构成。(第91页)

《效仿自然》中叙述性最明显的部分,有着威廉·华兹华斯关于他性格形成期的长诗《序曲》的影子,它讲述塞巴尔德二十世纪六十年代首次在曼彻斯特逗留的故事。在这个城市中,早期工业时代的欧洲作为某种古代城市大墓地或死人王国的方式存活在二十世纪末("这些形象/常常使我陷入一种类似/受月球影响的深刻的/忧郁状态")。(第103页)

塞巴尔德后来生活其中的东英吉利风景,同样荒凉:农场被收容院或监狱或老人院或武器试验场取代。现代英格兰的丑陋也并非独一无二。飞越德国上空,他有另一次黑暗幻象的经验:

> 河岸上发着
> 磷光的城市,在缕缕轻烟下
> 海洋巨人般
> 等待警笛嘶鸣的
> 闪烁的
> 工业建筑群,铁路——还有公路
> 抽搐的光,百万倍
> 扩散着的软体动物的咕哝,

潮虫和水蛭,冷的腐烂,

呻吟和石肋骨,

水银光,匆匆穿过

法兰克福一座座高塔的云朵,

伸展的时间和加速的时间,

这一切从我脑中飞驰而过,

已如此接近终点,

每呼吸一口空气都使我

脸部震颤。(第118页)

诸如此类的幻象使他把自己想象成伊卡罗斯,希腊神话中那个用自制的翅膀在大地上空飞翔的少年,看到普通凡人看不到的事物。当他掉下来,而他是注定要掉下来的,会有人去注意吗？或如同在勃鲁盖尔那幅著名的画中那样,世界根本就不把这当作一回事,照常运作？

眩晕向后指向他无法维持平衡的童年问题,也向前指向第二幅阿尔特多费尔画作《阿尔比勒之役》,它对一场大规模屠杀进行全景式描绘,却以幻觉似的、足以令人眩晕的精微的细节来完成。这幅画原应引发他另一次忧郁式的崩溃才对。但却没有,而是引向不太令人信服的超越,全诗也在这超越中结束:在无尽头的东方与西方的战争的地平线之外,张开着通往新未来的视域:

……在更远处,

在缩减的光中耸立起

群山之巅的轮廓,

> 雪盖着,冰封着,
> 奇异、未勘探过的
> 非洲大陆。

《效仿自然》有些无生气的斑块和空洞预兆的时刻,但整体上它是一部具有伟大力量和严肃性的作品,完全可以跟塞巴尔德最后十年那些散文作品比肩。

(2002)

原注

[1] 《移民》,迈克尔·赫尔斯译(纽约:新方向出版社,1996;伦敦:温塔奇出版社,2002)。

[2] 《眩晕》,迈克尔·赫尔斯译(纽约:新方向出版社,2000;伦敦:温塔奇出版社,2002)。

[3] 《诡谲的家园:奥地利文学论集》(萨尔茨堡和维也纳:雷斯登孜出版社,1991)。

[4] 《土星环》,迈克尔·赫尔斯译(纽约:新方向出版社,1998;伦敦:温塔奇出版社,2002),第5页。

[5] 《奥斯特利茨》,安西娅·贝尔译(纽约:兰登书屋,2001;伦敦:企鹅出版社,2002)。

[6] 《已有很多年了》(伦敦:短书出版社,2001)。

[7] 《效仿自然》,迈克尔·汉布格尔译(纽约:兰登书屋,2002;伦敦:企鹅出版社,2004)。

[8] 《论毁灭的自然历史》,安西娅·贝尔译(纽约:兰登书屋,2003)。

胡戈·克劳斯:诗人

在胡戈·克劳斯的一首后期诗中,一位著名诗人同意接受一位也是诗人的年轻人采访。几杯下肚,这次来访背后的恶意和嫉妒便表露无遗。咱们私底下说说,年轻诗人问道,为什么你总是与现代世界离得远远的?为什么你如此关注那些已故大师?还有,为什么你这么迷恋技巧?请别动怒,但我有时候觉得你太隐逸。还有你的韵律格式:它们是这么明显,这么幼稚。简言之,你的哲学,你的基本思想是什么?

那位前辈诗人的思绪回到童年,回到那些已故大师拜伦、庞德、斯蒂维·史密斯①。"踏脚石。"他说。

"什么?"迷惑的采访者问道。

"踏脚石,让诗踩在上面。"他把年轻人带到门边,帮他穿上外衣。在门阶上他指了指月亮。不明所以的年轻人望着那指向月亮的手指。[1]

克劳斯通过下一代轻蔑的眼光,用揶揄的态度看待自己,并以此概括他诗歌中最明显的一些特色。他确实与现

---

① 史密斯(1902—1971),英国女诗人。

代世界保持距离（不过，其方式要比其对手愿意承认的微妙）；他确实高度意识到他自己的作品与文学传统——民族传统和欧洲传统——的关系；他确实是诗歌形式的大师，达到可以把困难的技艺弄得看似幼稚地容易的程度；他有时候确实隐逸——事实上，有时候是在隐逸传统中写作；而想寻找清晰的信息，想寻找某种可以概括克劳斯一生作品的克劳斯"哲学"的读者，很可能会空手而归。

现已七十多岁的克劳斯，其艺术生涯著作丰富，并获得众多荣誉和奖项，不仅在其祖国比利时和在荷兰，而且在更广大的西欧。他的戏剧作品——原创剧作、翻译和改编——已使他成为戏剧界的重要存在。他还瞩目地涉足电影、艺术和艺术评论。但是他最终将被人记忆的作品，首先是战后欧洲最伟大的小说之一《比利时的忧伤》，其次是结集在《诗集1948—2004》中厚达约一千四百页的浩瀚诗歌作品。

胡戈·克劳斯1929年生于佛兰德斯的布鲁日，父亲是一位热爱戏剧的印刷商。在占领期间，他学校的一些教师是右翼民族主义者；他本人亦被法西斯主义的佛兰德斯青年运动所吸引。解放后，他父亲因战时的政治活动而曾被短暂拘留。这个背景，《比利时的忧伤》亦加以利用。

克劳斯受过良好的、着重古典和现代语言的高级中学型教育，但没有进一步上大学。他以做书籍插图开始其艺术生涯，然后在十八岁时出版第一本诗集，一年后出版第一部长篇小说。他早期的文学偶像包括安托南·阿尔托和法国超现实主义者们；不久他就积极参加"哥布阿"（哥本哈根-布鲁塞尔-阿姆斯特丹)艺术运动。

在二十世纪五十年代这十年间,克劳斯生活在法国、意大利和祖国比利时。1959年,他与一群新生代欧洲作家一起,获福特基金会邀请访问美国,这群作家包括费尔南多·阿拉巴尔①、君特·格拉斯和伊塔洛·卡尔维诺。面对芝加哥冷漠的庞大性,他记下他的感觉:"在这里,一首来自《路加福音》的诗也帮不了你。"[2]

克劳斯在多个艺术领域才能卓著,且精力充沛,他继续写诗、写小说和画画,同时发展其作为剧作家、电影剧本作者、戏剧和电影导演以及艺术评论家的技能。《诗集1948—1963》的出版标志着他诗歌生涯第一个阶段的结束,这个阶段的顶点是《仓鼠的记号》(1963),这是一部散漫芜杂地回顾往昔生活的诗集,类似弗兰索瓦·维庸的《大遗言集》。如今,他与伦科·坎珀特②、赫里特·考韦纳尔③、西蒙·温克努格④和卢塞伯特⑤一道,已成为新一代荷兰语诗人中的前驱人物,这一代诗人于二十世纪五十年代开创一种受新大陆影响的反传统、反理性、反美学的实验艺术且影响深远,但该团体在六十年代分裂,其成员各走各路。

1968年的革命骚乱,克劳斯不能不受影响。他访问社

---

① 阿拉巴尔(1932—),法国荒诞派剧作家、小说家,生于西班牙,后来以电影导演身份闻名。
② 坎珀特(1929—),荷兰诗人。
③ 考韦纳尔(1923—2014),荷兰诗人。
④ 温克努格(1928—2009),荷兰诗人。
⑤ 卢塞伯特(1924—1994),荷兰诗人。

会主义乌托邦的古巴——这在当时是欧洲左翼知识分子的一项义务活动——并赞美其成就,尽管他比另一些同行较谨慎。回到比利时,法院裁定他的一出戏损害公共道德,并判处他四个月监禁(在引起公共舆论大哗之后,刑期没有执行)。一场注定没有好结果的爱情引发一本诗集《早晨,你》(1971),既以其露骨的性描写也以其灼热的情感力度而引人注目。此后多年,克劳斯的私人生活就一直成为小报追踪的对象。

虽然克劳斯从来不是任何狭义上的政治诗人,但是他第一个阶段的诗无疑反映了一种末日情绪,以及疏远冷战最黑暗年代欧洲知识界的主流政治,这场冷战的现实——考虑到布鲁塞尔是北约总部所在地——是任何比利时人都难以忽略的。在这方面,克劳斯接近于他的德国同代人、诗人汉斯·马格努斯·恩岑斯贝格尔。但克劳斯的视域依然是独特的荷兰式视域。他秉承希罗尼穆斯·博斯①的精神,思考被践踏的祖国:回到充满童话寓言故事和格言式谚语的中世纪末民间想象力,博斯也正是凭借这想象力来建构他眼中疯狂的世界。

在克劳斯后期诗歌中,最突出的是在个人层面和象征层面探索两性关系。这个阶段作品的精神,却绝不是暮年的:如同 W. B. 叶芝,克劳斯对着欲望依旧旺盛肉体之我却已衰朽的状况发怒。在这些探索中克劳斯求助于神话资源,既有印度的,也有希腊的。他同一时期的戏剧作品则集

---

① 博斯(1450—1516),荷兰中世纪画家。

中于改编希腊和罗马悲剧。如果说晚期克劳斯的世界被男性原则和女性原则之间的斗争主宰着,是不至于太不着边际的(尽管诗人本人曾警告说,他没有兜售任何"哲学")。

胡戈·克劳斯不是一位伟大的抒情诗人,尽管他的风格清新而尖锐,他也不能被称为伟大的讽刺家或警句作者。然而,从一开始,他的诗歌就以才智和激情的非凡糅合而瞩目,而他对他用以表达的媒介是如此驾轻就熟,以至艺术变得不着痕迹。他的诗歌作品中很多短诗都只是随手拈来和应景之作。然而,全集中散布着颇多的诗作,它们的文字浓缩、情感张力和知识幅度使它们的作者跻身于二十世纪末欧洲第一流诗人之列。

(2005)

原注

[1] "访谈",见胡戈·克劳斯《诗集1948—2004》(阿姆斯特丹:忙蜂出版社,2004),第二卷,第501—503页。
[2] 《芝加哥》,见《诗集1948—2004》,第一卷,第269页。

格雷厄姆·格林及其《布赖顿棒糖》

对更广大的世界而言,二十世纪三十年代的布赖顿代表着一个富有魅力的海边度假胜地的面孔。但在这面孔背后,存在着另一个布赖顿:大片大片劣质材料建造的房屋、乏味的购物区和荒凉的工业郊区。这"另一个"布赖顿滋生不满和犯罪,犯罪活动大多数集中于赛马及其丰厚的利润。

格雷厄姆·格林多次前往布赖顿,意在体验其气氛和收集材料,以便写小说。这方面的研究,首先被用于《一支出卖的枪》(1936)。在小说中,一个向赛马赌注登记人勒索保护费的黑帮首领铁拳头凯特,遭敌对黑帮科里奥尼帮割喉。

《布赖顿棒糖》(1938)便是从凯特谋杀案发展出来的,原本只打算写成另一本容易被改编成电影的犯罪小说。小说开始时,被科里奥尼帮用作线人的记者弗莱德·海尔遭凯特帮追杀。在一次未加描述的行动中,凯特的手下、一个叫作宾基·布朗的青年杀了海尔,也许是用一支被称为"布赖顿棒糖"的红白硬糖糖棒从口中插入喉咙。尸体没有留下伤痕:验尸的医生认为海尔是死于心脏病。

如果不是因为艾达·阿诺德和罗斯,该案件原就可能这样结案了。艾达·阿诺德是一个为人随便的风尘女子,在海尔生命的最后一天认识他;罗斯则是一个不经意披露了宾基不在犯罪现场证据之漏洞的年轻女侍应。小说的情节因而朝着两条汇合的线索发展:宾基企图封住罗斯的口,先是跟她结婚,继而说服她签署自杀协约;以及艾达的寻根问底,先是追查海尔猝死这个谜团的真相,继而把罗斯从宾基的阴谋中救出来。

宾基是"另一个"布赖顿的产物。父母双亡;为他提供教育的不是课室,而是有着权力等级制和兴之所至的施虐狂的校园。黑帮人物凯特是他的养父或老大哥,凯特的黑帮则是他的替代家庭。对布赖顿以外的世界他一无所知。

宾基是一个令人不寒而栗的人物,不分是非、无魅力、古板,积压着对"他们"和对被"他们"利用来铲除他的"恶鬼"(警察)的满腔怒火。他不信任女人,在他看来她们脑子里除了婚姻和孩子之外什么也没有。一想到性他就厌恶:自己的父母星期六晚上在床单下扭打的记忆一直纠缠着他,他总要被迫在自己的床上听他们的声响。虽然凯特死后由他管辖的一帮手下都与女人有些暂时关系,但他却把自己关在童贞里,既感到羞耻又不知道如何逃走。

罗斯进入他的生活,她是一个无姿色、怯生生的女孩,随时准备崇拜任何注意她的男孩。宾基与罗斯的故事,从宾基的角度看是一个挣扎的故事,挣扎着要禁止爱情进入他的心坎;从罗斯的角度看则是不理会一切顾忌坚持不懈地去爱她的男人的故事。为了防止她在他一旦被告上法庭时指证他,宾基以非宗教仪式与罗斯结婚,尽管两人都知道这样做会冒犯圣灵。宾基不仅娶罗斯,而且抑郁地忍受完婚的痛楚;他还在他那块厌恶女人的仇恨和鄙视的面纱再次落下前,发现做爱并不太糟糕,发现他可以带着某种乐趣、某种骄傲回望它。

宾基只需要再忍受一次,他那颗饱受锤打、备受围困的心就可解脱了。他开车载罗斯来到一个僻静地点,如果他的计划顺利,她将在这里开枪自杀,但他突然感到"一阵汹涌的情绪……像某种强行想闯进来的东西;巨大的翅膀撞击玻璃的那种压力……如果玻璃破了,如果那头野兽——不管它是什么——进来,天知道它会做什么。"[1]

使宾基与罗斯难分难离的,是一个事实,也即他们是"古罗马人",是"真教会"的孩子,"真教会"的教义他们只知皮毛,却赋予他们内心一种不可动摇的优越感。他们最严重依赖的教义是恩典的教条,该教条体现于一首他们两人都记忆尤深的无名氏诗中:

> 我的朋友别判断我,
> 你知道我不判断你:
> 在马镫与地面之间,
> 我求仁慈,得仁慈。①

在天主教的教义中,上帝的恩典是不可知、不可预料、神秘的;依靠它来得救——暂缓悔改,直至马镫与地面之间的时

---

① 意为即使骑马时摔死,在摔下与跌到地面的那瞬间,仍有忏悔和获救赎的机会。

刻到来——是一种深重的罪,一种骄傲和放肆之罪。格林在《布赖顿棒糖》中的一项成就,是把他笔下不可能的恋人——少年流氓和焦虑的少女新娘——提高至这样一些时刻:既滑稽却具有恶魔般可怕的骄傲。

宾基下地狱了吗?在该小说的范围内,这个问题没有意义:当宾基在小说结尾时从悬崖上跌落,他的灵魂怎样了,我们毫不知情。不管怎么说,我们是谁呢,哪有资格宣称某些情况下对上帝的仁慈的依赖不可能出自某种真实的灵性直觉,凭这直觉而能知道恩典的神秘性如何显效?然而,格林的一席话我们姑妄听之:他在晚年公开表示,他不接受永世惩罚的教条。他说,世界的苦难已够多了,本身已是一个炼狱。

《布赖顿棒糖》是一部没有英雄的小说。但在艾达·阿诺德这个人物,这个在绝望的弗莱德·海尔生命最后一天偶然结识的女人身上,格林创造了不只是一个敏锐、坚持不懈、非同一般的侦探,而且是一个顽强的意识形态对手,抗衡宾基和罗斯的天主教轴心。宾基和罗斯相信善与恶;艾达相信较现实的对与错、法治,当然私底下也有一点儿玩乐。宾基和罗斯相信得救与下地狱,尤其是后者:在艾达身上,宗教冲动被驯化、琐碎化,并仅止于灵应牌。就艾达满怀母性的关切,试图使罗斯脱离其恶魔般的情人而言,我们看到两种世界观的基础,一种是末世论的,另一种是世俗和物质主义的,彼此无法理解,互相对抗。

虽然艾达的观点最终好像胜利了,但格林较微妙的成就之一,是对这个观点置疑,把它视为也许是受蒙蔽和专断的。最终,故事不属于艾达而属于罗斯和宾基,因为他们准备直面终极问题,尽管他们是以青少年的方式,而艾达却不打算直面。

罗斯对其情人的信心从未动摇。她始终把艾达而不是宾基视为更巧妙的诱惑者,视为坏人。"她应该下地狱……她对爱一无所知。"(第267页)如果发生最糟糕的情况,她,罗斯,也宁愿与宾基一齐在地狱受苦而不愿与艾达一齐得救。由于我们对宾基的灵魂的命运完全不清楚,因此我们永远不知道罗斯的信念能否抵挡得住宾基死后对她讲的那番憎恨的话,这番话保存在一个黑胶磁盘里:"天罚你,你这小婊子。"(第193页)

格雷厄姆·格林属于那一代人,他们对现代都市生活的看法都深受T. S.艾略特《荒原》的影响。格林本人是一位绝非差劲的诗人,他以充满严肃的表现主义力量的意象,赋予布赖顿生命:"巨大的黑暗把湿唇压在窗玻璃上。"(第252页)在后期著作中,格林倾向于约束诗意,避免诗意过于突兀。

他小说中更显著的,是电影的影响。二十世纪三十年代末是英国电影工业增长的时期。法律规定,电影院必须放映一定比例的英国电影。尚有一个资助制度,奖励有质素的影片。一个反映英国生活现实的真正具有英国特色的电影流派逐渐壮大,格林欢迎这种发展。1935年,他成为《旁观者》的影评人。在接下去的五年间,他写了约四百篇影评。后来,他开始把自己的小说改编成电影,包括《布赖顿棒糖》,它于1947年由卡罗·里德执导,在美国发行时改名《疤脸青年》。

早从《斯坦布尔列车》(1932)开始,格林的小说就烙着电影的印记:喜欢不加评论地从外部观察,利索地从一个场面剪辑到另一个场面,给予重要和不重要的事物以同样的强调。"描写一个场面时,"他在一次采访中说,"我用摄影机那种移动的眼光而不是照相师的眼光——使其凝固的眼光——来捕捉它……我用摄影机工作,紧跟我的人物和他们的活动。"[2]在《布赖顿棒糖》中,可以感到作者在处理赛马场的暴力时受霍华德·霍克斯[1]的视觉风格的影响。巧妙利用四处游走的摄影师来推进情节,则令人想起阿尔弗雷德·希区柯克的手法。有些章节结束时,往往把焦点从人类演员身上撤退,呈现更广阔的自然场面——例如城市和海滩上空的月亮。

格林写《布赖顿棒糖》时,也在改善他的叙述技巧,把亨利·詹姆斯和福特·马多克斯,福特[2]当作师傅,以及把珀西·卢勃克的《小说的技巧》当作教科书。虽然《布赖顿棒糖》算不上技术完美——在宾基的内心叙述遭到叙述者的评论和判断的入侵时,存在着缺陷——但它显然属于詹姆斯流派,尤其是在集中描写亲密关系引发的邪恶时。

这部小说还有其他缺点。虽然格林的同情明显是站在

---

[1] 霍克斯(1896—1977),美国电影导演。
[2] 福特(1873—1939),英国小说家、诗人、批评家。

灰心丧气者和失业穷人的一边，但是他可以对他们生命的实质好好加以利用的唯一大场面——探访罗斯的父母——其冲击力与其说是令人不安，不如说是怪诞。另外，在临结尾时，情节的步伐也松弛下来了——太多篇幅用于描写宾基帮派成员的个人命运。

鉴于格林的人物都有缄默性格，因此他在《布赖顿棒糖》中没有机会展露他作为对话的作家的技巧。律师普雷维特是个例外，他能言善辩，完全可以充当狄更斯笔下的人物。

在1970年出版作品集时，格林对原文作了一些润色。在1938年他不感到使用诸如"女犹太人"和"黑鬼"（有着"垫子般"的双唇的"黑鬼"）这类措辞有什么不妥。在他当时出入的圈子中，这类种族主义称谓是可以接受的流行语。战后，情况就不同了。因此，他相应地把"黑鬼"改为"黑人"，把"女犹太人"有时改为"女人"有时改为"母狗"。科里奥尼的"老犹太脸"变成"老意大利脸"。那垫子般的双唇维持不变。

格林觉得这类侮辱话可以用寥寥几笔勾销，这个事实表明在他心目中它们无非是小说的文字表面，而不是背后潜在的态度和想法。

格雷厄姆·格林1904年生于一个有点书香背景的家庭。母亲娘家是罗伯特·路易斯·斯蒂文森的亲戚。父亲是一所公学的校长；他一个兄弟成为英国广播公司的总裁。

他在牛津大学读历史，写诗，曾短暂地加入共产党，并曾动过从事间谍生涯的念头。毕业后,他在《泰晤士报》当夜间编辑,日间则写小说。他第一部小说出版于1929年;《布赖顿棒糖》是他的第九部小说。

1941年,在担任一阵子空袭警报员之后,格林加入军情六处,其直接上司是后来被揭发秘密替俄国人服务的基姆·菲尔比。战后,他在出版业工作,直到他的著作版税、电影编剧和电影版权使他不必再维持一份正职为止。

战后,格林继续非正式为军情六处服务了多年,报告他广泛旅行的见闻。在一定程度上,他只是一个玩票的秘密特工。然而,他提供的情报受到重视。

《布赖顿棒糖》是他第一部严肃小说,所谓严肃是指他写作时有严肃的理念。有一阵子,格林曾把他涉足的严肃小说与他所谓的娱乐加以区分。在他1991年逝世前,他还出版了另外二十余部小说,其中《权力与荣耀》(1940)、《问题的核心》(1948)、《恋情的终结》(1951)、《一个自行发完病毒的病例》(1961)、《名誉领事》(1973)和《人的因素》(1978)最受批评家注意。

在这批作品中,格林划出一片属于自己的领土"格林国度"。在这里,与任何人一样不完美和各不相同的男性们的人格完整和信仰基础都受到最大的考验,而上帝,如果他存在的话,则继续隐而不露。有关这些靠不住的男主人公的故事,都讲得惊心动魄和细致详尽,抓住了百万读者的心。

格林喜欢引述罗伯特·勃朗宁诗中布劳格拉姆主教的话:

> 我们感兴趣的是事物的危险边缘
> 诚实的盗贼,温柔的杀人者,
> 迷信的无神论者……

他说,如果他必须为自己的全部著作选择一段题词,就是这段。虽然他敬畏亨利·詹姆斯("其在小说史上的独来独往如同莎士比亚在诗歌史上的独来独往"),但是他直接承袭的是写《特务》的康拉德。至于他的传人,则非约翰·勒卡雷莫属。[3]

格林经常被当成天主教徒小说家,从一个明确的天主教观点审视其人物的生活。他显然觉得没有宗教意识,或至少没有意识到可能存在原罪,小说家就无法公平对待人类状况:这是他对弗吉尼亚·伍尔夫和 E. M. 福斯特的批评的实质,他觉得他们的世界是"薄如纸"的、用脑筋的。[4]

格林是直到晚年,才描述他如何从一个天主教徒和一个小说家变成一个天主教徒小说家的,因此我们不应照单全收。根据他的描述,虽然他年轻时就皈依天主教,[5]但是宗教依然是信徒与上帝之间的私事,直到他在墨西哥目睹教会所受的迫害,并看到宗教信仰如何占据和圣化整个民族的生活。

他的描述中没有道及的,是天主教对他产生的吸引力,这是一种本质上浪漫并在他早期小说中得到证明的吸引力——也即意识到天主教徒得天独厚,可以接触大量的古代智慧,并因此成为天生的局外人,作为一个曾受迫害的教派的成员的英国天主教徒尤其如此。

不管格林笔下的宾基·布朗多么没有教养(然而,其教养并不是差得不能用拉丁文造句),他对自我的意识仍包含着拥有一种对普通民众来说难以置信的秘密知识,也即意识到尚有一种更高的命运留待他去顺应。格林很多人物共有的这种被选中的意识,招来了诸如乔治·奥威尔这样的人士的批评:格林"似乎也有这样一个看法,一个自波德莱尔以降就一直在传播着的看法,认为下地狱也有某种颇高尚的东西"[6]。但这类批评并不完全公平:如果格林某些时刻似乎来到了认可宾基的天主教浪漫概念的边缘上,把他这概念当作拜伦式局外人的信条,并站在这边缘上发抖的话,我们也不能忽略另一些时刻,也即宾基的末世论机器无非是一道虚弱的栅栏,竖起来遮挡世界的嘲弄——嘲弄他的衣衫褴褛、他的笨拙、他的工人阶级言谈、他的年少、他对性的无知。宾基尽管竭尽所能要把他的行为提高至原罪与下地狱的境界,但对于大义凛然的艾达·阿诺德来说,这些行为根本就是应受法律制裁的罪行;而在这个世界,在我们仅有的这个世界,往往是艾达的观点占优势。

(2004)

原注

[1] 《布赖顿棒糖》(纽约:企鹅出版社,2004;伦敦:温塔奇出版社,2004),第261页。

[2] 玛丽-弗朗索瓦丝·阿兰《另一个人:格雷厄姆·格林谈话录》(纽约:西蒙与舒斯特出版社,1983),第125页。

[3] 《亨利·詹姆斯:私人宇宙》(1936),见《随笔集》(哈蒙兹沃思:企鹅出版社,1970),第 34 页。

[4] 《弗朗索瓦·莫里亚克》(1945),见《随笔集》,第 91 页。

[5] 在 1926 年"我开始相信很可能有某种我们称为上帝的东西",格林写道。《某种人生》(伦敦:博德利头像出版社,1971),第 165 页。

[6] 《问题的核心》书评,见乔治·奥威尔《随笔集》,第四卷(伦敦:塞克与沃伯格出版社,1968),第 441 页。

塞缪尔·贝克特：短篇小说集

虽然写于战时但直到 1953 年才出版的英语小说《瓦特》在贝克特全部著作中占有一个重要席位,但可以公正地说,贝克特要等到转用法语写作之后才找到自己,尤其是直到 1947 年至 1951 年这个时期。这也是现代文学最丰富的创作期之一,他写了散文虚构作品《莫洛伊》《马龙之死》和《无法称呼的人》("三部曲"),剧作《等待戈多》,以及十三篇《无所谓的文本》。[1]

这些重要作品之前,尚有四个也是用法语写的短篇小说,其中一篇——《初恋》——贝克特不是很有把握。(他也可能会质疑《结局》的结局:因为通常是一位节制大师的贝克特,在这里少见地沉浸于哀鸣中。)

在这些短篇小说中,在长篇《梅西埃与卡米耶》(用法语写于 1946 年)中和在《瓦特》中,晚期贝克特式世界的轮廓,以及制造贝克特式小说的程序,已开始变得可见。这是一个要么空间逼仄要么荒凉不毛的世界,居住着不合群的、实际上是厌恶人类的独白者,他们无助地想终结他们的独白;他们是一些撑着衰弱的身体和不眠的头脑的流浪者,被罚去踩炼狱的踏车,反复排练西方哲学的伟大主题。一个贝克特以独特的散文呈现给我们的世界，他这独特的散文虽然也有乔纳森·斯威夫特在他耳际鬼魂似的低语，但主要是以法国文学为楷模，而他正以抒情和讽刺并重的手法使其臻于完美。

在《无所谓的文本》中（法语标题 Textes pour rien 暗喻乐团指挥对着寂静起拍），我们看到贝克特试图使自己走出他在《无法称呼的人》中描绘的他自己所陷入的死角：如果"无法称呼的人"就是以前那些独白者（莫洛伊、马龙、马胡德、蠕虫和其他人）被剥夺每一个身份特征之后剩下的无论什么东西的文字符号，那么当这个代表着那些独白者的残余痕迹的"无法称呼的人"也被剥夺时，之后会是谁/什么呢，而这之后又是谁呢，以此类推；还有——更重要的——小说本身不也沦为一种愈来愈机械化的剥夺程序的记录了吗？

如何配制一个文字处方，从而锁定并消灭自我那无法称呼的残留物，进而最终达至沉默，这个问题在第六个文本中得到系统的阐述。到第十一个文本，对最后定局的探究——无望的，一如我们和贝克特都知道的——已处于被吸收进某种词语音乐的过程中，而伴随着这音乐的猛烈而喜剧的痛楚亦处于被美学化的过程中。这似乎就是贝克特对接下去怎么办这个问题的解决办法，一种权宜的解决办法——如果真有权宜解决办法的话。

在接下去的三十年间，贝克特在散文虚构作品中将无法继续走下去——事实上是被阻塞在继续走下去意味着什么、为什么应该走下去、谁应该走下去这些问题上。点点滴滴的出版还继续着：一些类似音乐的小品，其元素是片语和句子。《乒》(1966)和《少》(1969)代表着这个趋向的极端例子，它们都是从一系列片语的库存中摘取，再以混合方法建立的文本。它们的音乐碰巧是尖厉的；但是一如1975年的《嘶嘶声》第四篇所证明的，贝克特的组构有时候可达至难以忘怀的词语之美。

这些短篇小说都维持着《无法称呼的人》和《是如何》(1961)的叙述骨架：一个由声音构成的生物，由于不明的原因，依附某种身体，那身体封闭在一个多少有点像但丁的地狱的空间里，被处罚用相当长的时间发言，试图理解事物的意义。这是一种被海德格尔"被抛状态"一词很恰当地描述的情形：被未加解释地扔进一种存在，这存在被一些不清楚的规则支配着。《无法称呼的人》由其黑色的喜剧能量支撑。但是到60年代末，这有着令人吃惊的能力的喜剧能量已变成一种冷酷、干燥的自我撕裂。《迷失者们》(1970)读起来已是一种折磨，也许写的时候也是。

接着，在《同伴》(1980)、《看不清道不明》(1981)和《往更糟糕里去嗨！》，我们又奇迹般冒出头来，游进较清晰的水域。他的散文突然间更开阔了，甚至——按贝克特式标准看——变得和蔼可亲。在以前的小说中，对那个被困、被抛的自我的审问有一种机器式的特质，仿佛从一开始就承认提问是徒劳的，但在这些后期篇什中却有一种意识，意识到个人存在真的是一种值得探讨的神秘性。思想和语言的特质在哲学上依旧像以往那样顾忌，但是却包含新的个人因素，甚至自传因素：讲话者脑海中浮现的记忆，显然是来自贝克特本人的童年,并得到某种奇妙而温柔的处理,尽管——如同来自早期默片的影像——它们在那内心的眼睛的银幕上闪烁一下又消失了。贝克特的关键词"继续",在早期有一种难忍的无望("我不能继续下去,我要继续下去"),但现在开始被赋予新意义:这意义如果不是希望,至少也是勇气。

这些最后作品的精神,对可以达至什么持既乐观又幽默地怀疑的态度。这种精神,很好地体现在贝克特1983年的一封信中:"把弯变直的漫长历程很辛苦,但也不是没有刺激。我还'年轻'的时候,就开始在这样一个想法中寻求慰藉:也许有一天,也即现在,真正的文字终于从心灵的废墟中显露出来。我仍紧抱着这个幻想不放。"[2]

虽然把贝克特称为哲理作家,他大概不会接受,但确实是可以这样称呼他的,我们可以把他的著作当成是对笛卡儿和笛卡儿开启的问题的哲学所做的一系列持久的、带怀疑的挖取。在怀疑笛卡儿的公理系统之余,贝克特调整自己,与尼采和海德格尔,以及与他的年轻同代人德里达站在一起。他对笛卡儿"我思"论点(我思故我在)进行的带讽刺的审问,在精神上是如此接近于德里达的方案——也即揭示西方思想背后形而上学的假设——使得我们必须指出,如果贝克特没有直接影响德里达,至少两人之间也有着惊人的感应。

贝克特初出道时是一个不安的乔伊斯风格和甚至更不安的普鲁斯特风格的作家,但他最终在哲学喜剧中安顿下来,把它当作他的媒介,传达他那独一无二的性情,这性情是忧烦的、傲慢的、自我怀疑的、一丝不苟的。在大众心目中,他的名字是与那个神秘的戈多联系在一起的:戈多也许会来,也许不会来,但不管怎样,我们等待他,同时尽可能精彩地消磨时间。依此看,他似乎代表了一个时代的情绪。但他的幅度要广得多,他的成就也要大得多。贝克特是一位着迷于这样一种人生观的艺术家,这种人生观认为人生没有安慰或尊严或高尚的承诺,在它面前我们唯一的责任——难以言明且难以实现,但毕竟是一个责任——是不对我们自己撒谎。他正是以具有勃勃生机的力量和细致入微的才智的语言来表达这种人生观,而使自己成为二十世纪一位散文文体大家。

(2005)

原注

[1] 我忽略早期小说:写于1931年至1933年,构成《石多于卵》的那些短篇小说和同一时期的另一些短篇小说。关于这些小说,我们可以颇公正地说,如果它们不是贝克特写的,它们将不值得保存。它们的价值大小,在于它们提供或无法提供后来的作品的线索。

[2] 引自詹姆斯·诺尔森《被罚出名:塞缪尔·贝克特的一生》(纽约:西蒙与舒斯特出版社,1996;伦敦:布卢姆斯伯里出版社,1996),第601页。

沃尔特·惠特曼

1863年8月,第一四一纽约志愿军团二等兵埃拉斯图斯·哈斯克尔在华盛顿特区军械库广场医院死于伤寒。不久,他父母收到一个陌生人寄来的一封长信。"我非常希望救活(埃拉斯图斯),"陌生人写道,

> 他们也全都这样希望——他得到很多服务人员的悉心照料……很多个晚上我在医院坐在他床边……——他总是喜欢我坐在那里,但不想说话——我永远忘不了那些夜晚,那是一个令人好奇又庄严的场面,到处都是躺在帆布床上的病员和伤员……而这个亲爱的年轻人就躺在身边……我不知道他过去的生活,但就我所知和就我所见,他是一个高贵的青年——我感到他是一个我会十分依恋的人……
>
> 我给你们写这封信,是因为我至少可以做点回忆他的事——他的命运是艰苦的命运,这样死去——他是我们成千上万无名的美国年轻普通士兵之一,他们没有什么纪录或名声,他们临死的情况是如此无人知晓,但我觉得他们才是真正宝贵和忠诚的人……可怜亲爱的儿子,虽然你不是我的儿子,但我觉得我爱你如

儿子,在我看你生病和垂死的短暂时光里。

这封信署名"沃尔特·惠特曼",并附有布鲁克林地址。[1]

写慰问信只是充当"士兵们的传教士"的惠特曼承担的其中一项义务而已。他奔波于华盛顿各医院,给士兵带来新内裤、水果、冰淇淋、烟草、邮票等赠品。他还跟他们聊天,安慰他们,吻他们,拥抱他们,而如果他们要死了,便设法减少他们的痛苦。"以前从未有过任何事情像这些亲爱的、受伤的、生病的、濒死的小伙子,如此深入骨髓地牵动我的感情,如此彻底和(迄今)如此永久,"他写道,"我在医院已形成了如此的依恋,我愿意永远这样下去,直到我死去之日,而他们也一样,毫无疑问。"[2]

在1862年至1865年,据惠特曼自己说,他照顾约十万名士兵。虽然他的参与并未受到普遍欢迎——"那个讨厌透顶的沃尔特·惠特曼(来)把邪恶和不信上帝灌输给我那些小伙子。"一名护士写道——但也没有哪家医院不准他进入。我们不禁要思量在我们时代一个中年男子、一个出了名的淫秽诗歌作者,会不会被允许出入病房,在一个个有吸引力的青年床边流连,或他会不会转眼被两三个医院助手撵出门外。[3]

惠特曼保持写其华盛顿经验的笔记,后来把这些笔记整理成报纸文章和演讲,然后于1876年出版了一个限定版,书名《战时备忘录》,再后来又成为《典型的日子》(1882)的一部分。《备忘录》并非都是来自第一手经验。虽然惠特曼令人觉得他目睹林肯在福特戏院被暗杀,并提供了有关这次事件的戏剧性描写,但是他事实上并不在那里。不过,他确实相信他与林肯有某种特殊关系。两人都是高个子。林肯穿过街道时,惠特曼常常在场,所以他相信这位民选领导人从攒动的人头上认出这位未被承认的人类立法者并向他点头(惠特曼像雪莱一样,对自己的使命有着崇高的信念)。

惠特曼年轻时,对颅相学这门新学科印象深刻。他曾接受过标准颅相学测验,其"多情"和"黏合力"获高分数,语言技能则中等。他对自己的分数自豪得足以使他把它们刊登在《草叶集》广告中。

在颅相学术语中,"多情"是色欲;"黏合力"是依恋、友谊、同志情谊。这个特点在惠特曼的情欲生活中变得很重要,因为这赋予他对其他男性的感情一个名称,实际上还是一种敬意。它还赋予他的民主观念一个形体:黏合力作为一种多样性的爱,不局限于性伴侣,因此可构成一个民主社会的基础。惠特曼式民主是黏合力的明显扩大,是一个全国性的兄弟情谊网络,颇像他在那些奔赴战场的年轻士兵中间目睹和他后来照料他们时发觉自己心中感到的那种互爱的同志关系。在1876年版《草叶集》序言中,他写道:"最有效地把……未来的合众国焊接、穿插和锻造成一个活生生整体的,将是一种炽热、获接受的同志情谊的发展,那潜在于所有小伙子身上的男人对男人的美丽而心智健全的深情……以及直接或间接地随着这种发展而来的东西。"[4]

在惠特曼看来,黏合力不只是多情的崇高形式,而是一种自主的情欲力量。惠特曼梦想的合众国最具吸引力的特点,是它不要求其公民为国家利益而把爱欲崇高化。在这方面,它有别于其他十九世纪的乌托邦。

惠特曼不仅具有高度黏合力,而且如果我们相信他所写的,他还是高度地多情:"我把新郎从床上推开,自己与新娘待在一起,/我彻夜用我的大腿和唇紧贴着她。"他的多情到底以什么身体形式表现出来,这个问题最近已愈来愈引起惠特曼研究者们的注意。(《草叶集》第65页)

在战后岁月,惠特曼形成了对青年男子的重要依恋,其中两人特别瞩目:华盛顿铁路售票员彼得·道尔和印刷厂学徒哈里·斯塔福德。与道尔的关系——道尔近乎文盲,而据惠特曼说,他认为《草叶集》是"一大堆疯狂谈话和艰深字眼,全都纠结成一团,毫无感觉或意义"——似乎给惠特曼带来颇大的苦恼。在笔记本一个用密码写的条目中,惠特曼责备自己:

> 从这一刻起,彻底和永远放弃这种(对道尔的)狂热、起伏、无用无尊严的追求——坚持得太久(太太久了)——如此羞耻……避免见她(原文如此),或与她会面,或任何谈话或解释——或任何会面,不管是什么,从这一刻起,永远地。

(惠特曼在审查自己的文稿的过程中,小心地擦掉敏感的男性人称,代之以女性人称。)[5]

与哈里·斯塔福德的依恋则似乎较为平静——惠特曼比斯塔福德大差不多四十岁。惠特曼获斯塔福德家人的接受：他作为付钱的客人待在他们农场，他在那里可以悠闲地行其早晨泥浴仪式，然后在泉水里泡，且全都是伴着大声唱歌。

如果我们从自传角度来读他1859年的所谓"活橡"①诗，我们还可以发现他在1850年代末期曾有过一次重要依恋，这一次令惠特曼明白到他对其他男性的感情不能永远不让人知道："一个运动员倾心于我，我倾心于他，/但我内心对他有某种猛烈而可怕的东西，要爆裂开来，/我不敢用文字讲述它，甚至不敢在这些歌中。"（《草叶集》第132页）

根据保存在手稿中的形式，这十二首"活橡"诗都是讲述这次依恋的故事。但要出版时，惠特曼失去胆量，并打乱它们的秩序，把它们分散在一个其总题为《芦笛集》的大型组诗中，这组诗宽泛地说，更多是颂扬黏合力而不是多情。

也许是基于策略上的理由，惠特曼宁愿让人以为他与女人有暧昧关系。他甚至散布他在新奥尔良和其他地方有私生子女的谣言。他显然很吸引女人；而我们亦很难相信写《我歌唱带电的肉体》的诗人对异性恋的性爱乐趣完全无知："新郎的爱之夜渐渐确定而温柔地进入俯卧的黎明，/起伏着进入愿意而依顺的白天，/迷失在紧抱着而又肉体甜蜜的白天的裂开里。"（《草叶集》第96页）

《草叶集》中的爱欲段落，尤其是自恋和暴露癖的段

---

① "活橡"正式译名应是"弗吉尼亚栎"或"常绿槠"。

落,有很多幽默的俏皮话容易被误为自吹自擂,这些段落曾使惠特曼的朋友,尤其是使惠特曼的同代前辈爱默生感到难堪。爱默生是使惠特曼受惠最多的人,一开始就看到惠特曼的天才,即使当惠特曼不知羞耻地利用爱默生的名字来推广自己的诗集的时候,也依然站在他一边。但爱默生关于把1860年版的性爱指涉淡化的温和建议,则未获惠特曼接纳。

同代人对《草叶集》的反应使我们吃惊之处,是冒犯人们的显然并非《芦笛集》背后的同性情欲,而是异性性爱;也是异性性爱最终引发波士顿地方检察署扬言,除非净化1881年版本,否则将采取法律行动。

这时,惠特曼在男同性恋知识分子中间已有颇多拥戴者,尤其是在英国:奥斯卡·王尔德巡回访问美国时曾探视惠特曼,并宣称离开时放肆地吻他的唇。随笔家约翰·阿丁顿·西蒙兹要求惠特曼承认《芦笛集》诗中隐蔽的题材是与一个男人的恋爱事件。但惠特曼拒绝了,而这拒绝,恐怕更多是出于狡黠而不是害怕。这些诗,他冷冷地说,不会得出这类"病态的结论——我予以否认,并觉得这是该谴责的"[6]。

那么是不是说惠特曼时代的读者对男人之间的性爱的容忍度要比我们通常认为的更大,只要它不要太公然地表白出来?是不是这位带电的肉体的诗人被默认为同性恋者?"我是女人的诗人如同我是男人的诗人……我是那与温柔而渐浓的黑夜同行的他,/我呼唤被黑夜半搂抱着的大地和大海。/紧压着的裸胸的黑夜——紧压着的磁性而滋

养的黑夜！／南风的黑夜——几颗硕大的星星的黑夜！／静静点着头的黑夜——狂疯赤裸的夏天的黑夜。"(《草叶集》第49页)

在为1855年版《草叶集》一个重印本而写的后记中，戴维·雷诺兹取笑反对淫秽文学的斗士安东尼·科姆斯托克，后者谴责1881年版的异性性爱，却忽视《芦笛集》中的诗。雷诺兹问道，科姆斯托克怎会看不出在今天看来似乎是明显不过的同性恋基调？"答案似乎是，当时对同性之爱的解释与今天不同。""不管（惠特曼与青年男子）关系的性质是什么，他诗中那些同性之爱的段落大多数与当时流行的理论和实践并不相悖，也即强调这类爱的健康。"[7]

雷诺兹在其《沃尔特·惠特曼》一书中重申其立场：

> 虽然惠特曼显然曾与女人有过一两次恋情，但他主要是一个罗曼蒂克的同志，与青年男子们有一系列热烈的关系，他们大多数后来都结婚，有了孩子。不管他与他们的肉体关系性质是什么，他诗中那些同性之爱的段落大多数与当时流行的理论和实践并不相悖，也即强调这类爱的健康方面。[8]

杰罗姆·洛文在其1999年出版的惠特曼传记中，以同样谨慎的态度写道，彼得·道尔"可能是也可能不是惠特曼的情人"。"很难弄清楚他们的关系的亲密细节。"关于哈里·斯塔福德，洛文写道："今天，我们对惠特曼与（斯塔福德）的关系的看法可能更多地反映了……现时对惠特曼可能的同性恋倾向的兴趣，而不是反映实际情况。"[9]

在我看来,雷诺兹和洛文对这个问题的处理似乎都太简单了。洛文所谓的"亲密细节"和雷诺兹较为微妙的"(惠特曼与青年男子)肉体关系的性质"只能指涉一件事:惠特曼与上述这些青年男子单独在一起时,他们多情的器官做了些什么。如果科姆斯托克可被当作笑柄,那也是因为他愚蠢地看不出《芦笛集》诗中具有黏合力的崇高语言风格底下那多情的内容。

在不必站在审查员一边的情况下(尽管像雷诺兹那样奚落科姆斯托克"有络腮胡子和大腹便便"是搔不到痒处的——惠特曼本人也有络腮胡子和颇为大腹便便),难道我们不能做这样的争辩吗,也即在那些不认为《芦笛集》的诗冒犯他们的读者中,也可能有一些人看不出其多情的内容,而这看不出并不是因为他们对男人之间的亲密关系必须包含些什么有错误观念,而是因为他们不觉得需要问自己那种亲密关系的多情内容到底是什么,也即他们并不是把亲密关系这个概念简化为这些男人用他们的性器官做什么。[10]

后维多利亚时代的人都知道,维多利亚时代的人从早年起就被教导要压抑某些思想,尤其是有关"人生的事实"的思想,直到空气中挤塞着性压抑的云团。但是,对压抑的憎恶是弗洛伊德心理学纲领的一部分,是西格蒙德·弗洛伊德在与父母一代的亲密战争中锻造的武器之一。请弗洛伊德恕罪,但我们绝对有可能不去幻想别人,甚至不去幻想父母的私生活,而又不必在我们自己的心灵生活中压抑那些幻想和承担压抑的后果——那臭名昭著的被压抑的东西的重现。譬如当我们不去苦思冥想别人进厕所时所做的事情的"亲密细节"和"实际情况"时,我们并不需要付出心灵的代价。

换句话说,认为惠特曼情诗的同时代读者看不出这些诗真正讲什么,也许更多是暴露了对什么才是"真正讲什么"持头脑简单的看法,而不是揭示惠特曼的读者有什么看法。

对惠特曼究竟如何写这些同性爱诗而不被发现的问题,彼得·科维洛的反应要比洛文和雷诺兹的反应微妙,但最终也是没有击中要害。科维洛写道,潜存于《芦笛集》诗中和《备忘录》中的依恋"使现有关于亲密关系的分类法毫无用武之地"。

> 我想,对如何看待这些依恋,存在着颇多无所适从的苦恼,部分是由于这样一个希望,也即不想以惠特曼时代不通用的措辞来对各种关系——渴望同性关系——做不合时宜的描述。但这种本意良好的迟疑不应引导我们去用一种假贞洁来掩盖惠特曼与士兵们的关系。首先,这样做等于忘记十九世纪中叶提供给男人的相对宽松的环境……在那个时代,尚未广泛流行以较明白的惩罚式语言来描述性偏常行为。[11]

十九世纪中叶男人确实享受二十世纪中叶男人享受不到的自由:他们可以公开接吻,他们可以手拉手,他们可以给彼此写发自最深刻的爱的诗(丁尼生的《悼念》就是一个明证),他们甚至可以同床,全都不会遭社会排斥或受法律惩罚。但是,科维洛似乎是隐约指出,这类行为不会被惩罚是因为不会被误解:尤其是不会被误解成这样一个征兆,也即灯光熄灭时多情的器官会做出不贞洁的把戏。

要问的反而是,这样的行为是否真的会被解释,也即是否会被审问,审问贞洁不贞洁。此中有某种世故,由未言明的社会共识制约着,这共识的本质是按照事物表面上的样子来接受事物。而我们的危险在于,我们可能拒绝承认我们的维多利亚时代先人有这类社会共识——称为圆通也不妨。

学者们似乎同意,在 1880 年之后某个时候,一种关于异性恋与同性恋的新范式——科维洛有时候所称的"以惩罚式语言来描述性偏常行为"——开始从性学("科学")文献进入日常生活谈话,并取而代之,成为基本特征,然后以此为准,对各种各样的性欲做出区分。至于被取代的范式是什么,则不是太清楚。乔纳森·内德·卡茨认为,在维多利亚时代早期,基本特征是在道德品格而不是性学品格上做出区分:在激情与感官之间,在高与低之间,在爱与欲之间。男人之间或女人之间的激情关系不会受诘问,只要这些关系是较高级的、深情的关系。[12]

惠特曼生于 1819 年,成长于一个激进民主党人的家庭。终其一生,他都相信一个由自耕农和独立手艺人构成的美国,尽管这种杰克逊①式的社会理想日益变成空想,原

---

① 指美国第七任总统杰克逊(1767—1845)。

因是到世纪中叶时,新的工业经济占主导地位,本土手艺人阶层——且不说从旧大陆源源涌至的移民——变成了工厂的受薪劳工。

作为十九世纪四十年代和五十年代初的新闻记者和报纸编辑,惠特曼站在民主党政治激进派一边。然而,到1855年,由于民主党在奴隶制问题上含糊其词,他感到失望,遂退出政治生活。从根本上说,他的政治信仰现时已固定下来:他身边的世界也许会改变,但他不会改变。

虽然他反对奴隶制,但是如果我们说惠特曼在种族问题上的观点走在其时代前面,那会太夸张。他绝不是废奴主义者——事实上他对废奴主义者"可憎的狂热"大发雷霆。[13]南方与北方的冲突点是拥有奴隶的权利扩展至新的西部诸州。由于奴隶制在其效果上是反民主的,由于奴隶经济在他眼中是独立自耕农经济的对立面,因此惠特曼支持针对奴隶拥有者的战争。他支持战争并不是为了给黑奴在一个民主制度中赢得一个正当地位。

同样地,战后南方的状况也不是他庆祝的泉源。他哀叹南方重建的"无法量度的降级和侮辱",他谴责"黑人的优势,与野兽差不多",不应允许这种情况继续下去。他在1876年给他的《备忘录》写了一个注释,称如果奴隶制给他的世纪带来一个可怕的问题,"那么假若自由的美国黑人群众在接下去的整个世纪带来更可怕、更深刻的复杂问题,该怎么办呢?"虽然他不再重申他战前的提议,也即解决美国黑人"问题"的最佳方案是在别处为他们建立一个民族家园,但他也没有收回这个提议。[14]

因此,我们在《我自己的歌》和《各行各业的歌》中所见对劳动的美国人的连篇累牍的颂扬,是倾向于颂扬日常的工作生活中的多样性,但这种多样性甚至在《草叶集》1855年首次出版时就已不再是反映现实:"木匠修整木板……/伙伴绷紧肌肉站在捕鲸船上……/纺织女在大轮的嗡嗡声中俯前仰后,/农民……凝视燕麦和黑麦……"然而,这视域却是惠特曼要投射为美国的未来的视域。要成为美国诗人,成为民族诗人,他必须以一个已退入过去的世界的视域,来压倒一个日益受人力市场支配和受竞争性的个人主义意识形态支配的现实。(《草叶集》第41页)

最瞩目的,要算惠特曼在这个难以克服的任务面前所表现出来的乐观主义。他直到临死似乎都始终相信那股催生共和国的力量,那股被他称为民主的力量,将会胜利。他这信仰来自一个信念,这个信念随着他对政治的兴趣的消退而日益强烈起来,也即民主并不是人类理性的一个浅薄发明,而是永远处于发展中的人类精神的一个方面,根植于爱欲本能:"我总要不厌其烦地重申(民主)是一个其真实含意仍在沉睡中的词……它是一个伟大的词,其历史我认为尚未被写下来,因为那个历史尚未上演。"[15]

惠特曼的民主是一种市民宗教,其活力是由男人对女人、女人对男人、女人对女人但尤其是男人对男人的感情激发的,这主要是一种爱欲感情。基于这个理由,他诗歌中(散文是另一回事)所表达的社会视域弥漫着爱欲色彩。这诗歌通过某种爱欲魅力来产生效力,把读者带进一个世界,在那里所有人对所有人几乎都怀着善良的、不加区别的深情。就连诸如《从那永远摇荡着的摇篮里》这样的诗中,死亡的号召也具有爱欲的诱惑力。

难怪惠特曼中年时,就已被包围在先知和圣人的光环中(那流泻的胡须也起了作用),或者说,他与其说是吸引了大批他的诗艺的欣赏者,不如说吸引了大批信徒,这些惠特曼主义者都是因为不满现代生活、向往宇宙精神和渴望更丰富更美好的性爱而聚集在一起。洛文在其传记中认为,惠特曼甚至把女乐迷的现象带到美国,还援引康涅狄格州哈特福德一位苏珊·加内特·史密斯做例子,她突然给这位同性恋诗人写信,告诉他,她的子宫"干净纯洁"随时准备为他生孩子。"天使们守卫在前庭,"她向他保证,"直到你来存放我们和世界的最珍贵宝物。"[16]

与此同时,在尤利塞斯·格兰特担任总统期间,美国踏入镀金时代无节制的唯利是图和炫耀财富。惠特曼把这一切看得清清楚楚。然而,他继续以坎登的圣人这个角色和以保罗·茨威格所称的"冻结的乐观主义"的精神,发布听上去像宇宙精神的预言(似乎受了阅读黑格尔的影响),预言黏合力民主的胜利。[17]

*

虽然惠特曼仅受过粗浅的正式教育,但如果以为他无教养或知识上狭隘将是错误的。在他大部分生涯中,他基本上是自己的时间的主人,并利用这些时间来博览群书。虽然他摆出工人的姿势,但他与艺术家和作家厮混,绝不少于与他所谓的粗人厮混。在他做报人的岁月,他写了数百本书的书评,包括严肃的哲学和社会批评著作。他追读英国主流书评,也很了解最新的欧洲思想潮流。十九世纪四十年代,他迷上了托马斯·卡莱尔——就像很多其他骚动不安的年轻人——并吸取了卡莱尔对资本主义和工业主义的批判。1848年欧洲革命的失败给他造成巨大震荡。在他那个时代的作家中,影响他最深和他觉得最难表达他的感激之情的两位作家是美国人爱默生和英国人丁尼生。

虽然他宣布——实际上是大声疾呼——美国的文化自主,但是最使他抵不住诱惑的,是到英国做一次凯旋式巡回演说的念头。如果说这样一次巡回演说未能实现,那也不是因为他在英国缺乏拥戴者,而是因为名人演说作为一种娱乐形式在英国不如在美国流行。为了使《草叶集》能够在英国出版,他净化那些较有伤风化的措辞,而这是他在美国绝不允许的。

汇编自己的诗,出版一部《诗汇编》,并不意味着收录一生中所写的全部诗作。按惯例,汇编者有权修改旧作和悄悄删掉他或她懒得再去做说明的诗作。因此,《诗汇编》是塑造自己的过去的一个捷径。

惠特曼似乎从一开始心里就很清楚《草叶集》将成为一部进行中的《诗汇编》,不断增长,并随着他自己的观念的改变而改变。它总共经历了六版,其中一些以各种形式出版,原因是惠特曼把一些新诗插入已出版的版本中。我们很难知道——并且在一定程度上也不该问——六个版本中哪一个最好,哪一个是我们应该读而把其他排除在外的,因为它们代表着沃尔特·惠特曼到底是谁的六种组构和重新组构形式。一个简单的例子:在1855年他是"沃尔特·惠特曼,一个美国人,一个粗人,一个宇宙",到1881年,他是"沃尔特·惠特曼,一个宇宙,曼哈顿的儿子"。[18]("[惠特曼]是一个宇宙,这可是我们没想到的新闻。至于一个宇宙到底是什么,①我们相信他会尽早找机会告诉不耐烦的公众,"查尔斯·艾略特·诺顿在一篇关于1855年版《草叶集》的书评中写道。)[19]

学术世界的经验法则是把作者的最后修订版、他或她的最后说法,当作是确定版。但也有些例外的情况,批评界的共识是最后修订版不如原版,甚至是对原版的诋毁。因此,我们倾向于读华兹华斯自传诗《序曲》1805年版,而不是1850年修订版。大致以同样的方式,我们也许有理由认为读惠特曼早期诗应读初版,因为自1865年以来他的趋势是朝着"诗意"(也即丁尼生式的)方向修改,以期赢得更广泛的读者群。

惠特曼意图把第六版的《草叶集》作为选定版。该版本于1881年在波士顿出版,但因受到以淫秽罪检控的威胁而停止发售。惠特曼在费城找到一家新出版社出版,其突然的臭名远扬使诗集销路骤增。

第六版收录三百首诗,归入不同主题之下和编号的系

---

① 一个宇宙,原文 a kosmos,kosmos 拼写与发音都与宇宙 cosmos 近似,音译科斯莫斯。科斯莫斯实际上指什么,历来有各种解释。

列中。其核心包括从1855年那个由十二首诗构成的初版保存下来的诗,主要是那首后来题为《我自己的歌》的长诗,加上《横过布鲁克林渡口》(1856年添加);《从那永远摇荡着的摇篮里》和那些多情诗(1860年添加);以及《当紫丁香最近在庭前开放》和《桴鼓集》的诗(添加在1867年版的不同版次中)。

这个核心并不大。虽然他努力重新评估重新修订重新编排重新改题重新出版他的诗,尽管他晚年喜欢重申《草叶集》有一个隐秘、大教堂式的结构,而他一生都在朝着这个方向完善,但是看来除了对专家之外,惠特曼将永远以某几首诗闻名而不是以一部单本的伟大诗集——美国新诗歌圣经——的作者闻名。

(2005)

原注

[1] 沃尔特·惠特曼《战时备忘录》,彼得·科维洛编(牛津大学出版社,2004),第167—168页。

[2] 引自保罗·茨威格《沃尔特·惠特曼:诗人的形成》(纽约:基础图书出版社,1984),第339页。

[3] 《战时备忘录》,第xxxviii页。

[4] 《草叶集:读者版》,哈罗德·W.布洛德杰特、斯库利·布拉德利编(纽约:纽约大学出版社,1965),第751页。以后简称《草叶集》。

[5] 贾斯廷·卡普兰《沃尔特·惠特曼传》(纽约:西蒙与舒斯特出版社,1980),第313页、第316页。

[6] 引自卡普兰,第47页。

[7] 《草叶集:150周年纪念版》,戴维·S.雷诺兹编及作跋(纽约:牛津大学出版社,2005),第101页。

[8] 戴维·S.雷诺兹《沃尔特·惠特曼》(纽约:牛津大学出版社,2005),第118页。

[9] 杰罗姆·洛文《沃尔特·惠特曼:他自己的歌》(伯克利和洛杉矶:加州大学出版社,1999),第297页、第299页、第376页。

[10] 雷诺兹《沃尔特·惠特曼》,第101页。

[11] 《战时备忘录》导言,第xxxvi—xxxvii页。

[12] 乔纳森·内德·卡茨《异性恋的发明》(纽约:达顿出版社,1995),第43—47页。

[13] 引自卡普兰,第133页。

[14] 《战时备忘录》,第126页。

[15] 惠特曼语,引自卡普兰,第337页。

[16] 引自洛文,第259页;引自卡普兰,第329页。

[17] 茨威格,第343页。

[18] 雷诺兹编,第17页;《草叶集:读者版》,第52页。

[19] 雷诺兹《沃尔特·惠特曼》,第117页。

威廉·福克纳与其传记作者

"现在我第一次明白到,"站在五十五岁这个有利位置的威廉·福克纳在给一位女性朋友的信中回顾说,"我拥有多么令人惊奇的才能:未受过任何正规意义上的教育,甚至没有很有文化的伙伴,更别说文学上的伙伴,却做了我已做的这些事。我不知道它从哪里来。我不知道为什么上帝或神明或不管是什么东西,会选择我成为这个选民。"[1]

福克纳在这里所宣称的难以置信的东西,有点儿言过其实。他拥有他成为他要成为的作家所需的一切教育,甚至一切书本知识。至于伙伴,他宁愿从有着节节疤疤的双手和回忆不尽的往事的唠叨老人那里多吸取东西,而不是从贫瘠的文人那里。然而,一定程度的吃惊却是合情合理的。谁会料到一个来自密西西比小城、没有出类拔萃的才智的少年,长大后竟会不仅成为享誉国内外的著名作家,而且成为他实际上成为的那种作家:美国小说史上最激进的创新者之一,一个将被欧洲和拉美前卫作家们争相师法的作家?

福克纳确实没受过多少正规教育。他初中就辍学(父母似乎没怎样大动肝火),虽然他短暂地进过密西西比大学,但那只是沾了施予退伍军人一项优惠的光(关于福克纳的战时服役,详见后面)。他的学院课程乏善可陈:一学期的英语(评分:D)、两学期的法语和西班牙语。对这位南北战争后南方心灵的探索者,这里没有历史课;对这位把伯格森的时间织入记忆的句法的小说家,这里也没有哲学课或心理学课。

有点爱幻想的比利·福克纳用来取代学校教育的,是对世纪末英语诗歌的狭窄但兴趣浓厚的阅读,尤其是史文朋和豪斯曼,还有三位创造了其活泼和生动足以跟真实世界相比拟的虚构世界的小说家:巴尔扎克、狄更斯和康拉德。此外就是熟悉《旧约》、莎士比亚、《白鲸记》抑扬顿挫的节奏,以及几年后快速掌握他的年纪较大的同代人 T. S. 艾略特和詹姆斯·乔伊斯的新实验。凭着这些,他已装备齐全。至于材料,他在密西西比州牛津镇,从身边人们那里听到的,已远远不止足够:讲了又讲永无止境的南方史诗,一部关于残忍和不公正和希望和失望和受害和抵抗的故事。

比利·福克纳刚辍学,第一次世界大战便爆发。他梦想成为飞行员,希望袭击德国佬,便于 1918 年申请加入皇家空军。急需新兵的皇家空军招募办公室派他去加拿大受训。可是,他仍未首次独自驾驶飞机,战争便结束了。

他重返牛津,穿着皇家空军的制服,讲话带英国腔,走路一拐一瘸,都引人瞩目,后者他说是一次飞行事故造成的。他还向朋友吐露说,他头颅里有块钢片。

他的飞行员传奇维持了几年;直到他成为一个全国性人物,曝光的风险愈来愈大时,他才开始淡化此事。然而,他的飞行梦并未放弃。1933年,当他有余钱,便去上飞行课,买自己的飞机,还短暂经营飞行特技表演队,广告说:"威廉·福克纳(著名作家)的空中特技表演。"[2]

福克纳的传记作者们都花了颇大篇幅讲述他的战时故事,并非仅仅把它们当成一个不起眼、无突出之处却渴望被称赞的青年人的瞎编杜撰。弗里德里克·R.卡尔相信"战争把(福克纳)变成一个讲故事者,一个虚构作家,有可能是他生命中决定性的转向"。(第111页)卡尔说,福克纳如此轻易地哄骗牛津善良的人们,使他明白一个巧妙地构思、可信地讲述的谎言,可以击败真理,因而一个人不仅可以靠幻想创造一个人物,而且可以靠幻想谋生。

回到老家,福克纳漫无目标。他写关于"无女人味"(他似乎是指细屁股)的女人和他对她们的单恋的诗,这些诗即使以世界上最好的愿望来看也不能称为有前途;他开始以"福克纳"而不是原名"法克纳"署名;他还秉承法克纳家族男性传统,酒瘾很大。他在一个小邮局找到一份当邮政局长的闲职,用办公时间来阅读和写作,几年后因表现差而被解雇。

对一个如此决心要按自己的意愿行事的人来说,奇怪的是他竟没有收拾行装奔赴大都会的灯火辉煌,而是选择留在自己的家乡小镇,在这里人们以嘲讽的兴味看待他的自命不凡。他最新的传记作者杰伊·帕里尼认为,他无法离开他的母亲,她是一个颇敏锐的人,她与大儿子的感情似乎比与她那个沉闷、没骨气的丈夫要深。[3]

福克纳有时会去新奥尔良,在那里发展了一个波希米亚朋友圈,会晤擅写俄亥俄州小镇瓦恩斯堡生活的小说家舍伍德·安德森,他后来需要痛苦地尽量减少安德森对他的影响。他开始在新奥尔良报刊发表短文;他甚至涉猎文学理论。沃特·佩特①的信徒威拉德·亨廷登·赖特②尤其使他留下深刻印象。在赖特的《创作意志》(1915)中,他读到真正的艺术家本质上是孤独的,"一个全能的神,塑造和打造一个新世界的命运,并把它引向一个不可避免的圆满,兀自独立、独自运转、不依靠别的,"使其创造者处于精神兴奋状态。[4]赖特说,巴尔扎克便是这种艺术家-造物主型的作家,左拉则远远不是,因为左拉只是预先存在的现实的抄袭者。

1925年,福克纳首次出国旅行。他在巴黎度过两个月,并且喜欢它:他买了一顶贝雷帽,留胡须,开始写一部长篇小说,讲述一个在战争中受伤的画家到巴黎深造的故事,但小说不久就放弃。他出入詹姆斯·乔伊斯最喜爱的咖啡馆,并看了这位伟人一眼,但没有走过去跟他打招呼。

总之,这些记录都只表明福克纳是一个不寻常地固执但没有多大才能的未来作家。然而,回到美国不久,他便坐下来写了一万四千字的大纲,充满着各种意念和人物,为1929年至1942年一系列伟大长篇小说奠定基础。该手稿

---

① 佩特(1839—1894),英国文艺批评家。
② 赖特(1888—1939),美国评论家和侦探小说家。

包括约克纳帕塔法县的萌芽。

小时候,福克纳就与一个年纪略大的朋友埃丝特尔·奥尔德姆形影不离。在某种意义上,两人是订了婚的。然而,当时机成熟,奥尔德姆父母对得过且过的福克纳无好感,遂把埃丝特尔嫁给一个前景较好的律师。因此,当埃丝特尔重返父母家时,她已是一个有两个小孩的三十二岁的离婚妇人。

虽然福克纳对自己与埃丝特尔再续前缘是否明智似乎有过怀疑,但怀疑还是没有对他产生作用。不久两人就结婚了。埃丝特尔本人一定也有过怀疑。在蜜月期间她可能曾试图投水自尽,但也可能没有。婚姻本身证明是不快乐的,实际上比不快乐还严重。"他们根本就是太不相配了,"很多年后,他们的女儿吉尔对帕里尼说,"这场婚姻没有一样是对的。"(帕里尼,第130页)埃丝特尔是一个聪颖的女人,但她习惯于无节制地花钱,以及让仆人们来完成她的每一个愿望。住在一座破败的旧房子里,丈夫上午乱涂乱写,下午更换旧房子的朽木和安装卫生设备,这样的生活一度使她感到震惊。一个孩子出生了,但两周大就夭折。吉尔于1933年降世。这之后,福克纳夫妇之间的性关系似乎就停止了。

威廉与埃丝特尔一起酗酒和各自酗酒。在中年后期,埃丝特尔振作起来,戒了酒;威廉没有。他与一些年轻女人有婚外情,对此他无能力或不够小心去遮掩。婚姻从一个个极度吃醋的场面,逐步恶化成福克纳的第一个传记作者

约瑟夫·布洛特纳所称的"任意爆发的家庭游击战"。(第537页)

然而,婚姻维持了三十三年,直到福克纳1962年逝世。为什么?最世俗的解释是,在五十年代中后期之前,福克纳根本无能力离婚,即是说,无法在维持靠他的收入吃用的福克纳或法克纳家族大军——更不要说奥尔德姆家族大军——之余,再像埃丝特尔必然会要求他负担的那样,维持她和三个孩子的宽裕生活,同时使自己在社会上重新过上像样的生活。较不那么容易证明的是卡尔的宣称,他认为在某个深层意义上,福克纳需要埃丝特尔。"绝不可能使埃丝特尔脱离(福克纳的)想象力的最深层领域,"卡尔写道,"没有埃丝特尔……他无法继续(写作)。"她是他的"残酷的美妇人"——"男人从远处崇拜的理想对象但同时也是……毁灭性的。"(第86页)

选择与埃丝特尔结婚,选择与法克纳家族一起居住在牛津,福克纳不啻是接受了一个令人生畏的挑战:如何成为他私底下所称的"像一群秃鹫绕着(我)所赚的每一分钱盘旋的……整个部族"的保护人、挣钱养家者和家长,同时服侍内心那个技艺超群的作家。虽然他具有阿波罗式的能力,使他自己沉浸于自己的工作——帕里尼称他是"一头效率怪兽"——但是整个工程使他不胜负荷。为了喂那群秃鹫,二十世纪三十年代美国文学这位璀璨夺目的天才,不得不搁置真正对他重要的长篇小说写作,先是被迫去费力地为通俗杂志制造短篇小说,继而被迫为好莱坞写电影剧本。(帕里尼,第319页、第139页)

问题与其说是福克纳在文学界无人赏识,不如说二十世纪三十年代的经济没有任何可供先锋小说家这个专业发挥的余地(若是今天,福克纳会成为某笔重要资助金的当然获得者)。福克纳的出版商、编辑和代理——除了一个可悲的例外——都关心福克纳的利益,并尽力替他争取,但这还不够。只有当马尔科姆·考利精心编选的《福克纳精选集》于1945年出版之后,美国读者才如梦初醒,发现他们当中这个巨人。

花在写短篇小说上的时间并非完全浪费。福克纳是自己作品的非凡修订者,可谓一丝不苟(在好莱坞,他以其善于修改其他作家的平庸电影剧本而令人瞩目)。最初发表在《星期六晚邮报》或《妇女家庭良伴》的材料,经重新考虑、重新构思和重写之后,全都改观,以新面貌出现在《不败者》(1938)、《村子》(1940)和《去吧,摩西》(1942)等书中,这些书都介于短篇小说集与独立长篇小说之间。

他的电影剧本却谈不上也具有同样被掩埋的潜质。1932年福克纳抵达好莱坞时,虽然乘着通俗小说《圣殿》(1931)作者尚未过气的名声,但他对电影工业一无所知(私底下他鄙视电影如同他鄙视吵闹的音乐)。他不具备把活泼的对话写得浑然一体的才能。此外,他很快便获得靠不住的酒鬼的坏名声。到1942年,他的薪酬已从每周一千美元的高位跌至三百美元。在十三年编剧生涯中,他曾与一些富同情心的导演合作,例如霍华德·霍克斯,与著名演员例如克拉克·盖博和亨弗莱·鲍嘉关系友好;并得到一个有魅力而体贴的好莱坞女演员做情妇。但是,他为电影写的东西都没有值得打捞的。

更糟糕的是:他的电影剧本对他的散文产生坏影响。在战争岁月,福克纳写了一大批警世、励志、爱国的电影剧本。如果我们把充斥于他晚期散文的浮夸辞藻都归咎于他这些剧本,那将是错误的,但他本人也看出好莱坞时期对他造成的损害。他在1947年承认:"我最近明白到,为电影写的垃圾和废物是怎样严重腐蚀我的写作。"[5]

福克纳努力要维持收支平衡的故事,并没有什么不寻常之处。从一开始他就认为自己怀才不遇,而怀才不遇者的命运是被忽视和报酬过低。真正令人惊异的是,他的负担——挥霍的妻子、一贫如洗的亲戚、不利的电影公司合同——他竟会如此固执地承受(尽管明显要硬撑),甚至不惜牺牲他的艺术。忠诚这个主题在福克纳生命中之强烈,一点不亚于在他的作品中,但也有一种东西叫作疯狂的忠诚、疯狂的尽职(南部联邦的南方便充满这种东西)。

实际上,中年福克纳就像一个民工,把工资寄回密西西比的家;生平记录基本上是美元和美分的记录。帕里尼在福克纳对金钱的忧虑中准确地辨识出更深的迷恋。"钱很少仅仅是钱,"帕里尼写道,"对钱的着迷似乎终其一生都在困扰着福克纳,而我认为,应把它视作他的一个尺度,用来衡量他的稳定感、价值感、与世界的紧贴感的起起落落……一个计算方法,计算他的名声、他的力量、他的现实。"(第295—296页)

如果在某个安静的南方学院找到一个驻校作家的职位,有一笔稳定收入,且不需要他太多付出,使他有时间做自己的事,那也许可解救福克纳。精明的罗伯特·弗洛斯特自1917年起,便证明他可以利用其诗人的光环为自己在学院谋得一份闲职。但是福克纳连中学文凭也没有,又不信任那种听上去太"文学"或"知识分子"的讲话,因此他从未再回学院的林荫路,直到1946年被说服去密西西比大学向学生发表演说。那次经验并不像他所担心的那么糟;六十岁时,他加入弗吉尼亚大学,成为驻校作家,领取差不多是象征性的工资,这个职位他一直保留至逝世。

这位学院懒汉生命中的一个反讽是,他极有可能比大多数学院教授更博览群书,尽管可能不那么有系统。演员安东尼·奎恩说,在好莱坞,虽然人们对他作为电影编剧评价不是很高,但是他有着"作为一个知识分子的巨大声誉"。另一个反讽是,福克纳被新批评派推举为某种非常适合在学院课室里解剖的散文的大师。新批评派元老克林特·布鲁克斯热情地说:"有多少被作者小心而灵巧地折叠起来的东西可以展开啊。"于是乎,福克纳在成了法国存在主义者们的宠儿之余,又成了纽黑文形式主义者们的宝贝,而他本人则不大敢肯定到底形式主义和存在主义是什么。[6]

1949年获颁发、1950年领取的诺贝尔文学奖,使得福克纳甚至在美国也出大名了。游客们从各地远道而来,愣头愣脑参观他在牛津的家,使他不胜其烦。他不大情愿地从暗处走出来,开始表现得像一个公共人物。国务院发来邀请函,请他以文化大使身份出国,他不是很有把握地接受了。在麦克风前他会紧张,更紧张的是回答"文学"问题,因此在准备出席这类场合时,他都会酗酒。但是,在他发展了应付新闻记者的行话之后,他便能较舒坦地担当这个角色。他对外交事务所知甚少——他不看报纸——但这却很合国务院的胃口。他的日本之行是一次瞩目的公关上的成功;在法国和意大利,他获得报章连篇累牍的报道。诚如他不无嘲讽地指出的:"要是美国人像外国人那样相信我的世界,我大概可以让我的一个人物去竞选总统……也许是弗莱姆·斯诺普斯。"[7]

福克纳在国内的干预则不那么顺利。南方及其种族隔离制度受到愈来愈大的压力。他在给报纸的读者来信中,开始坦率批评各种弊端,并促请南方白人同胞们把黑人当成社会上平等的人来接受。

他的言论引起反弹。"哀泣的福克纳"被斥为北方自由派的走卒,共产党的同情者。虽然他并没有人身危险,但他宣称(在给一位瑞士友人的信中)可以预见有一天他得逃出美国,"有点像犹太人在希特勒时期得逃出德国。"[8]

他当然是在过度戏剧化。他的种族观点从来不是激进的,而且随着政治气氛愈来愈紧张和各州的权利色彩愈来愈浓,他的观点亦陷于混乱。隔离是一种恶,他说;然而,如果南方被迫融合,他会抵抗(在一个轻率的时刻他甚至说他会拿起武器)。到五十年代末,他的立场已变得如此过时,可以说是怪异。他说,民权运动应把正派、安静、礼貌和尊严当作口号；黑人应学会使自己值得受平等对待。

要贬低福克纳突然涉足种族关系是很容易的。在他的个人生活中，他对美国黑人的态度似乎是慷慨、和善的，但不可避免地居高临下：毕竟，他属于主人阶级。在政治哲学上，他是一个杰斐逊式的个人主义者；正是这，而不是他血液中任何种族主义残余，使他对黑人群众运动持怀疑立场。如果说他的顾忌和支吾很快就使他与民权斗争没有任何关系的话，但在当时，当他采取任何立场时，他仍是勇敢的。他的公开言论使他在自己的家乡变得有点像一个贱民，而这与他在1960年母亲逝世后决定离开密西西比迁居弗吉尼亚是有颇大关系的。（同时，也必须说，与阿尔伯马县狩猎队一起骑马纵狗打猎这个前景，具有强大的吸引力：福克纳晚年把自己视为已差不多江郎才尽，猎狐成为他生活中的新激情。）

*

福克纳干预公共事务之所以不起作用，不是因为他对政治无知，而是因为他表达政治洞见的恰当工具不是随笔，更不是读者来信，而是长篇小说尤其是他发明的那种长篇小说——它有着无与伦比的修辞资源，用来编织过去与现在、记忆与欲望。

小说家福克纳部署他最佳资源的领土，是一个其外貌与他所处时代的真实南方——或至少是他青年时代的南方——极其相似的南方，但不是整个南方。福克纳的南方是一个被黑人的存在所困扰的白人的南方。即使是最明白地描写种族和种族主义的小说《八月之光》，其中心人物也不是一个黑人而是这样一个男人，他的命运是面对或被迫面对黑人血统，作为一种来自他外部的质询和指责的黑人血统。①

作为现代南方的历史学家，福克纳不朽的成就是斯诺普斯三部曲（《村子》，1940；《小镇》，1957；《大宅》，1959），追踪一个上升的白人穷人阶层在一场革命中接管政治权力的过程，这场革命之无声、无情和无是非标准如同蚁群入侵。福克纳对这个乡巴佬企业家的崛起的描绘，既是尖锐的，又是哀婉和绝望的；尖锐是因为他既厌恶他所看到的，又对被他所看到的着迷；哀婉是因为他爱那个旧世界，但那个旧世界正在他眼前逐渐被腐蚀；绝望则有众多理由，其中特别包括：一、他所爱的南方是建立在剥夺和奴役这孪生罪恶上的，而他比任何人都更清楚这点；二、斯诺普斯家族只是法克纳家族的另一个化身，在他们兴旺发达时曾是那土地上的盗贼和强奸犯；因此，三、作为批评者和评判者，他，威廉·"福克纳"，没有立足点。

没有立足点，除非他跌回到那些永恒的信念。"勇敢和荣誉和自豪，怜悯和对正义与自由的爱"是艾克·麦克斯林在《去吧，摩西》中背诵的一系列美德，麦克斯林可以说是福克纳所希望的、理想中的自我的发言人，这个男人在

---

① 该男人的情人曾用枪指着他，试图强迫他公开承认自己有黑人血统然后加入一家黑人律师事务所，但她却被他杀了（或怀疑是被他杀的）。

对他的历史和他周围缩减且继续快速缩减的世界做了一番评估之后,放弃其祖传家产,发誓不做父亲(从而终结了传宗接代),宁愿变成一个简单的木匠。[9]

勇敢和荣誉和自豪:艾克也许还可以给他的美德加上忍耐,如同他在同一故事中另一个地方所说的:"忍耐……和怜悯和宽容和克制和忠诚和爱孩子……"(第225页)福克纳后期作品中有强烈的道德主义特质,一种在一个上帝已退休的世界中顽强地坚持下来的赤裸裸的基督教人道主义。当这种道德主义证明难以令人信服——就像常常发生的那样——那也往往是因为福克纳未能为它找到适当的小说载体。他在整理《寓言》(写于1944—1953年,出版于1954年)这部他希望成为巨著的小说时,之所以屡遭挫折,恰恰是因为他要找到一个途径来体现他的反战主题。《寓言》中的示范性人物是耶稣转世为无名士兵并再次牺牲;在这部后期作品中别的地方,他是纯朴、受苦的黑人男人,或更经常地,是黑人女人,他们通过忍受难以忍受的现在,来确保未来的萌芽活下来。

虽然福克纳是一个终生没什么大波折且基本上不活动的人,但他却激起丰富浩繁的传记能量。第一部庞大的传记纪念碑于1974年由约瑟夫·布洛特纳竖立,他是福克纳在弗吉尼亚大学的年轻同事,福克纳显然喜欢他并信任他。他的两卷本《福克纳传》对传主的外部生活做了详尽而公正的描述。然而,就连布洛特纳那部四十万字的一卷本浓缩版传记(1984),对大多数读者来说细节可能仍然太丰富。

弗里德里克·R.卡尔的重磅传记《威廉·福克纳:美国作家》(1989),其目标是"从心理学角度、情感角度和文学角度理解和阐释(福克纳的)一生"。(第XV页)卡尔有很多可赞之处,包括无畏地闯入福克纳写作习惯的迷宫,这些习惯包括同时着手多个创作计划,把这个计划的材料转用于另一个计划。

诚如卡尔公正地指出的,福克纳是"(美国)重要作家中最具历史意识的";依此,他把福克纳当成一个以创作来对他卷入其中的历史力量和社会力量做出反应的美国人。(第666页)作为文学传记作家,他试图了解的是,一个如此深刻地怀疑现代化和现代化对南方的影响的人,如何能够同时在其小说实践中成为一个如此激进的现代主义者。

卡尔笔下的福克纳是一个崇高和具有感染力的人物,一个也许是因为沉溺于注定倒霉的艺术家这一浪漫形象而准备牺牲自己,献身于一个计划的人物,这个计划就是承受一种任何有理性的人都会却步的命运。但卡尔这本书一再被一种简化的心理分析糟蹋了。例如,福克纳工整的书写——这是编辑的梦想——被当作一个证据,证明这是一种肛门人格,他那些关于他在皇家空军的伟绩的愚蠢谎言被当成分裂性人格,他对细节的重视被当成强迫症的证据,他与一个年轻女人的恋情被当成揭示他对女儿有乱伦欲望。

"通常,一部较次要的小说可提供比一部伟大小说更深刻的传记见解。"卡尔说。(第75页)果真如此——而没有多少当代传记作者会不同意——那么我们就要遭遇一个牵涉到文学传记和牵涉到所谓传记见解之价值的普遍问题。如果说次要作品揭示的似乎比重要作品更多,是不是也可以说它揭示的东西只有次要的了解价值?也许福克纳——在他心目中,约翰·济慈的颂歌是诗歌试金石——真的就是他觉得自己是的:一个消极能力的人[①],消失、迷失在自己最深刻的作品中。"我的野心是成为一个私隐的个人,从历史中被废除、被取消,不留痕迹,"他在写给考利的信中说,"我的目标是……我生命的总和及历史……应该是……他写了那些书然后死去。"[10]

杰伊·帕里尼是约翰·斯坦贝克传记(1994)和罗伯特·弗洛斯特传记(1999)的作者,还出版了两部具有强烈传记内容的小说:描写列夫·托尔斯泰最后日子的《最后一站》(1990)和描写瓦尔特·本雅明最后日子的《本雅明的越境》(1997)。[11]

帕里尼的斯坦贝克传结实但不受瞩目。弗洛斯特传较内省:帕里尼思忖道,传记的史学写作色彩可能不如我们喜欢想象的那样浓,反而更像小说写作。在他自己的传记小说中,关于托尔斯泰的那本较成功,也许是因为关于托尔斯泰在亚斯纳亚波利亚纳的生活的记载是如此繁多,取之不

[①] 消极能力(negative capability)是济慈最重要的诗学概念,他认为伟大的诗人能接受一种状态,也即并不是什么事情都可以找到解决办法的。他自己对消极能力的解释是:"一个人处于不确定性、神秘、怀疑而不必急躁地寻求事实或理由。"

尽。在本雅明传记中,帕里尼不得不花太多时间解释他那位自顾自的主人公是谁以及我们为什么要对他感兴趣。

而在福克纳传记中,帕里尼尝试提供布洛特纳和卡尔都未曾提供的:批评性传记,即是说,既合理地充分描述福克纳的生平,又评估他的写作。关于他这部著作,有很多东西可说。虽然他倚重布洛特纳提供的事实,但他走得比布洛特纳更远,采访了最后一代本人认识福克纳的人,其中一些人讲了不少有趣的故事。他从一个写作同行的角度来欣赏福克纳的语言,并生动地表达了这种欣赏。是以,他能够看出《熊》的散文"具有一种不可阻挡的凶猛,仿佛福克纳是在亢奋的幻想中写的"。虽然他这本书绝非圣徒传记,但是他向传主致以意味深长的敬意:"作为作家的福克纳最令人印象深刻之处,是那种绝对的坚持不懈,那种年复一年每天使他回到书桌前的意志力……(他)身体的毅力……一点不逊于精神的毅力;(他)如同一头牛踏着泥沼不断向前爬,背后拖着整个世界。"(第261页、第429页)

在这样一部非专家的著作中,作者必须做出的最初决定之一,是应该反映批评共识,抑或提出强烈的个人见解。大体上,帕里尼选择共识版。他的做法是按时间顺序描写福克纳的生平,在叙述中插入介绍性的批评短文讨论个别作品。落在适当人选手中,这种做法可产生批评家的艺术的示范性样本。但是,帕里尼的短文未能达到示范性的水准。那些谈论福克纳最著名作品的短文,往往是最好的;其余的,则有太多包含一些不是特别熟练的提要加上批评界争论的概况,而被当作是争论的东西,又往往是些乏味的学术探究。

如同在卡尔的书中,帕里尼也有一定程度太过倚重心理学概念的问题。是以,帕里尼对《我弥留之际》——一部围绕着一次怪异旅程的中篇小说,描写本德伦的孩子们在旅途中搬运母亲的尸体,把它运去埋葬——做了一次颇天马行空的解读,解读成象征福克纳对母亲进行攻击,以及象征福克纳送给妻子的一件"悖谬"的结婚礼物。"在福克纳心中,埃丝特尔可有取代毛德小姐(他的母亲)?"帕里尼问道,"这样的问题是难以回答的,但传记的职责是提出这些问题,允许这些问题作弄和扰乱文本。"(第151页)也许传记作者的职责确实是用凭空的幻想扰乱文本;也许不。更重要的是,到底福克纳的母亲或妻子是否把该小说理解成对她们的人身攻击。并没有任何记载表明她们作如此理解。

帕里尼对福克纳的思想的探讨,花费很多篇幅谈论自我,或自我中的多个自我。福克纳是否同意《野棕榈》中通奸的情人? 答案:虽然"他小说家心中的一部分"谴责他们,但是另一部分并不。为什么福克纳在二十世纪三十年代末期选择把焦点集中于弗莱姆·斯诺普斯,三部曲中那个有着机警小眼睛和冷心肠的向上爬的人物?"我怀疑,这与他探索自己那个攻击性的自我有点关系,"帕里尼写道。在"取得梦想不到的成功之后……(福克纳)要思考这种成功和了解那些可能是导致他成功的推动力"。(第238页、第232—233页)

果真是福克纳"攻击性的自我"创造了三十年代那些

伟大小说吗？这些小说取得的成就可能会被弗莱姆嗤之以鼻，因为作者从中所赚的钱是少得那么可怜。弗莱姆那扭曲的天才，果真酷似福克纳与金钱的令人困惑的关系吗，包括他与电影公司中最古板地不愿冒险的华纳兄弟公司签署那份使他做了七年奴隶的合约时所表现的天真？

总的来说，帕里尼的书是一种令人不解的混合物：一方面它表明他对作家福克纳真有感觉，另一方面又随时准备把他粗俗化。最糟糕的例子是他对福克纳四英亩的"罗恩橡"物业的看法，该物业是福克纳在1929年购置的，残旧不堪，他此后就住在那里，直到逝世。帕里尼说，福克纳准备花费他并没有的钱，来翻修"罗恩橡"，是因为他"异想天开，尤其是想在日常生活中再创造内战前的奢华和优越……电影《飘》……出现（于1939年），风靡全国。福克纳不必看它。那是他这一生的故事"。（第250页）任何读过布洛特纳关于福克纳在"罗恩橡"的日常生活的人，都知道这番描写距离塔拉①的幻想有多远。

*

"一本书是作家的秘密生活，一个男人的黑暗孪生兄弟：你无法调和他们。"《蚊群》（1927）中的一个人物如此说。[12]

调和作家和他的著作，是一个布洛特纳明智地不敢去

---

① 塔拉是《飘》女主人公的种植园。

碰的挑战。至于卡尔或帕里尼是否各自以他们不同的方式调和了那个署名"威廉·福克纳"的人与其黑暗的孪生兄弟,则是一个见仁见智的问题。

决定性的考验是福克纳的传记作者们对他酗酒有什么话说。这是传记作者们不会犹豫不决的问题。布洛特纳报告说,福克纳经常不省人事被送去的那家孟菲斯精神病院病历中的批注是:"严重及慢性酒精中毒者。"(第574页)虽然福克纳五十多岁时看上去英俊而敏捷,但那只是一个外壳。一生喝酒已开始损害他的精神功能。"这不只是一个严重酒精中毒的病例,"他的编辑萨克斯·康明斯在1952年写道,"目睹这个人的解体令人心酸。"帕里尼补充了福克纳女儿令人心寒的证词:父亲喝醉时会变得如此暴力,以致得有"一两个男人"在场,保护她和母亲。[13]

布洛特纳没有试图去了解福克纳的酒瘾,只是记录其损害、描述其模式和援引医院的记录。按卡尔的解读,喝酒是福克纳进行反叛的一种形式,是他用来捍卫其艺术、抵制家庭压力和传统压力的方式。"把酒拿走,非常有可能作家也就没了;也许人也变得没特点了。"(第130—132页)帕里尼不仅不反对,而且把福克纳喝酒视为具有治疗作用。他的喝酒是"创造性头脑的休闲",他说。喝酒"有某种特殊用途。喝酒清除混乱状态、重拨内心的时钟,使无意识可以像水井一样慢慢满"。饮罢,他便"好像睡了一个又长又惬意的觉"。(第281页)

各种瘾的本质,是叫那些没有这类瘾的人难以理解。在这里,福克纳帮不上忙:他不写他的酒瘾,就我们所知,也不从酒瘾内部写作(他坐下来写作时大多数是清醒的)。迄今尚未有传记作者能说清楚;但是,也许把某种瘾说清楚,寻找字眼来描写这种瘾,使它在自我的系统中有一个位置,将永远是一件误解性的工作。

(2005)

原注

[1] 约瑟夫·布洛特纳《福克纳传》,一卷版(纽约:兰登书屋,1984),第570页。

[2] 弗里德里克·R.卡尔《威廉·福克纳:美国作家》(伦敦:费伯出版社,1989),第523页。

[3] 杰伊·帕里尼《一个无可匹比的时代:威廉·福克纳的一生》(纽约:哈泼科林斯出版社,2004),第20页、第79页、第141页、第145页。另见卡尔,第213页。

[4] 引自布洛特纳,第106页。

[5] 引自卡尔,第757页。

[6] 奎恩语,引自帕里尼,第271页;布鲁克斯语,引自帕里尼,第292页。

[7] 引自布洛特纳,第611页。

[8] 引自布洛特纳,第599页。

[9] 《去吧,摩西》(哈蒙兹沃思:企鹅出版社,1960),第227页。

[10] 引自布洛特纳,第501页。

[11] 《约翰·斯坦贝克传》(伦敦:海涅曼出版社,1994);《罗伯特·弗洛斯特传》(纽约:霍尔特出版社,1999);《最后

一站:一部关于托尔斯泰最后一年的小说》(纽约:霍尔特出版社,1990);《本雅明的越境:一部小说》(纽约:霍尔特出版社,1997)。

[12] 《蚊群》(伦敦:查托与温达斯出版社,1964),第209页。

[13] 康明斯语,引自卡尔,第844页;琼·福克纳语,引自帕里尼,第251页。

索尔·贝娄：早期小说

在二十世纪下半叶的美国小说家中，索尔·贝娄是其中一个突出的巨人，也许他才是真正的巨人。他的鼎盛时期从五十年代初(《奥吉·马奇历险记》)延续到七十年代末(《洪堡的礼物》)，尽管迟至 2000 年他仍在推出值得注意的小说(《拉维尔斯坦》)。2003 年，当他还健在的时候，"美国文库"把他纳入其经典丛书，重新刊行他最早的三部小说《晃来晃去的人》(1944)、《受害者》(1947)和《奥吉·马奇历险记》(1953)，并计划陆续推出其他作品。[1]

《晃来晃去的人》和《受害者》给贝娄带来好评，但这两部小说是文学性较强的努力，其灵感是欧洲式的。使贝娄赢得广大读者的，是那部喧闹、枝条蔓生的《奥吉·马奇历险记》。

《奥吉·马奇历险记》的同名人物大约于 1915 年——贝娄本人也是在这一年降世——出生于芝加哥一个波兰人聚居区的犹太家庭。奥吉的父亲没有在书中出现，他的缺席也几乎未被提及。他母亲接近失明，是一个忧伤的、幽灵般的人物。他有两个兄弟，其中一个弱智。一家人靠多少有点瞒骗的福利和靠一个俄罗斯出生的房客劳希奶奶(不是亲属)接济度日。年轻的奥吉常常替劳希奶奶跑图书馆借书("我跟你说过多少次了,不是言情小说我就不要?……老天!")并从她那里零零碎碎学点文化。(第392页)

马奇兄弟们实际上是由劳希奶奶带大的。当她最大的希望变成失望——她希望他们当中有一个能够变成天才,其事业能够由她来管理——她便把目光锁定于把他们变成好文员。当他们长大,变得粗鲁和没教养,她很灰心。更糟糕的是,事实上:像街坊其他男孩,奥吉开始干些小偷小摸的事。但他太有良心,不适合终生干犯罪勾当。他第一次有组织的盗窃使他痛苦不堪,遂退出帮会。

三十五六岁时,奥吉开始把我们正在读的这个故事记录下来,他回顾童年,不禁纳闷到底他不在诗人们的"牧羊人-西西里"中长大而在"深重的城市苦恼"中长大对他有什么影响。(第477页)他不必为此操心。他这本关于自己的生活的书的最有力的部分,都来自逼真地重现城市童年生活,充满各种奇观和社会经验,那是今天美国儿童没几个有机会享受到的。

作为大萧条时期的青年,奥吉继续在犯罪活动的边缘盘旋。他从一个专家那里学会偷书的艺术,并把偷来的书卖给芝加哥大学的学生。但他基本上保持心灵纯净,把偷书合理化,视为一种特例,视为盗窃的一种善良形式。

也有一些抵消性的影响,包括一位父亲般的雇主,他送给奥吉一套轻微磨损的"哈佛古典丛书"。奥吉把这些书保存在床底的木箱里,兴致来了便找出来埋头细读。后来他成了一位富裕的业余学者的研究助手。因此,虽然他从未上过大学,但他的阅读历险却以这样或那样的方式继续着。而他读的,都是严肃著作,即使以芝加哥大学的标准来衡量:黑格尔、尼采、马克思、韦伯、托克维尔、兰克[1]、布尔克哈特[2],更不要说希腊人、罗马人和早期基督教会的作者们。没有言情作家。

奥吉的哥哥西蒙胃口大,外表行为惹人注目。虽然西蒙不是市侩者,但他直指奥吉的阅读是他一个计划的主要障碍,这个计划就是奥吉应找个富家女来做老婆,到夜校读法律,然后成为他的煤炭生意的合伙人。为了顺应西蒙的要求,奥吉有一阵子过双重生活,白天在煤场工作,然后穿上盛装出入新富们的沙龙。

在西蒙的指导下,奥吉首次有机会品尝美好生活,尤其是昂贵酒店丝绸般的温暖舒适。"我可不想就这样被它的豪华压垮,"他写道。

> 但是……最后,它们(酒店那些附属物)才是伟大的——一个个有着从未间断的热水的浴缸,一台台巨大的空调机和精致的装置。不允许有相反的伟大,不以物尽其用来侍奉这伟大或不希望享受因而不用的人,才真叫人不安。(第656页)

不允许有相反的伟大。奥吉头脑够清醒也够实际,能认识到无论是谁,若否定伟大的美国酒店所体现的力量就

---

[1] 兰克(1795—1886),德国历史学家。
[2] 布尔克哈特(1818—1897),瑞士艺术史家。

会有使自己边缘化的危险,不管他可以从"哈佛古典丛书"中求助什么权威来支持他。奥吉以他正在写的东西并非一生的总结而是一份中期报告为理由,不愿站在某个立场来支持或反对芝加哥的酒店,支持或反对这些酒店所代表的那种未来。他还为这种相当于法律上的"无行为能力"辩护:"话说回来,任何一个人又如何做出某个反对并反对到底的决定呢?我们反而要问,他何时选择,他何时被选择?"(第656页)

奥吉的谨慎立场与亨利·亚当斯①在面对1893年芝加哥博览会时的态度差不多;亚当斯本人颇具反讽意味地求助于面对罗马废墟的爱德华·吉本的鬼魂:"芝加哥在1893年首次提出美国人民是否知道他们正朝着哪里前进的问题,"他写道。在他看来,答案似乎是他们不知道。然而,他们仍有可能朝着某个点"无意识地前进或漂流",这样他们就可以好好搞清楚目标。一个观察者最明智的立场——尤其是一个本人是美国人的观察者——是完全没有立场,仅仅是拭目以待。[2]

另一个近在奥吉咫尺的鬼魂——这可以从不祥的沉思冥想和无实质的语言的骤增看出来——是贝娄记录芝加哥生活的伟大先行者西奥多·德莱塞。在诸如嘉莉·米贝(《嘉莉妹妹》)和克莱德·格里菲思(《美国的悲剧》)这类人物身上,德莱塞为我们描绘简朴、充满渴望的中西部灵

---

① 亚当斯(1838—1918),美国历史学家,以自传《亨利·亚当斯的教育》闻名。

魂,天性既不好也不坏,像奥吉一样被吸入大城市奢华的轨道,并很快就发现来这里并不需要文凭,不需要古老血统,不需要教育,不需要口令,除了钱什么也不需要。

克莱德·格里菲思是一个德莱塞意义上的漂泊者:他没有选择他的命运,他的美国版悲剧,而是漂入其中。奥吉也有成为漂泊者的危险;一个讨人喜欢的青年,有钱女人都巴不得资助他在消费世界的冒险。如果使某个奥吉不同于某个克莱德的那一点儿差别——略为涉猎俄国小说和"哈佛古典丛书"——不足以抵挡大酒店的诱惑力,那么是什么使奥吉的故事不同于他那个时代任何别的孩子的故事呢?

对这个问题,贝娄仅提供一个普鲁斯特式的回答:这个以"我是一个生于芝加哥的美国人……卖力做我兴之所至让自己去做的事情,并将以我自己的方式做如下记录"(第383页)这段话来开始其故事,并以回忆他如何写这段话然后拿自己与哥伦布比较——"哥伦布也觉得自己是一个失败者……而这并不能证明美洲不存在"(第995页)来结束其故事的青年,并不是一个失败者,哪怕他想不出任何相反力量来对抗美国盲目的巨人症,他也不是失败者,因为已完成的回忆录本身已构成了这样的力量。贝娄断言,文学阐释生命的混沌,赋予生命意义。奥吉最初随时准备要被现代生活的各种力量拽着走,后来通过他"兴之所至"的做人宗旨来重新参与这些力量。我们从小说中了解到,奥吉这种随时奉陪的状态是用来反对漂泊生活方式之诱惑的装备更精良的状态,甚至比他自己所知道的更精良。

德莱塞的一个未被贝娄承接的元素,是决定论的命运机制。克莱德的命运是昏暗的,奥吉则不。克莱德经不起一两次不小心的滑倒,就终结在电椅上;奥吉则能够从他周遭种种险境中安全而完好地脱出。

当读者明白《奥吉·马奇》的主人公将过上总能逢凶化吉的生活时,小说便开始为其缺乏戏剧性结构、实际上还缺乏推理组织而付出代价。随着情节的推进,小说逐渐变得不够吸引人。小说的创作方法是逐个逐个场面描写,每个场面都以生动的场面布置的绝技开始,但渐渐显得机械化。用来描写奥吉有一阵子在墨西哥沉迷于一个试图训练一只鹰来抓鬣蜥的疯狂计划的大量篇幅,并没有增添多少东西,尽管作者在这些篇幅中大肆挥霍创作资源。奥吉在战时的主要越轨行为——遭鱼雷袭击后与一个疯狂的科学家被困于非洲海面的一艘救生艇上——简直就是漫画书的玩意。

这并不是说奥吉本人是一个知识上的低能儿。可以相信,他是一个哲学上的唯心主义者,甚至是激进的唯心主义者,对他来说世界是一个由互相联结的关于世界的理念构成的综合体,这些有关世界的理念千千万万,就像人类的头脑那么多。他相信,我们每个人都试图推行他或她自己的独特理念,并通过招揽其他人类在其中扮演一个角色来推行。奥吉在这半辈子中总结出来的法则是拒绝被招揽进别人的理念。

他自己的世界模式形成于那种想简化的迫切性。在他看来,现代世界以其劣质的无限性使我们不胜负荷。"一切都太多……太多历史和文化……太多细节,太多新闻,太多榜样,太多影响……该由谁来解释?我?"(第902页)他对一切都太多的反应是,首先,"成为我所是的";(第937页)其次,买地、结婚、安顿下来、教书、在家中做些木匠活、学修车。就像一位朋友所说的:"祝你好运。"(第905页)

按贝娄自己的说法,他写作《奥吉·马奇》时非常投入,而从开头数百页看,他兴奋的创作状态是可感可触的。读者被那大胆、高速、旺盛的散文所激动,被那一个个随手拈来轻易抛出的传神字眼所振奋("卡拉斯,穿着一套雪克斯金细斜纹呢西装,上衣双排纽扣,其外貌表明在剃须和梳头上的种种难度都被他绝妙地智胜")。(第498页)自马克·吐温以来,未见过有哪位美国作家以如此的热情处理俗语。该小说以其多样性、其骚动的能量、其对规矩的不耐烦而赢得读者的好感。尤其是,它似乎向美国大声说"是!"

如今,回顾起来,可以看出那个"是!"是需要付出代价的:批判意识的代价。《奥吉·马奇》在一定程度上代表贝娄那一代人趋于成熟的故事。但奥吉在多大程度上代表那一代人呢?他与左翼学生一块混,他读尼采和马克思,他成了工会组织者,他甚至动过在墨西哥当托洛茨基保镖的念头,然而世界更广大的画面几乎未引起他注意。战争爆发时,他惊呆了。"砰!战争爆发……我疯了,我恨敌人,我想赶快去打仗。"(第905页)他对当下的迷恋是在什么时候变成蠢行的呢?

美国文库这个版本,提供了十五页由詹姆斯·伍德①执笔的注释。这些注释对《奥吉·马奇》特别有用,因为这部小说充满五彩纸屑似的人名和典故。伍德澄清了奥吉众多一笔带过的指涉,但仍有众多指涉未被伍德触及。例如那个被其哭泣的姐妹们推上马,奔赴波哥大学习希腊语的人是谁?(第477页)利马那个把虫胶吹入水管除锈的大使是谁,以及是哪一国大使?(第658页)

贝娄在差不多早十年的战时所著的《晃来晃去的人》是一部以日记形式写的中篇小说。日记作者是一个叫作约瑟夫的芝加哥青年,一个待业的历史系毕业生,由其有工作的妻子供养。约瑟夫利用日记来探讨他怎样变成现在这个样子,尤其是用来阐述他约一年前放弃正在撰写的哲学文章而开始"晃来晃去"的缘由。"晃来晃去"这个词,在当时的俚语中,是指处于等待征兵局通知的悬着状态,但贝娄赋予它一种更丰富的存在主义的意义。

日记作者约瑟夫现时的情况,与他过去那个热忱、纯真的自我之间的鸿沟似乎如此大,以至他有时候觉得自己是早前那个约瑟夫的替身,穿着他弃用的外衣。早前那个自我仍能在社会上活动,仍可以在旅行社的工作与学术追求之间维持平衡。然而即使是那时,就已有一些令人不安的征兆,感到自己疏离这世界。他常常会从窗口审视城市景观——烟囱、货仓、广告牌、停泊着的车辆。难道这不是扭

---

① 伍德(1965—),现时美国最著名的小说批评家。

曲心灵的环境吗?他会问自己:"哪里有一丁点儿人类在别处或在过去被称道的东西?……要是歌德从这个窗口望出去,他会说什么呢?"(第55页)

日记作者约瑟夫说,在1941年的芝加哥,有人竟会沉浸于这类堂皇的考索,似乎有点滑稽,然而我们大家身上都含有一个怪人的元素。把这类哲学思考讥为滑稽,他实际上是在否定自己那更好的自我。

虽然在理论上早前的约瑟夫准备接受人的天性是进攻性的,但是当他凝视自己的内心他能够觉察到里边只有温柔。他的一个较不切实际的抱负,是创立一个乌托邦殖民地,在那里怨恨和残暴将被禁止。因此,最使后来的约瑟夫感到失望的一个发展,是他发现自己正被一阵阵突如其来的,与其天性相悖的暴力接管。他对其青春期的侄女发脾气,打她的屁股,使她的父母震惊。他粗暴地推搡房东。他对银行职员大喊大叫。他觉得自己"像一个人肉手榴弹,保险栓已拉开"。(第107页)他到底怎么了?

一位艺术家朋友试图说服他相信他周围这座怪兽城市不是一个真实世界:真实世界是艺术和思想的世界。理论上约瑟夫准备尊敬这个立场,以及正视它有利的作用:通过与其他人分享他的想象力的成果,艺术家使孤独个体的总和变成某个社群。但他,约瑟夫,不是艺术家。他的潜能是做一个好人。然而,像他现时这样生活,"孤立、疏离、怀疑",他也完全有可能是在坐牢。(第65页)在牢房里做一个好人有何意义?善良必须在与人为伴时实行;善良必须得到爱的照料。

在一个强有力的段落,他把自己暴力的爆发归咎于现代生活令人难以忍受的重重矛盾。我们被洗脑,相信我们每个人都是一个具有无可估量的价值的个体,有自己的命运,相信我们可以获取的东西是无限的,于是我们每个人都出发去追求个体的伟大。不可避免地,我们都找不到它。接着,我们开始"无节制地憎恨和惩罚我们自己,无节制地彼此惩罚。对落后的恐惧追随着我们,使我们疯狂……它制造一种黑暗的内心气候。时不时总会有一场憎恨和伤害的风暴从我们体内倾巢而出"。(第63页)

换句话说,启蒙运动,特别是启蒙运动的浪漫主义阶段,通过把人推上宇宙中心的宝座而对我们施加不可能的心灵要求,这些要求自己生效,不仅见诸像他自己这样的一次次小发作的暴力,或像通过犯罪来追求伟大这样的一些道德偏移(例如陀思妥耶夫斯基的拉斯科尔尼科夫),而且可能见诸吞噬世界的战争。这就是为什么,日记作者约瑟夫在一次具有悖论意味的行动中,终结他的反思,搁下他的笔,应征入伍去了。他相信,倍增的孤立——个人主义意识形态的孤立,然后是自省的孤立——已使他濒临疯狂的边缘。也许战争将使他学习到他从哲学学习不到的东西。他以这样的呐喊来结束他的日记:

为规定时间欢呼!

为精神监督欢呼!

兵营化万岁!(第140页)

约瑟夫把仅仅是自我迷恋的个体例如他这种跟自己的

思想做斗争的人,与艺术家区别开来,后者通过想象力那造物主式的天赋,把个人的小麻烦变成普遍性的问题。但是,尽管约瑟夫私底下的斗争被伪装成仅供他自己看的日记记录,其真面目却昭然若揭。因为,在日记中有很多篇幅——大部分是城市风景的描绘,或对约瑟夫遇见的人的勾勒——其强烈的措辞和隐喻方面的发明,都暴露了它们是富有诗意的想象力的产品,不仅大声呼唤读者,而且把双臂伸向读者和创造读者。约瑟夫也许会伪装他希望我们把他视为一个失败的学者,但我们知道,如同他也一定觉得的,他是一个天生的作家。

《晃来晃去的人》省思的多,行动的少。它在正式的中篇小说与个人随笔或自白之间占据一个不确定的位置。各样人物上台与叙述者交谈,但是恰当地说,除了粗略体现于约瑟夫身上的两重角色外,几乎没有人物。在约瑟夫这个人物背后,可以辨认出果戈理和陀思妥耶夫斯基笔下那些思考如何复仇的寂寞受辱的小职员;萨特《恶心》中那个经历一次离奇的形而上学危机并因此与世界疏离的学者洛根丁;还有里尔克《马尔特手记》中孤独的青年诗人。在这本薄薄的处女作中,贝娄仍未发展一个合适的载体来写他正摸索要写的那种长篇小说,那种长篇小说将提供长篇小说典型的满足感,包括描写令人觉得如同发生在真实世界中的真实冲突,却又使作者可以无拘束地利用他对欧洲文学和思想的阅读来探讨当代生活及其不如意。在贝娄的演变中,这一步要等到《赫索格》(1964)才抵达。

中篇小说《受害者》中的阿萨·利文撒尔也许是,也许不是受害者。他是曼哈顿一份小贸易杂志的编辑,在工作时必须忍受人们漫不经心的反犹主义带给他的刺痛。他深爱的妻子则不在城里。

有一天,利文撒尔在街上感到自己正被注视。一个男人走近他,跟他打招呼。他模模糊糊想起这个男人的名字:阿尔倍。为什么他迟到了,阿尔倍问道——难道他忘记他们约好见面?利文撒尔根本想不起有这回事。那为什么他会在这儿呢?阿尔倍问道。(一而再地,阿尔倍用这类符合逻辑的柔道袭击利文撒尔。)

阿尔倍骗倒了利文撒尔之后,便开始讲述一件冗长的往事:阿尔倍安排利文撒尔接受他的(阿尔倍的)上司面试,在面试期间利文撒尔的行为举止(刻意地,阿尔倍说)侮辱了阿尔倍的上司,导致阿尔倍丢掉工作。

利文撒尔模模糊糊地想起这件事,但否认这次面试是一次针对阿尔倍的阴谋。他说,如果他拂袖而去,那也是因为阿尔倍的上司显示出没兴趣聘用他。

然而,阿尔倍说,他现在失业,无家可归,睡在供流浪者投宿的廉价客店。那么,利文撒尔打算怎样了结这件事呢?

于是开始了阿尔倍对利文撒尔的迫害——或者说利文撒尔觉得是迫害。利文撒尔顽强地抗拒阿尔倍的指控,后者宣称自己被冤枉,因此前者欠他一个说法。这抗拒,都是从内心进行的:作者没有给予我们任何有帮助的暗示,暗示他站在谁一边,两人之中谁是受害者,谁是迫害者。作者也没有给我们发出道德领域的指引。利文撒尔是在谨慎地抗拒被骗上当吗,抑或他是在拒绝接受我们每个人都是我们的兄弟的看护人?为什么是我?——这是利文撒尔的唯一呐喊。为什么这个陌生人怪罪我、憎恨我、想从我这里得到补偿?

利文撒尔宣称他双手是干净的,但他请教朋友时,他们都不那么肯定。他当初为什么跟一个像阿尔倍这样的讨厌鬼胡混呢?他们问。他在对待自己与阿尔倍交往的动机时,是否完全诚实?

利文撒尔想起他第一次与阿尔倍在一个派对上相遇。一个犹太女郎唱了一首民谣,阿尔倍跟她说,她应当试试唱赞美诗。"要是你天生不会唱(美国民谣),努力去唱是没用的。"(第174页)他,利文撒尔,在那一刻是否无意识地把阿尔倍视为反犹者,并决定还他颜色?

利文撒尔带着沉重的心,提出让阿尔倍在他寓所暂住。他们的共居是一场灾难性的失败。阿尔倍的个人习惯很邋遢。他偷看利文撒尔的私人文件。(阿尔倍:要是你不信任我,为什么不锁好抽屉?)利文撒尔忍无可忍,猛击阿尔倍,但阿尔倍一再向后跃。

阿尔倍教导利文撒尔,他说利文撒尔应该明白尽管自己是犹太人,也即我们都必须悔过然后重新做人。利文撒尔怀疑阿尔倍的诚实,并坦白告诉他。你怀疑我是因为你是犹太人而我不是,阿尔倍答道。但为什么是我?利文撒尔追问。"为什么?"阿尔倍答道。"有很多好理由;世界上最好的……我是在给你一个公平的机会,利文撒尔,让你做正确的事。"(第328页)

有一天晚上回家,利文撒尔发现门锁死了,阿尔倍和一个妓女在床上——不仅是在床上,而且是在利文撒尔床上。利文撒尔的怒气令阿尔倍觉得很逗,"如果不是在床上,还会在哪里？也许你有某种别的方式,更精致,不一样。你们这类人不是老宣称你们与别人一样吗？"(第362页)

谁是阿尔倍？一个疯子？一个深藏不露的先知？一个施虐狂,随便挑选其受害者？

阿尔倍有自己的说法。他说,他就像那个大平原印第安人,在铁路到达时预见他那古老生活方式的终结。他决定加入新制度。犹太人利文撒尔,新优等民族的成员,必须为他在未来的铁路上找到一份工作。"我要从马背上下来,去做一个列车长。"(第329页)

由于妻子即将回来,利文撒尔命令阿尔倍另找住处。半夜里,他醒来,发现寓所充满煤气。阿尔倍试图在厨房用煤气自杀未遂。

阿尔倍从利文撒尔的生命中消失。多年过去了。利文撒尔渐渐摆脱了自己"做错事而未受惩罚"的感觉。(第372页)他自忖,不需要有任何内疚感。阿尔倍无权嫉妒他的好工作,他的快乐婚姻。这类嫉妒是基于一个虚假的前提,也即我们大家都得到一个承诺。但上帝或国家都未曾给予我们大家这样一个承诺。

接着,有一天晚上,他在剧院碰见阿尔倍。阿尔倍正在殷勤伴护一个过气的女演员；他身上散发酒味。我已在火车上找到工作,阿尔倍告诉他,但不是做列车长,而是做乘客。我已能顺从"无论谁指挥"。"你说的谁指挥是什么意思?"利文撒尔问道。(第 379 页)但阿尔倍已消失在人群中。

贝娄的柯比·阿尔倍是一个极有创意的人物,滑稽、可悲、令人厌恶,而且叫人害怕。有时候他的反犹似乎因其率直坦荡而显得亲切;有时候他似乎被他自己对犹太人的丑化接管了,一个反犹者现在就生活在他体内,通过他的口说话。你们犹太人正在接管世界,他嚷道。我们穷苦美国人无事可做,只能为自己找到一个寒酸的角落。为什么你们要如此加害于我们?我们可曾伤害过你们?

阿尔倍的反犹主义还有一个突然转折,冒出一个美国贵族。"你知道吗,我的一个祖先是温斯罗普总督①,"他说,"难道这(也即难道目前这局面)不荒唐吗?这实际上就是卡利班②的后代在统管一切。"(第 259 页)

尤其是,阿尔倍恬不知耻,病菌似的,不干净。就连他巴结时也惹人厌。让我摸摸你的头发,他恳求利文撒尔——"它就像动物的毛发。"(第 323 页)

利文撒尔是一个艰难环境下的好丈夫、好叔叔、好兄弟、好职员。他开明,他不惹是生非。他想成为美国主流社会的一分子。他父亲不在乎非犹太人对他有什么看法,只要他们还账。"那是他父亲的观点。但不是他的。他不接受这观点,避之唯恐不及。"(第 232 页)他有社会良心。他意识到,尤其是在美国,一个人是多么容易沦为"迷途者、

---

① 温斯罗普,共有三个,都是英属康涅狄格州殖民地总督。
② 莎剧《暴风雨》中的奴仆。

社会弃儿、失败者、微不足道者、没落者"。(第158页)他甚至是一位好邻居——毕竟,阿尔倍的非犹太朋友们都不打算收留他。对这样的人,还要他做什么呢?

答案:一切。《受害者》是贝娄最陀思妥耶夫斯基式的小说。情节取材自陀思妥耶夫斯基的小说《永恒的丈夫》,小说中一个男人曾与一个女人偷情,多年后女人的丈夫突然走过来跟他搭讪,其含沙射影和要求愈来愈难以忍受地强烈。但贝娄不止在情节上承袭陀思妥耶夫斯基,也不止讨厌鬼这个主题相似。《受害者》的整个精神也是陀思妥耶夫斯基式的。我们井然有序的生活的支撑,随时会坍塌;非人的要求会毫无警告地突然降临我们,并且是来自最意想不到的角落;抗拒是自然不过的(为什么是我?);但如果我们要得救,我们别无选择,必须放下一切跟着走。然而,这种基本上是宗教性的言辞,却由一个令人憎恶的反犹者说出。利文撒尔畏缩,也就不足为奇了。

利文撒尔的心灵并不是封闭的;他的抗拒并不彻底。他认识到,我们大家身上都有某种东西在与日常的麻木搏斗。在与阿尔倍共处时,在某些瞬间,他感到自己到达一个点上,想逃离自己的旧身份的牢狱,用崭新的眼光来看世界。有时候,他心中某个区域似乎闪过某种预兆,至于这是心脏病还是某种较振奋的东西的预兆,他说不清楚。有一刻,他望着阿尔倍,阿尔倍也望着他,他们完全有可能是同一个人。另一刻——在贝娄最擅长的轻描淡写的笔下——我们竟然有点相信,利文撒尔已濒临彻悟。但接着,无比的疲乏便压倒他。他实在承受不了。

回顾写作生涯,贝娄往往贬低《受害者》。他曾说,如果《晃来晃去的人》是他作为作家的文学士学位,那么《受害者》就是他的哲学博士学位。"我还在学习,建立我自己的文凭,证明一个来自芝加哥的青年有权引起世界的注意。"[3]他太谦逊了。《受害者》差些许就可以与《毕利·巴德》①一起,跻身美国最佳中篇小说之列。如果说它有什么弱点,那么这弱点也不在于实行,而在于野心。贝娄完全有能力把利文撒尔塑造成一个十足的重量级知识分子,与阿尔倍(以及与阿尔倍背后的陀思妥耶夫斯基)就要求人们忏悔的基督教模式之普遍性展开辩论。但他没有这样做。

(2004)

原注

[1] 索尔·贝娄《长篇小说1944—1953》(纽约:美国文库,2003)。

[2] 《亨利·亚当斯的教育》(纽约:现代文库,1993),第343页。

[3] 1979年访谈,见《索尔·贝娄谈话录》,格洛丽亚·L.克罗宁、本·西格尔编(杰克逊:密西西比大学出版社,1994),第161页。

---

① 梅尔维尔小说。

阿瑟·米勒：《不合时宜者》

《不合时宜者》(1961)由多位富有创造力的知名人士合力制作。电影是根据阿瑟·米勒的原创电影剧本拍摄的。约翰·休斯顿执导；玛丽莲·梦露和克拉克·盖博主演，后来证明这也是他们最后主演的重要角色。虽然影片在票房上并未取得巨大成功，却继续留在受批评家青睐的边缘，而它确实也值得继续受青睐。

情节很简单。一个女人，罗斯莲，前往内华达州雷诺市，准备迅速办理离婚。她结识一群兼职牛仔，并与他们进入沙漠，做一次诱捕野马的短途旅行。她在那里发现这些野马将不是要用来骑，而是要用来做宠物粮食。这个发现加速她与这些男人之间互信的破裂，一次电影仅以最局促和最难以令人信服的方式拼凑而成的破裂。

除了结局，电影剧本是很出色的。米勒是在一个悠久的文学传统的末端写这个电影剧本的，该传统是省思美国西部边疆开拓到尽头，以及这个尽头对美国心灵产生的影响。在马克·吐温《哈克贝里·费恩历险记》的结尾，哈克仍可有一条后路，就是投奔这些领土，以逃避文明（而内华达，在十九世纪四十年代的哈克的童年时代，就是这样一块领土)。在大约一百年后,米勒的牛仔们被困在合众国诸州内,再无路可走。其中一个牛仔盖伊(克拉克·盖博饰)已变成一个诈骗离婚女人的舞男。另一个牛仔珀西(蒙特哥马利·克利夫特饰)靠充当骑术表演者糊口。第三个牛仔吉多(埃利·沃勒克饰)则展示边疆地区男性同性交往的黑暗面,也即邪恶的厌女症。

这些,就是米勒笔下的不合时宜者,他们要么无法过渡到现代世界,要么以一种丢脸的方式来应付这次过渡。对三个人物所做的"圆形"刻画,在电影中是罕见的,而这是米勒熟练的专业编剧技巧的结果。

但是不用说,米勒的标题含有另一层反讽的意义。如果这些牛仔在艾森豪威尔执政的美国是不合时宜者,那么内华达的野马就更是如此。它们曾经有数万之众;现在,只剩下少数几群在山中出没,几乎不值得去加以利用。它们已从边疆的自由的化身,变成一种过时现象,一些在机械化文明中毫无用武之地的动物。它们的命运是遭到人们从空中驱赶和捕猎;如果它们不是实际上遭人们从空中射杀,那也只是为了避免它们的肉在屠马者开来冷冻货车把它们运走之前就已变质。

接着,不用说罗斯莲(玛丽莲·梦露)也是不合时宜者,只不过这种不合时宜不那么容易界定罢了,而这也正是这部电影的创作核心。米勒当时已经与梦露结婚,虽然婚姻在拍这部电影期间破裂;罗斯莲这个角色,令人怀疑是围绕着梦露来塑造的,或围绕着米勒对梦露内心世界是什么或可能是什么的理解来塑造的。在某些较令人印象深刻的场面,米勒和休斯顿无非是创造一个空间让梦露去把自己表演出来,在电影中创造她自己。

这里,反讽尤其深刻,因为梦露既是好莱坞明星制度为她度身定做的"笨美人"的体现,同时又与该制度做斗争。更复杂的是,要在罗斯莲这个角色难以捕捉的魅力与那个忧烦的女演员慵懒、由镇静剂诱发的好脾气之间做出区别,并不总是容易的。

这方面的主要场景,发生在电影开始后约三十分钟。罗斯莲一直在与吉多跳舞,盖伊和罗斯莲的老朋友伊莎贝尔则在一旁观看。罗斯莲很迷人,充满活力;但不管她进一步发出什么讯号,吉多总是误读它们。对他而言,这场舞是一次性欲上的求爱;但罗斯莲总是以一种已不只是羞羞答答的方式回避他。最后,她跳着舞离开房子,进入黄昏阳光中("小心!"盖伊喊道。——"那里没有台阶!")并继续绕着一棵树的躯干跳舞,然后半裸着身体陷入昏迷。

对罗斯莲中了什么邪,盖伊的了解并不多于吉多,但他总算懂得阻挡吉多。两个男人,还有伊莎贝尔,站在那里困惑地望着,而罗斯莲——我们事后从历史角度看,可以分辨出她这时很可能是梦露本人,或至少是阿瑟·米勒的梦露——则做她的事情。

罗斯莲-梦露的事情是什么?这是一种有点像现成廉价版的忧惧,而这必须归咎于左岸咖啡馆的存在主义。但另一方面,这也与抗拒各种高度聚焦以至高度系统化的性欲模式有关,这些模式不仅被好莱坞和媒体广为传播,而且被学术界的性学大肆渲染。罗斯莲跳着舞进入一种难解的和——从电影其余部分来看——无人分享的感官享受,而这种感官享受是吉多的性捕食和盖伊旧式练达的礼貌都没法做出恰当反应的。

另一个令人难忘的场面是影片临结尾时,罗斯莲终于完全明白到这些男人一直在向她撒谎,明白到归根结底他们更在乎他们参与其中的男子汉伟业——捕捉那些可怜的野马——而不是在乎她,明白到恳求以至贿赂都无济于事。她在绝望和愤怒中离开这些男人;她对他们的冷酷无情尖叫、咆哮和哭泣。在一个较普通的导演手中,这个高潮时刻——当罗斯莲明白一切真相,知道作为一个女人和作为一个人,她都是孤单的——似乎是一个采取旧式手法来拍摄的好机会:例如激烈的特写镜头,例如交叉剪接,使脸变成愤怒的脸。休斯顿的处理恰恰与这些传统手法相反。摄影机停留在男人们这边;罗斯莲在远处,几乎被广大的沙漠背景吞没;她的声音沙哑;她的话时断时续。那效果是令人不安的。

但是,最难以从脑中抹去的场面——那些长长的连续镜头的场面——是涉及那些野马的场面。

当今任何涉及有动物参与演出的电影——至少在西方制作的电影——的片头片尾说明中,都会向观众保证动物没受过任何苦,保证看上去似乎是受苦的画面其实是经过巧妙的电影技术处理过的。这类保证,大概是动物权利组织向电影业施加压力的结果。

在 1960 年,情况并非如此。被用于拍摄《不合时宜者》的马,都是野马;我们在银幕上看到的疲惫、痛苦和恐怖,是真实的疲惫、痛苦和恐怖。马不是在演戏。它们是真马,休斯顿及其制作人员正在利用它们的力量、美和忍耐;利用它们对敌人也即人做出反应时的不屈精神;利用它们实际上看上去的样子和它们在西部神话中被看成的样子:荒野中不驯的动物。

这一点值得强调,因为它使我们更了解电影作为具象媒介的核心。电影,或至少可以说,写实电影的视觉组成部分,并不是通过中介性的象征符号来发挥作用的。当你在一本书中读到"他的手碰她的手"时,那不是一只真实的手碰一只真实的手,而是一只手的概念碰另一只手的概念。而在电影中,你所看到的是一度真实发生过的事情的视觉记录:一只真实的手接触另一只真实的手。

在有关色情刊物的辩论已寿终正寝之际有关摄影媒体的色情作品的辩论依然炽烈的一个原因是,摄影被认为是——而且确实也是——真正发生过的事情的记录。表现在影片中的事情,确实是在过去某个时候由真实人物在摄影机面前做过的。包含这一刻的那个故事可能是虚构的,但事件却是真实的,它属于历史,属于一段电影每次放映都会重现的历史。

尽管自二十世纪五十年代以来电影理论使尽聪明,想把电影当作是另一个符号系统,但是摄影影像有些东西仍然是不可动摇地不同的,也即它本身包含或带有真实的历史性过去的痕迹。这就是为什么《不合时宜者》围捕野马的镜头如此令人不安:一方面,是摄影机镜头视野外,一帮牧马人和导演和作家和音响技工合力要使野马进入一部叫作《不合时宜者》的虚构作品预先为它们安排好的位置；另一方面，是在镜头面前的几匹野马，它们根本无法区分演员和特技演员和技工，它们既不知道也不想知道著名的阿瑟·米勒写了一个电影剧本，在电影剧本中它们是或不是——这是一个见仁见智的问题——不合时宜者，它们从未听说过西部边疆已发展到最后阶段，但它们此时此刻正以一种最具创伤的方式用肉体经历这个阶段。野马是真实的，特技演员是真实的，演员是真实的；全都是真实的，在此时此刻，参与一场可怕的搏斗，在搏斗中那些男人要使野马服从他们的目的，野马则想远远跑开；那个金发女人时不时尖叫和大喊；这一切全都真实发生；而现在它在这里，准备在我们面前做第一万次重演。谁敢说这只是一个故事？

(2000)

菲利普·罗斯:《反美阴谋》

1993年,出现一本以"菲利普·罗斯"之名写的书,叫作《夏洛克行动:一个告白》。它除了是对似乎已被约翰·巴思和超小说作家们划定的领土发动的一次令人目眩的突袭外,还描写以色列与其犹太人散居者的关系。《夏洛克行动》被当作一位叫作菲利普·罗斯的美国作家的作品(然而在书中,有两个这样的菲利普·罗斯),他承认自己长期秘密协助以色列情报部门。我们也许可以选择把这个告白当真。另一方面,这个告白可能是一部更大的小说的一部分,这部更大的小说是《夏洛克行动——一个告白:一部长篇小说》。哪一种解读才是更正确的解读呢?该书结尾《给读者的说明》似乎应允一个答案。该说明以"这本书是一部虚构作品"开始,以"这个告白是假的"结束。换句话说,我们置身于"克里特说谎者"①的领域。[1]

如果罗斯又想又不想人们把这本有关以色列的书当作一个谎言、一个发明来读,那么他这部关于美国的新书——此书也包含一个相似的"说明",开头说"《反美阴谋》是一

---

① 克里特人被认为好说谎。

部虚构作品"——是不是应以同样方式来解读,也即把它的真实状态搁置?在一定程度上,不可以;应该说,显然不可以。《反美阴谋》的情节不可能是真实的,因为大家都知道书中涉及的很多事件都从未发生过。例如在1941年至1942年白宫并没有一位查尔斯·林德伯格总统执行来自柏林的秘密命令。然而,罗斯连篇累牍地编造这个有关美国受纳粹支配的幻想故事,也显然不仅仅是一种文学活动。那么,他的故事与真实世界的关系是什么?他这本书是"关于"什么的呢?[2]

罗斯的林德伯格总统喜欢一种以清脆干净的宣言式句子为基础的雄辩风格。他的政府实施一些邪恶计划,却使用了令人放心的名目例如"老百姓"和"家园42"(不妨比较一下"国土安全""《爱国法案》")。总统背后暗藏着一位副总统,他是一个理论家,迫不及待地要操纵权力的控制杆。林德伯格总统职位与乔治·布什总统职位之间的相似性,是抹不掉的。那么,罗斯这部描写法西斯统治下的美国的小说,是"关于"小布什统治下的美国吗?

小说出版时,罗斯便采取措施阻止人们做这样的解读。"有些读者会想把这本书当作描写美国当下时刻的真人真事小说,"他在《纽约时报书评》上写道,"这将是一个错误……对这两年(1940—1942),我不是在假装感兴趣——我是真的感兴趣。"[3]

这个免责声明听上去毫不含糊,也确实如此。然而,一个像罗斯这样富有经验的小说家,知道我们着手要去写的故事有时候会自己写起来,这之后,是真是假便不在我们掌控之中,作者的意图也失去作用。此外,一本书一旦问世,便成为读者的财产,读者只要有半个机会,就会忙不迭地按自己的先入之见和愿望扭曲其意义。罗斯再次清楚这点:在同一篇发表于《纽约时报书评》的文章中,他提醒我们,虽然弗朗茨·卡夫卡并不是把小说当成政治寓言来写,但是共产党统治下的东欧人却把这些小说当成政治寓言来读,并把它们用于政治目的。

最后,我们会注意到,这并不是罗斯第一次邀请我们思考领导人怎样带领人们陷入法西斯主义。在《美国牧歌》(1997)中,主人公的父亲在观看电视上的水门事件听证会时,对理查德·尼克松周围的圈子提出自己的看法:

> 这些所谓的爱国者……会把这个国家变成纳粹德国。你知道《不能让它发生在这里》那本书吗?那是一本奇妙的书,我忘了作者是谁,但那个想法实在太适合形容当前的情况了。这些人已把我们带到某种可怕的边缘。[4]

小说中提到的那本书,是如今已几乎难以卒读的《不能让它发生在这里》(1935),辛克莱·刘易斯在书中想象美国政府被极右派和民粹主义混合起来的不稳定势力所接管。刘易斯用来作为法西斯主义总统的模型人物,不是林德伯格,而是休伊·朗格。

用任何理智的角度解读,《反美阴谋》都只是一部最外围意义上的"关于"乔治·布什总统执政的小说。除非是妄想狂读者,否则不会把它当成一部二十一世纪初真人真事的小说来读。然而,《反美阴谋》所描写的主题之一,恰恰是妄想狂。在罗斯的故事中,来自上层的阴谋——它首先是针对美国犹太人的阴谋,最终是针对美国共和政制的阴谋——其操作是如此狡诈,以致明智之士最初都看不出。那些认为这是阴谋的人,都被斥为神经病。

罗斯这部虚构历史作品,开始于1940年,趁着一场旨在阻止美国卷入新爆发的欧洲战争的运动的势头,飞行员查尔斯·林德伯格在总统竞选中击败罗斯福。很多人对一位著名的纳粹同情者当选感到恐惧。但是,由于新总统成功地维持美国的和平与繁荣,反对力量逐渐收缩。罗斯福退隐,默默舔其伤口。首批针对犹太人的法律获通过,并没有引起大声抗议。

抵抗活动却是围绕着一个不大可能的中心形成。新闻记者瓦尔特·温切尔一周复一周,利用其电台节目炮轰林德伯格。除了犹太人社区,没有什么人支持温切尔。《纽约时报》批评他激烈的长篇大论,指责它们"品味成问题",并称赞那些迫使他离职的广告商。温切尔做出反应,谴责《时报》的老板们是"极端文明化的卖犹者"。在被剥夺了唯一的媒体平台之后,温切尔宣布自己将竞争1944年民主党总统候选人提名。然而,在林德伯格的腹地举行的一次集会上,他遭暗杀。在追悼会上,费奥雷洛·拉瓜迪亚[①]对

---

① 拉瓜迪亚(1882—1947),美国参议员。

着灵柩发表了一篇马克·安东尼①式的演说,充满尖锐的讽刺。林德伯格做出反应,爬上其飞机,飞入蓝天,从此销声匿迹。(第240页、第242页)

林德伯格失踪后,事态先是恶化,然后才好起来。他的副总统和继任人伯顿·惠勒是一个极端主义者。在惠勒任期内,曾出现过短暂的恐怖统治。发生暴动;犹太人和犹太商店成为袭击目标。偏偏只有安妮·莫罗·林德伯格高声抗议,并立即被联邦调查局带走,实行保护性拘留。人们开始谈论美国会向加拿大宣战,因为加拿大为那些逃出其强大南方邻国的犹太人提供庇护。

接着,国家开始步上正轨。抵抗运动促使诸如拉瓜迪亚和辛克莱·刘易斯的妻子(她是刘易斯写作《不能让它发生在这里》背后的精神力量)多萝茜·汤普森这样的政治人物与各阶层的正派美国人团结起来。在1942年11月份一次不平凡的总统竞选中,罗斯福重返白宫,日本偷袭珍珠港。从而,历史之船——也即美国历史之船——在迟了刚好一年之后,重返其惯常的航线。

二十世纪四十年代是通过一个叫作菲利普·罗斯的年轻人的眼睛传达给我们的。这个菲利普·罗斯生于1933年,其性情平和而快乐,而这源自他是"一个美国孩子,有一对美国父母,在一所美国学校读书,住在一座美国城市,生活在一个与世界和平相处的美国"。然而,随着林德伯

---

① 安东尼(公元前83—前30),古罗马统帅。

格的计划逐步实施,年轻的菲利普不得不逐步吸取一个教训,这个教训很可能是其作者写作事业的核心,也即我们从历史书中所了解的历史,是真实历史的审查版和驯化版。真实历史是无法预料的,有"无情的不可预见性"。"不可预见性的恐怖,正是历史科学所遮掩的。"就其记录"无情的不可预见性"闯入一个孩子的生命而言,《反美阴谋》可以说是一本历史书,但这本历史书是幻想型的,有它自己的真实性,这也是亚里士多德在谈到诗歌比历史更真实时心中所想到的真实性——之所以更真实,是因为它有能力以典型方式浓缩和表现多种多样的事物。(第7页、第113页、第114页)

菲利普的父亲赫尔曼·菲利普——他的真实生活的化身,已被他儿子在《遗产》(1991)中颂扬过了——是一个具有优异质素的人,其对美国民主的忠诚比书中任何人都更热烈,或者可以说更浪漫。赫尔曼竭尽所能保护其家人,抵挡来势汹汹的风暴;但为了不使家人从家乡纽瓦克重新安排到偏僻地区(这正是"家园42"计划的目的——隔离犹太人),他不得不辞掉推销保险的工作,在生产市场上夜班,搬运板条箱;而即使是在那里,他仍不安全,仍受到联邦调查局特工麦科克尔的威胁。

目睹父亲对抗国家却又无能为力,这成为菲利普一次精神崩溃的导火索。这场危机开始时,只是轻微的不良行为,通过异化表现出来("她是别人,"他自忖道,望着母亲——"大家都是"),最后演变成离家出走,在一所天主教孤儿院寻求庇护。他对离家出走的意义是颇清楚的。"我

不想与历史有任何关系。我想尽可能活得像一个最起码的男孩。"(第194页、第232页)

菲利普的崩溃,是以轻描淡写处理的——尽管空气中充满威胁,但小说的音调却是喜剧性的。他的出逃所表达的,更多是对家庭和遗产的恐惧而非厌恶。罗斯的第二自我之一内森·朱克曼过去曾暗示说,服从、尽职的儿子罗斯是一个冒名顶替者,而且——更糟糕——是一个沉闷的冒名顶替者,而真实的罗斯则是那个首次在《波特诺的怨诉》(1969)中露面的狡猾、猥亵的反抗者。《反美阴谋》实际上是在回应朱克曼,为更孝顺、"平民"的罗斯提供一个家谱。[5]

然而,林德伯格,以及林德伯格所代表的东西——美国心灵中出现的一切最丑陋和胡作非为的事情的许可证——却迫使菲利普成长得太快,太早失去其童年幻想。长远而言,这种骤然从童年苏醒过来的经验,对菲利普产生什么影响?在某种意义上,这个问题是不成立的。由于罗斯的小说终止于1942年,因此我们看不到九岁以后的菲利普是什么样子的。但是,如果作者菲利普·罗斯的本意是描写一个虚构的孩子,那孩子唯一的存在是在一部小说的书页间,则他就不会把那孩子称作菲利普·罗斯,其出生年份与他相同,其父母姓名也与他父母姓名相同。在某种意义上,那个我们读到其童年生活的年轻人菲利普·罗斯,其生命在那个六十年后不只讲述而且撰写该孩子的故事的菲利普·罗斯的生命中继续着。

也就是说,在某种意义上,我们正在读的,不只是在二十世纪四十年代觉悟起来的那一代人中一位具有代表性的美国犹太孩子的故事——尽管这里是一个二十世纪四十年代的反常版——而且是在读真实的、历史的菲利普·罗斯的故事。揣摩一下可以在哪种意义上断定真实的菲利普·罗斯仍留着那个孩子菲利普饱受蹂躏的童年的痕迹，也许有助于我们回答一个问题，也即这本书，这部虚构作品，到底在讲什么？

一旦我们审视菲利普留着不管是什么的痕迹，这些痕迹都显得更加怪异。君特·格拉斯的《铁皮鼓》主人公奥斯卡·马策拉特心里或身上承载着比菲利普更明显的证据，证明他不想与历史有任何关系。奥斯卡维护童年的权利，不是通过躲避历史，因为躲避历史是不可能的，甚至也不是通过躲进孤儿院，而是通过停止成长，而这——在某种意义上——是办得到的。但是，奥斯卡与之冲突的历史，第三帝国的历史，并不是某种抽象的"不可预见"的事情：它是真实发生过的，为共同记忆所证明，为数以千计的书籍和数以百万计的照片所记录。另一方面，使菲利普留下创伤的历史，只发生在菲利普·罗斯的头脑中，只记录在《反美阴谋》中。因此，理解《反美阴谋》及其想象世界的含义，绝不像理解《铁皮鼓》的含义那样直截了当。

然而，究竟罗斯书中所记录的世界，包含多大的想象性？林德伯格的总统职位，虽然是想象的，但真实的林德伯格的反犹主义却不是想象的。而林德伯格并不是孤立的。他替本土反犹主义发声，这种本土反犹主义在天主教和新教的基督教中具有悠久的历史背景，在欧洲移民社群中滋长,并且从反黑人偏见中吸取力量。本土反犹主义与反黑人偏见通过非理性的种族主义逻辑而紧密地交织在一起(罗斯说,在美国所有"历史上不受欢迎的族裔"中,最不相像的莫过于黑人和犹太人)。[6]被表面而不是实质所吸引的变化莫测、反复无常的选民——托克维尔①早就预见到这种危险——在1940年轻易地因飞行英雄林德伯格一句简单的话而投票支持他的机会,与他们投票支持政绩卓著的现任总统一样高。在这个意义上,林德伯格当选总统这种幻想,无非是美国政治生活中某种潜在可能性的诗意化的体现和实现罢了。

有了这种对林德伯格的解读做底,我们也许就可以回到伴随着那个二十世纪四十年代的孩子进入未来的伤疤的问题。而在这里,如果不去探究真实的菲利普·罗斯的生活和性格——这项工作在任何环境下都是成问题的——而是把目光投向罗斯家另一个少年,也许更有帮助。他就是菲利普的哥哥桑迪,一个没有逃离历史(也没有写一本有关他的童年的书)的人。有着热烈的爱国主义情操的菲利普,喜欢收集模范美国人的头像(邮票)。具有艺术才能的桑迪,则喜欢画他心目中的英雄。两人都珍惜飞行员林德伯格的图像;作为犹太人,两人都在林德伯格暴露其真实政治色彩时面临一场危机。菲利普不想放弃他的林德伯格邮票;桑迪把他所画的林德伯格画像藏在床底。

---

① 托克维尔(1805—1859),法国政治家和历史学家,《论美国的民主》作者。

桑迪一位姨丈是拉比,也是通敌者,在他的影响下,以及不顾父母的反对,桑迪主动参加"老百姓"计划,该计划旨在把犹太儿童带离城市度暑假,并让他们入住典型的(也即林德伯格倾向的)农村地区非犹太人家庭。他在肯塔基州一个农场度过夏天,回家时身强力壮、皮肤黝黑,无法明白为什么父母提起希特勒就那么激动,并把他们讥为患上"迫害情结"的"隔离区犹太人"。桑迪花了一整年时间才明白到他所谓的迫害情结实际上可能是一种生存机制。(第193页)

以任何客观标准衡量,在经历了林德伯格执政年份之后的桑迪,其伤痕累累不亚于弟弟,甚至受创更深,因为他必须像一个外人住在与他有隔阂的父母家。如果小说中所讲的年份真的发生过,它们也将在历史的菲利普·罗斯的哥哥——他真实如菲利普,并且经历同样的历史——身上留下印记。但实际上不存在林德伯格年份,因此也就不存在林德伯格的印记。如此一来,则这两兄弟,作家和非作家,因那段被诗意地(亚里士多德意义上的诗意)称为林德伯格总统任期的历史而留下的伤疤到底是什么伤疤呢;或者,是不是只有那个作家弟弟留下疤痕?又或者,事实上根本就没有疤痕?

虽然青年菲利普当然会长大,成为一位著名作家,但是《反美阴谋》讲的并不是这位作家的灵魂的潜伏期。罗斯在书中并没有使用诸如艺术家被生活所伤而这伤又变成其艺术的泉源之类的比喻说法。林德伯格伤疤唯一似乎说得通的答案是,这伤疤是犹太性本身的伤疤——然而,这又是某一特定病源论的犹太性:局外人(而且是敌意的局外人)心目中犹太人是什么这一意义上的犹太性。这局外人的看法太早地强加在一个成长中的儿童身上,而且强加的手段虽然本身并不极端,却很容易——二十世纪四十年代这个不可预知性的重要年代提供了大量的证据——变得极端。

这次反美阴谋对七岁至九岁时的年轻菲利普造成的伤害是可怕的。它强加给他——尽管必须指出,这种强加主要不是通过第一手经验,而是通过新闻短片、电台节目和无意中听到父母忧心忡忡的谈话达至的——一种基于仇恨和怀疑的视域,用这个视域来看世界,一个他们与我们界线分明的世界。它把他从一个犹太裔美国人变成一个美国犹太人,或者,在他的敌人眼中,只是一个在美国的犹太人。它使他太早地醒来面对"现实",从而剥夺了他的童年。或不如说,从犹太复国主义者的角度看,它剥夺了他的幻想。一个犹太人不能期望在地球上安家,除了在犹太人的家园。

成为一个在美国的犹太人意味着什么?一个犹太人属于美国吗?美国可以成为一个犹太人真正的家吗?菲利普的父母赫尔曼和贝斯·菲利普于二十世纪初出生于美国移民家庭。他们爱自己土生土长的国家,并努力工作,在这个国家中出人头地。菲利普以并非不带有挽歌意味的语气向父母一代表示敬意:

> 对我来说,用来分辨和识别我们的邻居的,更多是工作而不是宗教。没有谁……留胡须或穿过时的旧大陆风格的衣着,或戴无檐便帽……成年人不再以外观

上辨认得出的方式恪守教规……那个确实留胡须……隔几个月便在入夜后出现,以破碎的英语要求捐款在巴勒斯坦建立一个犹太人民族家园的陌生人……似乎无法明白我们已有一个历时三代的家园……(第3—4页)

这些犹太人成为犹太人,并不需要很多规定说明,也不需要信仰表白或教条,肯定也不需要别的语言——他们有一种语言,那是他们的母语,其通俗的表达力他们都可以轻易驾驭……他们的身份,是他们无法摆脱的身份——甚至是他们根本未想过要摆脱的身份。他们是犹太人,源自他们是他们自己,如同他们是美国人。(第220页)

罗斯在这里所阐述的他父母那类人所奉行的犹太人生活方式,是完全正面的。这里没有任何他在别处所做的暗示,他在别处暗示说,对某些犹太人而言,一个宗教若简化成某个伦理准则再加上某些社会行为模式,也许就会变得贫瘠;他们为了使生活获得更充分的意义,可能会歇斯底里地陷入迷信(《萨巴斯剧院》中萨巴斯的妻子)或革命暴力(《美国牧歌》中的利沃夫)。

赫尔曼·罗斯和他那类人的犹太性也许不具备某种形而上学的要素,但它确实体现了某种化学作用,这种化学作用是犹太复国主义者和"家园42"的设计师都无法理解的。犹太美国性是一种复合物,而不是简单的混合。你不能简单地抽走其中一个元素("犹太性"或"美国性")而不理会另一个。成为美国人——讲美国话、参与美国生活方式、被美国文化吸纳——并不需要你停止成为犹太人或意味着你失去犹太性;相反地,奉命从犹太人社区迁移到"美国人"(也即"非犹太人")社区也不会使你更像美国人。这同样适用或曾经适用于欧洲犹太人。罗斯赞许地援引阿哈龙·阿佩尔菲尔德尖锐的观察:"我一贯喜爱被同化的犹太人,因为这正是犹太人性格,可能还有犹太人命运,以最大力量凝聚之处。"[7]

在林德伯格当选之后,赫尔曼带着一家人前往华盛顿特区旅行,希望在那里接触美国民主的永久纪念碑能够有助于洗脱坏感觉。然而,一家人却品尝到公共生活在更广大的美国正在变成什么的味道。他们遭以某种借口逐出酒店,并受其他游客的反犹言行的恫吓。林德伯格的胜利显然已被美国中产阶级解读成狩猎季节可以开锣了的讯号。

一个奇怪的男人来跟罗斯一家套近乎。他宣称自己是职业导游,不会被他们甩掉。他究竟是谁?罗斯父母正处于新的妄想狂状态,故怀疑他是联邦调查局特工,并测试他。他通过每个测试。简单的真相是,他确如他所言,是一个导游,还是一个优秀的导游。但是在新美国,再也没有什么是简单的了。一次旨在向儿子们保证他们的共同遗产完好无损的旅行,变成一堂被排挤的课。菲利普:"一座爱国乐园,美国的伊甸园,展现在我们眼前,我们站在那里挤作一团,全家人被驱逐。"从最严苛的角度看,这就是罗斯的书名中所称的阴谋所要达到的,而在想象的层面上,也确实达到了:把犹太人逐出美国。犹太人滚蛋。这正是菲利普

所无法忘记的。(第66页)

最后,在客观透视所有这类隐喻意义上的伤疤时,我们不应忘记罗斯家中的第三个男孩:二十一岁的阿尔文,他是受他们保护的孤儿,一个真真正正的孤儿。阿尔文逃离罗斯家,投奔加拿大军队,与纳粹作战,不光荣地失去一条腿,然后带着一枚勋章坐着轮椅重返纽瓦克,对每个人都满怀愤怒。阿尔文怀着阴郁的决心,坠入犯罪生活,并把自己反法西斯主义的过去斥为愚蠢的青少年越轨行为。阿尔文的伤痕比任何一个兄弟都要深,他在书中的意义,是作为一个严肃的提醒,提醒我们在摧残生命方面,历史可以真正做到什么。

虽然小说是通过一个孩子的思想来省思1940年至1942年的事件,但是我们所读到的叙述并非假装成天真的叙述。向我们讲话的那个声音,是一个已长大成人的孩子的声音,但这个成年人服从于他本人年幼的自我的视域,反过来把一种任何孩子都不具备的强烈自我意识借给了这个年幼的自我。

没有任何具体迹象显示那个成年人的声音是从二十一世纪头十年发出的(几乎看不到任何超越1945年的前瞻式视角),但是这声音却散发种种自传痕迹,我们可以把这些痕迹视为属于历史的菲利普·罗斯或他在小说中的第二自我"菲利普,罗斯",这个菲利普·罗斯刻意不在其作品中透露任何事后的真知灼见,并放弃任何不顾孩子的视角而炫耀聪明的机会。若要说一个成年男子对其童年自我的深情,那么作家对年轻菲利普的深情与尊敬,无疑是全书最吸引人的方面之一。青春视域的鲜活性与成年人的洞见之间的衔接,是完成得如此巧妙,使得我们难以觉察是谁在任何一个特定时刻在我们耳边说话,到底是孩子还是男人。罗斯仅在若干场合失手,例如孩子菲利普眼中伊芙琳阿姨的样相:"她那俏脸蛋,大大的容貌和厚厚的化妆,突然使我觉得很不像样——肉欲的面孔,充满如饥似渴的狂躁。"(第217页)

服从一个孩子的世界观,意味着罗斯必须避开众多的风格资源,尤其是更冷峻的反讽和以激烈的雄辩术构成的嚎啕和怒斥,这类特征在诸如《垂死的动物》(2001)和伟大的《萨巴斯剧院》(1995)之类的小说中都十分显著——那是一种由世界无情地抵抗人类意志所引发的,或由即将来临的灭绝这一前景所引发的雄辩术。另一方面,在避开这些风格资源的同时,罗斯也远离威廉·福克纳的影响范围,而我们知道,福克纳迅猛的散文风格对罗斯的影响之深远,在近期有时候已淹没了他,尤其是在《人性污点》(2000)。

随着罗斯年纪渐迈,他的作家地位亦日益增长。在最好的时候,他现在已是一位真正具有悲剧深度的小说家;在他绝好的时候他可以达到莎士比亚的高度。按《萨巴斯剧院》的标准来衡量,《反美阴谋》不是一部重要作品。它提供的不是悲剧,而是一种揪心的感染力,以尖刻的幽默来避免陷入滥情,这是极具风险、走刀锋似的表演,而罗斯完成得无可挑剔。

最强烈的感染力的对象,不是年轻的菲利普——尽管紧握着集邮册,走入黑暗中,决心要仅仅做回一个男孩的菲利普,是够感染人的——而是菲利普的邻居和影子自我塞尔登·维什诺。像菲利普一样,塞尔登也是一个聪明、敏感、服从的小男孩。他也是致命地不幸的,是天生的受害者,而菲利普不想与他有任何关系(当然,塞尔登敬佩菲利普)。菲利普努力要摆脱塞尔登的纠缠,遂向在人口迁移局工作的阿姨伊芙琳建议说,应把维什诺寡妇和儿子送往肯塔基。令他懊丧的是,她真的按他的建议去做。在抵达丹维尔镇后数个月,塞尔登的母亲就被反犹警戒员会设计谋杀,塞尔登不得不被遣回纽瓦克,变成孤儿。因此,菲利普不仅要承受使维什诺太太送死的罪责,而且要承受让塞尔登跟自己住在一起的惩罚。

塞尔登在母亲失踪之夜,打电话回纽瓦克(他在肯塔基不认识任何人),罗斯太太动用她母性的坚韧的所有资源,挑起一个艰巨任务,就是尽可能使这个激动的小孩保持清醒。他们之间的长途电话包含罗斯作品中一些最令人心碎(我们知道塞尔登的母亲死了,但塞尔登和罗斯太太仍不知道,尽管她已怀疑发生了最坏的事情)却又是最风趣的对话。

历史小说按定义是以真实的过去历史为背景的。作为《反美阴谋》的背景的过去,却不是真实的。因此,笼统地说,《反美阴谋》并不是一部历史小说而是一部反面乌托邦小说,不过却又是一部不寻常的反面乌托邦小说,因为反面乌托邦小说的背景通常是未来,一个似乎是现在所要通往的未来。乔治·奥威尔的《1984》是一部堪称典范的反面乌托邦小说。它从1948年的视角展望1984年,在这个视角中,专制的威胁似乎不祥地强烈。

在典型的反面乌托邦小说中,现在与未来之间有一道方便的鸿沟——方便是因为它使作者免除必须逐步展示现在如何变成未来这一束缚。罗斯的任务较艰难。他必须提供两条缝合线:想象性的林德伯格执政的年份,一端必须接上从1940年年中偏离出来的真实历史,另一端必须接上两者在1942年底重新接合的真实历史。按严格标准,罗斯这个手术失败了,并且必须失败。即使是在绝对孤立主义的政府统治下,美国历史也不能独立于世界历史而推进。美国在国际舞台上缺席两年,将不可避免地影响战争的进程,从而改变世界。

如果按其性质,罗斯的另类历史不能通过真实历史的测试,那它有可能通过貌似真实这一较次的测试吗?例如,眼看着日本军队长驱直入印尼、印度、澳洲,从而为一个由东京统治的辽阔"共荣圈"奠定基础,美国国会竟然无动于衷,这是否貌似真实呢?美国武装部队在真实历史中花了四年时间(1942—1945)所达到的成果,在修订的历史中三年就达到了(1943—1945),这又是否貌似真实呢?

如果罗斯沉溺于某种"要是……会怎样呢"式的寓言,这类问题就会变得较为无关宏旨。但是,他为自己提出的挑战要艰难得多。罗斯是在写一部关于想象性事件的现实主义小说。从一个法西斯主义者被选入白宫这个前提开始,其他一切都得根据貌似真实的逻辑来执行。这就是为什么,罗斯为了解释美国的不行动,必须费尽心机,一方面创造纳粹德国与日本帝国之间一系列秘密协议,另一方面创造它们在白宫的傀儡。这就是为什么他必须修订战争的编年史。但是按照他为自己制定的貌似真实的标准,这个历史框架是不大站得住脚的。

在真实生活中,查尔斯·林德伯格对偷袭珍珠港的反应是加入战争努力,驾驶轰炸机与日本人作战。他逝世于1974年。虚构中的林德伯格在1942年10月单独驾驶飞机离开,人们再也未见过他,那这之后他情况如何呢?

我们得不到确切答案,只有谣言。根据一个谣言,林德伯格被英国飞机迫降在加拿大领土。根据德国人的说法,他遭国际犹太人串谋绑架了。英国人说,他的飞机掉进大西洋,被一艘德国潜艇带往德国。安妮·莫罗·林德伯格则发布一个故事,称林德伯格的孩子不是在1932年被谋杀,而是被绑架去德国,他在那里被当作人质,以确保他父母按他们的德国主子的意思办事;还说查尔斯·林德伯格本人是在空中遭德国特工击落死亡,因为他已被认为没有价值了。面对这些不同说法,作为这部虚构历史的读者,我们只能说我们不知道林德伯格到底怎样了,更严肃的是,我们不知道为什么林德伯格当总统或林德伯格这宗阴谋必须这样结束,因为对阴谋的抵抗都还未真正开始呢。

《反美阴谋》最后那几页令人觉得有点匆促的描写,隐约有豪·路·博尔赫斯的幽灵在徘徊。但博尔赫斯会更好地利用罗斯赖以建立他这本书的那层坚实的历史研究。随着林德伯格消失在空中,没有留下任何东西,他的总统职务也告消失,仅在那个后来成为作家菲利普·罗斯的男孩心中留下痕迹。除了我们手中拿着的这本书外,没有任何林德伯格的遗产。这个美国故事中——而由于世界是不可分割的,所以也是世界故事中——那鬼影似的、平行发展的两年,也有可能根本未发生过。

博尔赫斯知道的,是历史的途径要比这更复杂也更神秘。如果确实有过一个林德伯格总统,我们今天的生活将不一样,很可能更差,尽管究竟差成怎样,我们不能确定。

(2004)

原注

[1] 菲利普·罗斯《夏洛克行动:一个告白》(伦敦:凯普出版社,1993),第399页。

[2] 菲利普·罗斯《反美阴谋》(纽约:霍顿-米夫林出版社,2004),第365页。

[3] 2004年9月19日,第2页。

[4] 菲利普·罗斯《美国牧歌》(纽约:霍顿-米夫林出版社,1997),第287页。

[5] 《事实:一个小说家的自传》(伦敦:凯普出版社,1989),第169页。

[6] 菲利普·罗斯《人性污点》(2000)(纽约:温塔奇出版社,2001),第132页。

[7] 《夏洛克行动》,第113页。

纳丁·戈迪默

在纳丁·戈迪默写于二十世纪八十年代的一篇小说中,一对英国工人阶级夫妇收了一个来自中东的安静、好学的年轻人做房客。他与他们的女儿相好,使她怀了孕,并求婚。父母疑虑地同意。然而,这个房客宣布说,女孩必须没人陪同地到他祖国见他父母,他才可以跟她结婚。他在机场跟她说再见时,偷偷把炸药放入她的手提箱。飞机爆炸;乘客全部死亡,包括他那受骗的未婚妻和他们未出生的孩子。[1]

在故事中,没有迹象显示戈迪默对为什么房客的行为会如此没人性——实际上应该说如此凶残——感兴趣,以及更笼统地对是什么力量在影响青年穆斯林男子,驱使他们从事恐怖活动感兴趣。十年后,仿佛为了修补这种不好奇似的,她重访该故事的核心处境——那个为了隐秘动机而追求并娶一个西方女子为妻的阿拉伯人——并从中找到种子,来发展一个远远更具原创性和有趣的故事。长篇小说《偶然相识》就是这次再探索的成果。[2]

朱莉·萨默斯是一个南非白人富家女。她年轻,有一份好工作,生活中一切如意。有一天她的汽车在市中心抛锚。替她修车的技工是一个英俊、黑眼睛的外国人。她跟他交上朋友;后来他们相恋了。

这位自称阿卜杜的技工,原来是一个"非法者",是南非数十万在正式经济体边缘打工的没证件的外国人之一。这些非法者大多数来自其他非洲国家,但阿卜杜来自一个没有披露名字的中东国家,一个没有石油或其他自然资产的国家。南非是阿卜杜设法逃离贫困和落后的几条路线之一:他已在英国和德国逗留过,做当地人嗤之以鼻的工作。

对自己的出生地,阿卜杜只有鄙视。它甚至不是一个真正的国家,他说,而只是一片沙漠,由某个早已死去的欧洲人草草在地图上划界。他炽烈的野心是成为一个合法移民,最好是某个富裕西方民主国家的合法移民。

阿卜杜与朱莉之间的性关系很美妙;其他方面他们没有什么共同点。她读陀思妥耶夫斯基,他读报纸。她透过种族和阶级的透明图样纸看人,他则把人分成合法或非法来看。他不喜欢她的朋友圈,他们是后种族隔离时代新知识分子阶层不满的成员,有黑人也有白人,他们的生活方式是他所无法认同的,他认为他们是幼稚的,对真实世界一无所知。他喜欢她父亲和她父亲的银行界同事,而朱莉则为他们的粗俗价值和道德空白感到羞耻,他们反过来亦不想跟她偶然相识的这个身无分文的外国人有任何关系。

在阿卜杜争取成为合法移民的努力中,他促请朱莉动员她家人支持他。但他耽搁太久,已经来不及了:他接到移民局通知,要把他递解出境。

这时他预期朱莉会抛弃他,如同他会抛弃任何其利用价值已过期的人。可是她却出去买来两张机票,默默出示给他。这姿态令他震动。有那么一刻,他觉得她神秘莫测,一个自主者,有自己的希望和欲望。接着,老障碍又竖立起来了:如果这女人忠于他,那必定也是因为她在性方面为他所迷,或她在玩某种只有清闲的富人才有时间玩的复杂的道德游戏。

朱莉决定陪他回国,这带来了实际困难。他无法带一个比娼妓好不了多少的女人去见家人。他必须先跟她结婚。因此他们匆匆在婚姻登记处结婚了。

为什么朱莉会采取这个重大而显然愚蠢的举措,放弃一种并非不满意的生活和并非没趣的环境,而跟随一个男人私奔去世界一个落后角落,且她自己也必定知道他并不爱她,他一会儿亮起微笑一会儿熄掉微笑都只是一种控制她的方式?

其中一个理由是性,这性带着朱莉,还有站在朱莉背后的戈迪默,赋予它的含义。语言可能会撒谎,但性永远讲真话。由于与阿卜杜的性关系继续深深地满足,因此这段关系中必然蕴含某种深藏的潜力。此外,在朱莉对阿卜杜的感情中,有某种母性和保护性的东西。在他那强硬的男性鄙视底下,她发现他动人地孩子气和脆弱。她不能抛弃他。

然而,最主要的是朱莉厌倦南非,这种厌倦尽管发生在一个如此年轻的女子身上似乎很难以置信,但是发生在戈迪默那一代某个人身上却是很容易理解的——他们厌倦于一个具有数百年剥削与暴力和令人心寒的贫富悬殊之历史的国家每天对他们的道德良心提出的要求。朱莉充满渴望地向对诗歌不感兴趣的阿卜杜背诵威廉·普洛麦尔①的诗句:"让我们去另一个国家/不是你的或我的/然后重新开始。"(第88页)要不是《另一个国家》这个书名已被詹姆斯·鲍德温②抢先用去,这个标题用来称呼戈迪默这本书将是再合适不过了,它要比《偶然相识》更能捕捉她笔下这对男女热切的关注——如何创造新生活。

就这样,朱莉和阿卜杜降临阿卜杜所鄙视的祖国,而这个拐骗朱莉的男人的真实姓名亦告披露出来:易卜拉欣·伊本·穆萨,其三个兄弟分别是屠夫助手、侍者和用人。易卜拉欣抵达时,不是作为一个在外国建立成功生活的充满自豪感的儿子,而是作为一个被遣返者,一个被拒绝者。

易卜拉欣在他们居住的荒凉外省城镇把妻子安顿在母亲眼皮下之后,便奔赴首都,终日在各国大使馆走动,找关系,希望获得难求的前往西方的签证。

对哈姆雷特来说,向官僚叩头乃是日常生活的侮辱之一,它毒害生活的意志。在现代,说到忍受办公室的傲慢,莫过于一个第三世界的签证申请者。然而,易卜拉欣愿意吞忍任何程度的傲慢,只要"永久居留"的灯塔继续闪光。"永久居留"是一种幸福的状态。"永久居民"是世界的主人。钱包里有这些神奇文件,所有大门就都为他们敞开。

至于易卜拉欣为换取这新生活而必须付出的,可谓微

---

① 普洛麦尔(1903—1973),英国作家,生于南非。
② 鲍德温(1924—1987),美国黑人小说家和批评家。

不足道:一所少为人知的阿拉伯大学的可疑学位,能讲结结巴巴的英语,急于把祖籍身份脱掉的热望,在策略上准备好随时接受西方本身的价值,而现在,则是一个娇妻——"那种最有利的外国人"。(第140页)

易卜拉欣一边等待上面的批示,一边坐在咖啡店里跟朋友们谈论政治。他的朋友们是典型的阿拉伯青年民族主义者。他们要现代世界及其附属物,但不要被它接管。他们要摆脱腐败的政府,如果必要就通过革命来达到,只要革命兼容传统道德和宗教。

易卜拉欣私底下持怀疑态度。在他眼中,卷入中东政治将使他暗无天日地永久居留于贫困和落后。他的向往是另一种向往;这向往以他无法言喻的方式激励他,使他与他的朋辈截然不同。

澳洲拒绝他,然后是加拿大和瑞典。但是经过一年申请之后美国竟然发给他们两个签证。易卜拉欣高兴雀跃。他和朱莉将生活在加州("大家都希望生活在那里");他将进入资讯科技行业工作,又或者在朱莉继父的帮助下进入赌场工作。(第238页)当朱莉宣布她不想跟他去时,他简直无法相信自己的耳朵。她将继续与他的家人在一起,她说;她已找到另一个国家,它不是美国,而是这里。

易卜拉欣的朋友们都希望伊斯兰教吸纳西方某些精华,成为新的、更好的伊斯兰教。易卜拉欣的家人也有同样的观点,尽管更实际。他们要大汽车、肥皂剧、手机、家用器具。至于西方的其他东西,他们不想与它有任何关系。西方是一个"假神的世界"。(第189页)他们无法明白为什么易卜拉欣要去那里。

关于为什么经过一百年民主运动和造反,西方式民主仍无法在中东生根,其中一个较貌似有理的解释是,阿拉伯民族主义者想从西方的丰饶角中拣选,拿走科技和/或教育制度和/或政府机构,而不准备吸纳西方的哲学基础,也即理性主义、怀疑主义和物质主义这些假神。按这个说法,如果易卜拉欣的朋友们已处于跌入与他们的父辈与祖父辈同样的陷阱的过程,而易卜拉欣则根本就是沉溺于妄想的话,那么朱莉站在哪里呢?

扎进一个中东家庭之后,朱莉最初对自己作为妇女的低下地位和失去以前所享受的舒适感到沮丧。但她很快就屈服,成了好媳妇,做那些较卑微的家务,通过开设英语课来服务社会,开始研读《古兰经》,基本上适应新的生活节奏。

这绝非只是做给人看,也不是做文化旅游练习。我们明白无误地了解到,朱莉在易卜拉欣家中的一年间,精神本质发生根本性变化,如果不是宗教本质。她开始明白成为家庭的一分子可以意味着什么;她还开始明白生命是可以如此深刻地与伊斯兰法典融为一体,以至日常行为与宗教仪式几乎无法区分。

发生这一切,并不是因为易卜拉欣的家庭特别典型。虽然易卜拉欣的母亲成了朱莉的楷模,并逐渐对儿子的外国新娘亲热起来;虽然她过着深刻的精神生活,但其他家庭成员都只是他们此时此地的平凡人。这次改变之发生,也不是因为她沉溺于伊斯兰教。她的精神发展反而是受这样一种东西影响,这东西我们只可以把它称作那个地方的精神。离易卜拉欣家几个街区,就是沙漠了。朱莉逐渐养成黎明前起床的习惯,坐在沙漠边缘,让沙漠进入她。

易卜拉欣把妻子接触沙漠斥为愚蠢的浪漫游戏。朱莉本人非常清楚西方对沙漠的浪漫化,对她所称的诸如T. E.劳伦斯①和赫斯特·斯坦厄普②等人的"做戏"的浪漫化。对她来说,沙漠具有另一种意义,这意义她只能以一句"它总是在那里"来解释。不作出这样的推断是很难的,也即每天单独面对沙漠时,这位已经在大多数重要事情上弃绝西方物质主义诱惑的年轻女子,正在学习面对自己的死亡。(第198页、第229页)

戈迪默的小说《七月的人民》(1981)是一部以未来为背景的小说,那个未来幸而没有被言中。在小说中,南非陷入内战。一对白人夫妇的世界被粉碎了,他们在一个前黑人仆人的保护下,到偏远地区避难。他们的世界图景经受一次惨痛的修订。如同在《偶然相识》中,够敏感和够坦白地在这次经验中成长的,是女人而不是男人。

《偶然相识》具有《七月的人民》所没有的内向和灵性维度,却具有一股足以跟《七月的人民》相比的政治推力,不仅在其对经济移民或某类经济移民的心态的探讨,而且

---

① 劳伦斯(1888—1935),英国军人、学者,著有《七根智慧之柱》。
② 斯坦厄普(1776—1839),英国女作家和旅行家。

在其对西方假神的批评和最终对西方假神的摒弃。西方被市场资本之神所掌控,这个神的种种怪念头被朱莉的南非毫无保留地接受,其魔力甚至伸至易卜拉欣那块受鄙视的沙漠(易卜拉欣的父亲在一家国际洗钱公司充当小喽啰,领取微薄薪水)。

在灵感方面,《偶然相识》明显受惠于阿尔贝·加缪的短篇小说《通奸的女人》,小说中的主要人物是一个法国裔阿尔及利亚女人,她夜里背着丈夫偷偷跑到沙漠里去,体验沙漠诱发的神秘狂喜,既有肉体上的,也有精神上的。[3]《偶然相识》尽管颇长,但它更像中篇小说而不是长篇小说,其幅度要比戈迪默重要阶段的作品例如《自然资源保护者》(1974)和《伯格的女儿》(1979)狭窄。它要等到摆脱了一个次要情节之后,其体裁才变得较清晰。这个次要情节,与朱莉和易卜拉欣的故事仅有微弱联系,写的是朱莉一位妇科学家叔叔被谬控行为违反专业操守。

《偶然相识》尚有一些方面,其叙述技术是不够完美的。例如,主要情节是建立在一个不大可信的基础上的。易卜拉欣为了争取签证而使自己受羞辱,并没有客观的必要性。他的妻子是一个受过昂贵教育的人,还有一定的从商经验,有一家以她的名义成立的信托基金,还有一个嫁给美国富人的母亲。因此,她眨一眨眼就能获得在美国居留的幸运身份,并以配偶名分把易卜拉欣也带去。如果戈迪默选择发展一个不大可信的情节,那么只能说这是因为她非要她的主人公去阿拉伯的中东不可,而不是去加州。

虽然有这些缺点,但是《偶然相识》依然是一本极其有趣的书。有趣,既因为它提示了戈迪默著作趋向的轨道,也因为她在书中探讨的两个类型:那个迷茫和冲突的青年男子,他对形成他的历史和文化没有一点好奇心,甚至视而不见,其更深层的心灵生活与其母亲紧紧联系在一起,鄙视自己身体的欲望,想象自己可以通过移居另一个大陆而重新创造自己;还有那个普通的年轻女子,她信任自己的冲动,通过使自己谦卑而找到自己。实际上,这不只是一本有趣的书,而是一本令人惊讶的书:很难想象在别处看到比这本书更富同情心、更亲密的关于普通穆斯林的生活的介绍,而且这是出自一位犹太作家之手。

如果有某个重要的原则,使戈迪默从二十世纪六十年代到九十年代南非民主化期间的作品充满活力,那就是对公正的追求。她笔下的好人都是无法在不公正环境下生活或获益的人;而被她拿来严厉审问的人,则都是那些想方设法窒息自己的良心、使自己顺应世界现况的人。

戈迪默所渴望的公正,要比公正的社会秩序和公正的政治分配更广泛。在某种较不容易定义的程度上,她还渴求私人领域的公正关系。因此,可以说,戈迪默的公正具有某种理想主义性质。却不能说具有某种灵性维度。因而,朱莉·萨默斯的内心转向,她对非人性的沙漠的迷醉,标志着戈迪默一次新的开始。

在《偶然相识》之后两年,戈迪默出版一部短篇小说集《掠劫》,她思想中的灵性转向在这本书中进一步拓宽了,尽管必须说并未深化。小说集里最突出的,是一组九十页的短篇小说,叫作《业》。这组小说向伊塔洛·卡尔维诺做了不仅是一眼掠过的示意,描写一颗灵魂的冒险。这颗灵魂达到或未能达到在不同人类个体生命中转世。

这些小说中最强有力的一篇,讲述莫斯科一位酒店女服务员的故事。她迷上一名来访的意大利商人,并让他把她带去米兰。在米兰,商人厌倦她之后,便把她嫁给他的一位表弟,后者是一个屠夫和养牛人。她参观养牛场时,首次发现她在这些西欧人眼中代表着什么:一头动物,一个养牛人,一个拥有某种运作良好的生殖系统的女性单位。她不想扮演这样一个角色,遂刻意把所怀的孩子流产,这个孩子原本也许可给她那颗无家的灵魂有一个着落。

《业》系列小说中的另一篇,讲述一对女同性恋者,她们是南非白人自由主义者,背后有着一段惨烈的反种族隔离活动的经历。她们决心要养一个孩子。可是,她们无法确保她们从精子银行获得的精子不是某个种族隔离酷刑施行者的精子。她们担忧被她们带到世上的生命,可能会是旧南非精神的转世,于是撤回她们的决心。

在这两个故事中,那颗灵魂都敲了大门但都被拒绝进入:为了它好,那些看守大门的女人都决定不让它进入那个世界,也即当前这个世界。然而,在该系列的另一篇小说中,那颗迷惑不解的灵魂获准不仅在一个南非人身上转世,而且是双重转世。这个南非人被困在旧种族隔离国家的种族分类法律的地狱边境,按其遗传身份,她是"白人",但按社会身份她是"有色人种"。

《业》系列小说把历史批评,主要是对新世界秩序的批评,与冷嘲式的观察混合起来,有些观察是从宇宙角度看的(这也将成为过去,戈迪默似乎在说),有些是超小说的:那个灵魂觉得,参与一个又一个生命,如同做一个小说家,栖居在一个又一个人物身上。

《掠劫》中另一篇重要小说,沿袭较熟悉的戈迪默路线:以一个叫作《使命声明》的故事向世界报告南非的情况。

罗贝塔·布莱内是一个四十多岁的离婚英国女人,冷静而明智。她在一家国际援助机构工作,该机构按大多数标准,可以说是开明的:据该机构的估计,非洲"在本体论上"并非"无可救药",尽管解救之道尚未找到。罗贝塔本人可以说是弥漫于《掠劫》中对实际改善地球持消极态度的代表人物,但她认同该机构的看法。[4]

在她派驻的那个没提到名字的讲英语的非洲国家,罗贝塔认识一名高级公务员格德斯通·沙德拉克·查布鲁马,并与他发生长期恋情。查布鲁马是一个已婚男人,同样冷静和克制。他们实际上成了一对伴侣。

在她的派驻任务快结束时,查布鲁马提议罗贝塔留下来。他将娶她做第二个妻子,在正式场合与他一齐露面的妻子,她将促进他的事业,同时追求她自己的事业。这是一种非洲式解决之道:他的第一个妻子,一个未受教育的女人,将会适应。他的第一个妻子被罗贝塔一个同事称为"新型的恋家女人,(某种)城市农民"。(第53页)

戈迪默的小说常常发生在私人生活与公共生活的交叉点,这篇小说也是如此。虽然罗贝塔生长于英国,但原来她也有非洲隐情。事实上,我们从小说中得知,在英国没人——至少某一社会阶层没人——可以逃避英帝国与非洲纠结的阴影。就罗贝塔而言,是她的祖父在这个旧殖民地经营一个煤矿,这位只给她留下模糊记忆的祖父老爱讲一个故事,说他怎样每周一次派遣一个非洲仆人走几天路去商店帮他买一箱威士忌。仆人会用头顶着箱底把威士忌扛回来。"他们(非洲人)的头啊……厚得像圆木。"祖父会说,他的朋友们会大笑。(第42页)

在一个感人的时刻,罗贝塔躺在查布鲁马怀中流泪——她承认受种族主义傲慢遗产的影响,抗拒内心那股想搂抱和爱抚其情人那颗受欺凌和受侮辱的头的冲动。作为一位作家,戈迪默在表现这类瞬间时最为强有力:在身体的姿态和外形中,情景的真实性袒露无遗。

查布鲁马试图安慰忧伤的罗贝塔。种族主义谈话是"他们的传统",他说;她无须为此怀疚。(第65页)但这使她陷入窘境:如果她要以历史只是历史这一理由来卸下过去的重负,则她如何能拒绝接受查布鲁马关于风俗就是风俗、他自己的传统赋予他拥有两个妻子的权利的说法呢?故事以罗贝塔陷入深深的不安结束。如果她接受查布鲁马的求婚,难道不可以说这只是一种想补偿过去的愿望吗?而如果她拒绝,难道不可以说这只是出于一个西方女人的骄傲,觉得理当如此吗?

《掠劫》包含太多不足道、易被忘记的篇什,使它难以跟早期小说集例如《利文斯通的伙伴们》(1972)、《那里有什么事》(1980)或《一个士兵的拥抱》(1984)的水准匹比。

然而,这些较短的篇什中,有一篇《钻石矿》特别值得重视。它对一个女孩的性觉醒做了令人赞叹地熟练而自信的处理,也提醒我们,戈迪默在写到性的时候,总是非常出色的。

自初出道以来,戈迪默一直对她自己现在和将来的历史位置这一问题感到不安。这个问题有两面:历史将对非洲南部的殖民计划做出怎样的裁决,而她本人不管愿不愿意都是这计划的一部分;以及,像她这样一位出生在晚期殖民地社会的作家,可以扮演怎样的历史角色。

她本人一生著作的伦理框架,根植于二十世纪五十年代,这时种族隔离的铁幕正落下,而也是在这时,她首次阅读让-保罗·萨特和阿尔及利亚出生的加缪的作品。在这种阅读的影响下,她担当了南非命运的目击者的角色。"作家的功能,"萨特写道,"是以这样的方式行动,也即谁也不能对世界视若无睹,谁也不能说他与世界发生的事情没有关系。"[5]戈迪默在接下来的三十年间所写的长篇和短篇小说,其人物,主要是南非白人,都生活在萨特所指的不诚实中,骗自己说他们不知道究竟发生什么事;她自定的任务是把真实世界的证据摆在他们面前,粉碎他们的谎言。

现实主义小说的核心是幻灭这个主题。在《堂吉诃德》结尾,出发去纠正世界的错误的主人公,悲伤地回家,意识到他不仅不是英雄,而且现在这个世界已变得没有英雄了。戈迪默作为一位剥光一般幻想之衣服和撕掉殖民地不诚实之面具的作家,是塞万提斯开创的现实主义传统的继承人。在那个传统里,她得以颇令人满意地作业至二十世纪七十年代末,然后她明白到,对南非黑人——而她是南非黑人的斗争的历史见证者——来说,左拉这个名字,更不要说普鲁斯特,是没有意义的;明白到她太欧洲化了,她在那些对她最重要的人眼中根本不重要。她这个时期的随笔表明她正没有结果地在一个问题的泥潭中挣扎,这就是为一个民族写作——为他们而写和代他们写,以及被他们读——意味着什么。[6]

随着种族隔离的结束和曾经在种族隔离统治下以其紧迫性遮盖所有文化事务的意识形态的放松,戈迪默亦从自寻烦恼的处境中解放出来。她在新世纪出版的小说,显示一种令人欣喜的就绪状态,随时准备描写世界的新场所和新感觉。我们能感到,如果这些作品与她重要时期的作品相比显得有点儿无实体,有点儿粗略,如果体现在她最佳作品中的对真实世界的肌理的全力刻画如今只是间歇性地表露,如果她有时满足于向她要表达的意思打打手势而不是用文字确切地突显出来,那也是因为她觉得她已经证明自己了,不需要再表演那些大力士式的重活。

(2003)

原注

[1] 《有些人天生享受甜美的愉悦》,见《跳跃和其他故事》(伦敦:布卢姆斯伯里出版社,1991),第67—88页。

[2] 《偶然相识》(纽约:企鹅出版社,2001)。

[3] 阿尔贝·加缪《通奸的女人》,见《流放与王国》(1957),

贾斯廷·奥布赖恩译(哈蒙兹沃思:企鹅出版社,1962),第9—29页。

[4]《掠劫和其他故事》(纽约:法-吉-斯出版社,2003),第32页。

[5]《什么是文学?》,伯纳德·弗雷希特曼译(伦敦:梅休因出版社,1967),第14页。

[6] 参考《一个作家的自由》(1957)、《生活在过渡期》(1982)和《基本姿态》(1984),收录于随笔集《基本姿态》,斯蒂芬·克林格曼编(开普敦:戴维·菲利普出版社,1988);《参考:文化密码》(1989),收录于随笔集《生活在希望和历史中:本世纪笔记》(伦敦:布卢姆斯伯里出版社,1999)。

加夫列尔·加西亚·马尔克斯：
《回忆我忧伤的妓女们》

加夫列尔·加西亚·马尔克斯的小说《霍乱时期的爱情》(1985)结束时，弗洛伦蒂诺·阿里萨终于与他从远方爱了一生的女人团聚，乘坐一艘悬着霍乱黄旗的蒸汽船沿着马格达莱纳河逆流而上和顺流而下游弋。两人分别是七十六岁和七十二岁。

为了无忧无虑地专心与他深爱的费尔米娜在一起，弗洛伦蒂诺必须终止他当前的恋情，那是他与他监护的一名十四岁少女的私通——他逢星期日下午，在他的单身汉寓所与她幽会期间，让她见识性爱的神秘（而她迅速就掌握了）。他在一家冰淇淋店为了一客圣代冰淇淋而不理睬她。迷惑不解且陷于绝望的女孩经过周密安排后自杀了，把她的秘密带进坟墓。弗洛伦蒂诺悄悄为她掉了一滴泪，时不时会因为失去她而感到一阵伤心。但仅此而已。

阿梅里卡·比库尼亚，这个被年长者引诱然后被遗弃的女孩，可以说是一个直接从陀思妥耶夫斯基小说中走出来的人物。《霍乱时期的爱情》是一部情感幅度颇大的小说，然而也是一部带着秋意色彩的喜剧，其道德框架的宽度根本就不足以容纳这女孩。马尔克斯决心把阿梅里卡当成一个小人物来对待,只把她当作是弗洛伦蒂诺众多情妇中的一个,而不去探讨弗洛伦蒂诺因伤害她而给自己造成的后果,如此一来马尔克斯便踏入一个道德上令人不安的领域。实际上,有些迹象显示他对如何处理她的故事不是很有把握。一般来说,他的语言风格是明快、有活力、创新和独一无二地属于他自己的,然而在描写弗洛伦蒂诺与阿梅里卡之间关系的那些星期日下午的场面中,我们听到弗拉基米尔·纳博科夫《洛丽塔》的调皮回音:弗洛伦蒂诺为女孩脱衣服,"一次一件,用小孩玩游戏的方式:先脱下这对小鞋,给那只小熊……然后脱下这条小花裤,给那只小兔兔,还有一个小吻,在爸爸好味的小鸟儿上。"[1]

弗洛伦蒂诺是一个终身王老五,一个业余诗人,一个替不识字者写情书的代笔人,一个忠诚的音乐会常客,其种种爱好都有点儿不如意,对女人则胆怯。然而,尽管他胆怯和其貌不扬,却在历时半世纪暗中玩弄女人期间,共拿下六百二十二个,他还用一大套笔记本写下备忘录。

在所有这些方面,弗洛伦蒂诺都类似加西亚·马尔克斯这部新中篇小说的无名叙述者。就像他的前身一样,这个男人也保存了他征服的女人的名单,以协助他计划要写的一本书。事实上,他已拟定了书名,意为"回忆(或纪念)我悲哀的妓女们",伊迪丝·格罗斯曼的英译本为《回忆我忧伤的妓女们》。他的名单达到五百一十四人,之后便放弃计算了。然后,在年迈时,他找到真爱,那个人不是他同代的女人,而是一个十四岁少女。[2]

两本相隔二十年的书之间的呼应,瞩目得无法忽视。它们表明,在《回忆我忧伤的妓女们》中,加西亚·马尔克斯可能是想再写《霍乱时期的爱情》中弗洛伦蒂诺与阿梅里卡那个在艺术上和道德上都令人难以满意的故事。

《回忆我忧伤的妓女们》的主人公、叙述者和假定的作者,1870年左右生于哥伦比亚港口城市巴兰基利亚。他父母属于有教养的中产阶级;差不多一个世纪之后,他仍住在父母那座衰朽的房子里。为了谋生,他当过新闻记者和西班牙语及拉丁语教师;现在他靠退休金和为一家报纸写每周专栏度日。

他留给我们的记录,讲述他生命中暴风雨式的第九十一年,它属于回忆录的一个独特亚类型:忏悔录。一如在圣奥古斯丁的《忏悔录》中所示范的,忏悔录往往讲述浪费一生的故事,直到发生一场内心危机和经历一次转变,然后是精神上的再生,获得崭新和更丰富的存在。在基督教传统中,忏悔录具有强烈的说教目的。看看我的榜样吧,它说:看看就连一个像我这样毫无价值的生命,也可以通过圣灵的神秘作用而得救。

我们这个主人公头九十年,显然是浪费掉了。他不仅糟蹋他继承的遗产和他的才能,而且他的感情生活也同样瞩目地贫瘠。他从未结过婚(他很久以前订过婚,但在最后一分钟抛弃他的新娘)。他从未跟一个不必付钱的女人上过床;即使女人不要钱他也强迫她收下,把她变成他的另一个妓女。他唯一维持的长期关系,是与他的女仆,他每月

297

在她洗衣时例行公事地骑上她,并且总是 en sentido contrario,格罗斯曼把这句委婉语译成"从背后",因此,当她已是老妇时,她仍可以宣称自己还是一个处女。(第 13 页)

他承诺在九十一岁生日时好好款待自己:跟一个年轻处女上床。一个长期与他做交易的鸨母罗莎,把他带进她妓院的一个房间,一个赤身裸体、服了迷药的十四岁少女,正躺在那里供他使用。

> 她又黑又温暖。她被做过一番精心的净洁和美化,就连耻骨上刚生的幼毛也没疏忽。她的头发变鬈,手指甲和脚指甲涂上天然擦亮剂,但她那糖蜜色的肌肤显得粗糙,好像还被虐待过。她新生的乳房似乎仍像一个男孩的,但它们看上去涨满着随时会爆炸的秘密能量。她身体最漂亮的部分是那双没有脚步声的大脚,脚趾修长、敏感如手指。尽管风扇在吹着,但她全身仍被磷光般的汗水湿透……很难想象在那层化妆涂料底下她的脸孔是什么样子的……但这些装饰和化妆无法遮掩她的特征:傲慢的鼻、浓密的眉、热烈的唇。我想:好一头温柔年轻的斗牛。(第 25—26 页)

这个经验丰富的浪荡子乍见到这女孩,第一个反应是意想不到的:恐怖和不知所措,有想逃走的冲动。然而,他还是上床,并半心半意地试图在她双腿间探路。她在睡眠中翻身避开。欲望枯萎之后,他开始给她唱歌:"天使们围着德尔加迪娜的床。"不久他又为她祈祷。接着,他便睡着了。当他在清晨五点醒来,那女孩躺着,双臂张开如十字

架,"她的贞洁的绝对主人。"上帝保佑你,他想道,然后离开。(第28页、第29—30页)

鸨母打电话来,嘲笑他胆怯,并表示愿意给他第二次机会,让他证明自己是男子汉。他拒绝。"我不行了,"他说,同时感到松了一口气,"终于摆脱了奴役"——狭义地理解,是性奴役——"它从我十三岁起就使我身不由己。"(第45页)

但罗莎锲而不舍,直到他屈服,再访妓院。再次,那女孩又在睡觉,再次他只做到替她抹去身体上的汗水并唱道:"德尔加迪娜,德尔加迪娜,你将成为我的至爱。"(他的歌并非没有隐晦的弦外之音:在童话故事中,德尔加迪娜是一个公主,因父亲对她图谋不轨而出逃。)(第56页)

他冒着狂风暴雨回家。一只新养的猫似乎变成魔鬼似的,在屋里出没。雨水透过屋顶的漏洞倾泻下来,一条蒸汽输送管爆破,风砸碎窗玻璃。当他努力要拯救心爱的书籍时,他意识到德尔加迪娜鬼魂似的身影就在他身边,正在帮他。现在他确信他已找到真爱,"我一生九十年来的初恋"。(第60页)他身上发生一场道德革命。他直面自己过去生活中的窝囊、卑劣和沉沦,并予以否定。他成为,他说,"另一个人。"他开始发现,运转这世界的,是爱——与其说是圆房的爱,不如说是以繁多的单恋形式存在的爱。他的报纸专栏变成了对爱的力量的颂歌,而广大读者则以热烈称赞来回应他。(第65页)

白天——尽管我们未亲眼所见——德尔加迪娜像一个真正的童话故事女主人公那样,到工厂上班,缝纽孔。晚上,她回到她在妓院的房间,忠贞地睡在他身边。她的情人已用油画和书籍装饰了她的房间(他有一个模糊的雄心,要改善她的心智)。他诵读故事给她听;她在睡梦中不时会念出一些字。但是整体而言,他不喜欢她的声音,那声音听起来像她身体内一个陌生人在讲话。他宁愿她昏睡。

她生日那晚,他们之间发生一次没有插入的爱欲结合。

> 我吻遍她的身体,直到我喘不过气来……我吻她时,她的体热增强,散发一股浓烈、野性的芳香。她以沿着她每一寸肌肤铺展的新颤动做出反应,每一次新颤动都使我感到一股明显的热,一种独特的滋味,一声不同的呻吟,而她整个身体在内部回荡着琴音,她的乳头未被触及就自己张开盛放。(第72—73页)

接着,不幸降临。妓院一名顾客被刺,警察来访,眼看就要爆发丑闻,德尔加迪娜不得不被偷偷带走。她的情人搜遍全城寻找她,但没有她的踪迹。当她最后再次现身妓院,她似乎已老了好几年,也已失去其纯真的外表。他又嫉妒又恼火,怒气冲冲走了。

几个月过去,他怒气渐消。一个老女友提出明智的建议:"别让自己这样死去,跟心爱女人干都未干过,那种销魂的滋味尝都没尝过。"他的九十一岁生日来了又去了。他与罗莎讲和。两人同意一齐把他们所有的财物都遗赠给那女孩,而罗莎宣称,那女孩已爱他爱得不能自拔了。这个生机勃勃的情郎满心欢喜,期待着"终于有了真生命"。(第100页、第115页)

这个再生灵魂的忏悔录,诚如他自己所言,之所以写下来,可能是为了安慰他的良心,但忏悔录所传达的信息,绝不是说我们应断然弃绝肉体欲望。他一生忽视的神,实际上就是那个以其神恩拯救恶人的神,但他同时也是一个爱之神,可以把一个老罪人派出去寻求与一个处女共同体验"野性的爱"(amor loco,直译是"疯狂的爱")——"我那天的欲望是如此迫切,仿佛是来自上帝的信息。"——然后在目光首次落在他的猎物身上时,把畏惧与恐怖吹入他心中。通过他的神力,这老头马上从一个妓院常客摇身变成处女崇拜者,敬畏那女孩沉睡中的身体如同一个纯朴的信徒敬畏一个塑像或圣像,侍候它,向它献上鲜花,把贡品摆在它面前,向它唱歌,对着它祈祷。(第3页、第11页)

*

改过自新的经验,总是有某种动机不明确的东西:必不可少的是,罪人必须被欲望或贪婪或骄傲蒙蔽到如此程度,以致引领他来到生命转折点的那条心灵逻辑线索,要等到他后来回顾起来,眼睛被擦亮时,才变得可见。因此,在改过自新的叙述作品与在十八世纪完善起来的现代小说之间存在着一定程度固有的不可兼容性,后者的侧重点是人物而不是灵魂,其情节没有大跨度也没有超自然干预,而是一步一步展示那个以前被称作男主人公或女主人公但现在更恰当地被称作中心人物的人,如何从头到尾经历他或她的旅程。

尽管加西亚·马尔克斯被贴上"魔幻现实主义者"的标签,但他却是彻头彻尾在心理现实主义这一传统中写作,其前提是个人心灵的运作有一条足以被追踪的逻辑线索。他本人也曾说过,他所谓的魔幻现实主义无非是不动声色地讲难以置信的故事,这戏法是他在卡塔赫纳向外祖母偷师的;此外,局外人觉得他小说中难以置信的故事,常常是拉丁美洲现实的老生常谈而已。不管我们觉得这一口实是不是真的,事实是,导致《百年孤独》在1967年出版时引起轰动的那种幻想与现实的结合——或更确切地说,硬是把"幻想"与"现实"分开的那种非此即彼的消除——现已远远跨越拉美的国界,成为小说中的老生常谈。《回忆我忧伤的妓女们》中那只猫只是一只猫,抑或是来自阴间的访客?在那个暴风雨之夜,是德尔加迪娜来帮助她的情人,抑或仅仅是他在爱情魔力下幻想她来他家里?这位睡美人只是一个兼职捞几个比索的工人阶级女孩,抑或是一个来自另一个王国的尤物,在那另一个王国里公主们彻夜跳舞,提供帮助的小精灵表演超自然劳动,姑娘们则被女巫催眠?要求就这些问题提供明白无误的答案,不啻是误解了讲故事者的艺术之真谛。罗曼·雅柯布森①喜欢提醒我们,马略卡的传统讲故事者常常用一个套式作为他们表演的开场白:是这样又不是这样。[3]

由于没有明显的心理基础,因而更难使普通读者接受的,是仅仅目睹一个赤裸女郎,竟会引发一个堕落的老头发

---

① 雅柯布森(1896—1982),俄裔美国语言学家。

生精神上的一百八十度大转变。如果我们考虑到这个老头的存在,其实可回溯至他的回忆录开始之前,伸入加西亚·马尔克斯的早期小说作品,尤其是伸入《霍乱时期的爱情》,则我们也许能更好地从心理学角度了解他悔过自新的时机已成熟。

按最高标准衡量,《回忆我忧伤的妓女们》并不是一个重大成果。它的不足也不是因为它篇幅较短。例如,《一件事先张扬的凶杀案》(1981)虽然篇幅差不多,却是对加西亚·马尔克斯正典的重要增添:一部紧密编织、动人心魄的故事,同时是一堂令人目眩的大师课,教我们怎样构筑多重历史——多重真相——来讲述同一些事件。然而,《回忆》的目标是勇敢的:替老人对未成年少女的欲望说话,即是说,替娈童癖说话,或至少表明娈童癖对爱恋者或被爱恋者来说不一定是绝境。加西亚·马尔克斯为此而采取的观念策略,是打破爱欲的激情与崇敬的激情之间那堵墙,崇敬的激情尤其见诸南欧和拉美根深蒂固的处女崇拜。南欧和拉美的处女崇拜都有古老的基础,前者见诸前基督时代,后者见诸前哥伦布时代。(诚如德尔加迪娜的情人对她的描写所清楚表明的,她身上具有某种古代处女女神的强烈品质:"傲慢的鼻、浓密的眉、热烈的唇……一头温柔年轻的斗牛。")

一旦我们接受爱欲的激情与崇敬的激情之间具有某种延续性,那么,起初作为弗洛伦蒂诺·阿里萨施加在其受监护人身上的"坏"欲望,就可以在不必改变其本质的情况下,突变为德尔加迪娜的情人所感受到的那种"好"欲望,

303

从而构成了他新生的胚芽。换句话说,把《回忆我忧伤的妓女们》作为《霍乱时期的爱情》的某种增补,是最有意义的,如此一来,处女少女的信任的破坏者就变成了她的忠实崇拜者。

当罗莎听到她的十四岁雇员被称作德尔加迪娜(源自la delgadez,意为精致、线条优美)时,她被弄糊涂了,并试图把这女孩乏味的真名告诉她的客人。但他不想听,一如他宁愿那女孩不讲话。在德尔加迪娜从妓院失踪很久之后,当她再次现身,涂了他不熟悉的化妆品,戴着他所不熟悉的珠宝,他勃然大怒:她不只背叛他,也背叛她自己的本性。在上述两个情景中,我们都看到,他给那女孩强加了一个不变的身份,处女公主的身份。

老头之冥顽,他之坚持要他心爱的人保持他把她理想化的形状,这在西班牙语文学中有其影影绰绰的先例。那个自称是堂吉诃德的老头遵守每个侠义骑士都必须有一位夫人供他献武功的规则,遂宣称自己是托波索的杜尔西内娅小姐的仆人。这位杜尔西内娅小姐与堂吉诃德以前曾留意过的托波索村一个农村女孩有某种模糊的联系,但基本上她是他发明的一个幻想人物,一如他发明自己。

塞万提斯的小说,是作为骑士小说的讽刺性模仿作品开始的,但变成某种更有趣的东西:探究理想所具有的神秘力量,这种理想就是要抵抗面对现实时的幻灭感。堂吉诃德在小说结尾时恢复清醒,他放弃他曾如此徒劳地想栖居的理想世界,转而选择他的诋毁者所属的真实世界,此举使他周围所有人,还有读者,都感到失望。难道这就是我们真正想要的吗:放弃想象世界,安分地回到卡斯蒂利亚落后农村地区的单调生活?

《堂吉诃德》的读者永远无法确定塞万提斯的主人公到底是不是沉溺于幻觉的疯子,或者相反,到底他是不是在有意识地出演一个角色——把人生当作虚构小说来过——或者他的思想是不是在幻觉与自我意识两种状态之间忽隐忽现。有些时刻,堂吉诃德似乎宣称,把一生献身于服务可以使自己成为更好的人,不管那服务是否服务某个幻觉。"自从我成了游侠骑士,"他说,"我就很英勇、有风度、开明、礼貌、慷慨、谦恭、大胆、温和、忍耐、吃苦。"我们也许会对他是否真的如他宣称的那样很英勇、有风度等等抱保留态度,但我们不能忽视他那番颇为精微的断言,认为梦想具有稳住我们的道德生活的威力;我们同样无法否认自从阿隆索·基哈诺换上了骑士堂吉诃德的身份之后,世界已变成一个更好的地方,或如果不是更好,至少也变得更有趣、更有活力。[4]

乍看,堂吉诃德似乎是一个怪诞的家伙,但是大多数与他接触的人,最终都多多少少皈依他的思想方法,因此也都多多少少变成堂吉诃德。如果说他给人们上了一堂什么课,那就是,我们为了使世界更好、更有活力,而培养自己,使自己具有一种脱离关系的能力,也许不是个坏主意,尽管这种能力不一定要在有意识的控制下行使,尽管这种能力可能会导致局外人认为我们陷入间歇性的幻觉。

在塞万提斯这部小说的下半部,堂吉诃德与公爵和公爵夫人之间的交锋,深刻地探讨了一个人把精力倾注于过一种理想的、因此也可以说是一种不真实的(幻想的、虚构的)的生活意味着什么。公爵夫人礼貌但严厉地提出那个关键问题:杜尔西内娅"并不存在于这个世界上,而是一个想象的小姐,她是大人您(也即堂吉诃德)创造的,是由您的头脑产生的",难道不是这样吗?

"天知道杜尔西内娅是否存在于这个世界上,"堂吉诃德回答说,"或她是不是想象的人物;这类事情是无法彻底验证的。(但是)我既没有创造也没有产生我的小姐……"(《堂吉诃德》第672页)

堂吉诃德这番回答包含的典范性的谨慎,证明他本人对从苏格拉底之前到托马斯·阿奎那关于存在的本质的长期争论,并非只是略为涉猎。即使把作者可能的反讽考虑在内,堂吉诃德也似乎仍然在暗示说,如果我们认同某个人们以理想之名行事的世界在伦理上要比某个人们以利益之名行事的世界更优越,那么像公爵夫人提出的这类令人不安的本体论问题就大可以不予考虑甚或置之不理。

塞万提斯精神深植于西班牙语文学。不难看出,那个无名的年轻女工摇身变成处女德尔加迪娜的过程,也如同那个托波索农村姑娘摇身变成杜尔西内娅小姐,是一种理想化的过程;或者,从加西亚·马尔克斯的主人公关于他宁愿他的爱人保持无意识和无语的角度看,我们也可以说,堂吉诃德同样也是因为他对真实世界种种冥顽不化的复杂性感到厌恶,才导致他与他的情人保持安全的距离。就像堂吉诃德宣称他通过服务一个不知道他存在的女人而使自己变成一个更好的人一样,同样地,《回忆》中的老头也可以宣称通过学习爱上一个他并未在任何真正的意义上认识,而她也显然不认识他的女孩,而使自己抵达"终于有了真生命"的门槛。(这部回忆录中最具堂吉诃德色彩的时刻,是回忆录作者看到他的爱人骑去——或据称她骑去——上班的自行车,以及在一辆真实自行车这个事实中找到"确凿的证据",证明那个有童话名字的女孩——他曾与她一夜又一夜同床——"确实存在于真实生活中"。)(第115页、第71页)

加西亚·马尔克斯在其自传《活着为了讲述》中,讲到他第一部较长的小说也即中篇小说《枯枝败叶》(1955)的创作过程。在他(觉得已)完成了初稿之后,他给了他的朋友古斯托沃·伊瓦拉看,后者令人沮丧地指出,那个戏剧性场面——与民事当局和教会当局的抵制做斗争,坚持要埋葬一个男人——是从索福克勒斯的《安提戈涅》剽窃来的。加西亚·马尔克斯重读《安提戈涅》,"怀着一种奇怪的复杂感情,既为自己与如此一位伟大作家的善意巧合而骄傲,又为剽窃行为的丢人现眼而伤心"。在出版前,他大幅修改手稿,并加上一句摘自索福克勒斯的题词,以示受惠于索福克勒斯。[5]

索福克勒斯并非唯一在加西亚·马尔克斯作品中留下痕迹的作家。加西亚·马尔克斯的早期小说亦烙着威廉·福克纳的印记,这印记是如此之深,简直可以使他当之无愧地被称作福克纳最忠实的信徒。

就《回忆》而言,他受川端康成的影响是明显的。1982年,加西亚·马尔克斯写了一个短篇小说《睡美人与飞机》,特别提到川端康成。加西亚·马尔克斯的叙述者坐在一架横越大西洋的喷气机一等舱里,身边是一个异常美丽的女人,她在整个行程中都睡着。她使他想起川端康成的一部小说,小说描写年老的男人们付钱与服迷药、睡着的女孩过夜。作为一个短篇小说,"睡美人"这个故事并未发展起来,仅是一篇素描。也许正是基于这个理由,加西亚·马尔克斯感到可以无拘束地在《回忆我忧伤的妓女们》中重新利用其基本情景——那个已不再年轻的仰慕者躺在那个睡着的女孩身边。[6]

在川端康成的《睡美人》①(1961)中,已来到老年边缘的男人江口由夫求助于一个老鸨,后者专门为那些有特殊嗜好的男人提供服迷药的女孩。在一段时间内,他与几个这样的女孩过夜。店内有规则,禁止性交,但这些规则基本上是多余的,因为大多数顾客都是又老又性无能。但是江口——一如他不断告诉自己的——两者都不是。他老是想着违反规则,强奸其中一个女孩,使她怀孕,甚至窒息她,以此证明他的雄风和对抗那个把老人当作孩子来看待的世界。与此同时,他也被一个想法吸引,就是服食过量药物然后死在一个处女的怀里。

川端这部中篇小说是对一个强烈且有高度自我意识的感官主义者心中情欲活动的研究,这男人对气味、香味,对

---

① 英译书名为《睡美人之宅》。

触摸的细微差别,都极其敏感,也许是变态的敏感。他沉迷于他所亲近的这些女性肉体的独特性,往往会勾起对往昔性经验场面的思索,甚至不害怕面对这种可能性,也即他对年轻女人的着迷也许是掩饰他对自己的女儿们的欲望,或他对女人乳房的着迷也许是源自婴儿时期的记忆。

尤其是,那个单独的房间只有一张床和一具活生生的肉体,他可在一定限度内随意玩弄或粗暴玩弄它,没人会看到,因此也没有羞耻的风险。所以,这个房间构成一个剧场,江口可以在这里面对他真实的自己:又老又丑,很快就会死去。他与这些无名女郎共度的夜晚,充满了忧伤而不是欢乐,充满了遗憾和苦恼而不是肉体享受。

> 那些来这座屋子的悲哀男人丑陋的耄耋之年,与江口本人相差没几年。性爱那难以测量的广度,它那无底的深度——江口六十七年生涯中,知道它哪一部分呢?而在这些老男人中间,新的肉体、年轻的肉体、美丽的肉体永远在诞生。这座屋子的秘密所掩藏的,难道不是这些悲哀男人对未完成的梦想的渴望、对未拥有却已失去的时光的痛惜吗?[7]

加西亚·马尔克斯与其说是模仿川端,不如说是回应川端。他的主人公性格与江口非常不同,没有那么复杂的感官主义,也没有那么自顾自,没有那么像个探索者,没有那么像个诗人。但是,加西亚·马尔克斯与川端之间真正的距离,必须根据在两座密屋里的床上分别发生了什么事来测量。加西亚·马尔克斯的老头与德尔加迪娜在床上时,发现了一种崭新而崇高的欢乐。另一方面,那些可按时间长短付钱来享用、其如同人体模型般松松垮垮的四肢可让顾客随意玩弄的失去知觉的女性肉体,对江口产生的魔力如此之大,使得他一再被吸引到这座屋子里来——这对他而言始终是一个无穷地令他沮丧的谜。

关于所有睡美人的最重要问题,当然是如果她们醒来,会发生什么事。在川端的小说中,象征性地讲,谈不上醒来:江口第六个也是最后一个女郎,死在他身边,她是被迷药毒死的。另一方面,在加西亚·马尔克斯的书中,德尔加迪娜似乎通过她的皮肤吸纳了所有倾注在她身上的注意力,并已处于醒来的关节上,随时准备反过来爱她的崇拜者。

加西亚·马尔克斯版本的睡美人故事,因而要比川端的更多阳光。事实上,它的戛然而止似乎是刻意地对一个问题闭上眼睛,这是一个任何有年轻情人的老头的问题,也即一旦那情人获允许步下她的女神神坛,他将有一个什么样的未来。塞万提斯让其主人公访问托波索村,跪在一个几乎是随意选来当作是杜尔西内娅之化身的女孩的面前。他的痛苦所获得的回报,是耳际响起一阵尖酸刻薄的农村粗言秽语,佐以生洋葱,最后他迷惑不解狼狈不堪地逃离现场。

我们不清楚加西亚·马尔克斯这个忏悔小寓言,是否够强壮,经得起承受这样的结局。加西亚·马尔克斯不妨参考一下乔叟《坎特伯雷故事集》中的商人故事,那是一个关于跨代婚姻的讽刺故事。尤其是经过洞房之夜的疲累之后,两人在清澈的曙光中的场面:年老的丈夫戴着睡帽坐在床上,脖子上松弛的皮肤颤抖着,他身边的年轻妻子在恼怒和厌恶中意兴阑珊。

(2005)

原注

[1] 加夫列尔·加西亚·马尔克斯《霍乱时期的爱情》,伊迪丝·格罗斯曼译(纽约:企鹅出版社),第295页。

[2] 加夫列尔·加西亚·马尔克斯《回忆我忧伤的妓女们》,伊迪丝·格罗斯曼译(纽约:克诺夫出版社,2005)。

[3] 罗曼·雅柯布森《语言学与诗学》,收录于《文学语言论集》,西摩·查特曼、塞穆尔·R.莱文编(波士顿:霍顿-米夫林出版社),第316页。

[4] 米格尔·塞万提斯《堂吉诃德》,伊迪丝·格罗斯曼译(伦敦:塞克与沃伯格出版社,2004),第430页。

[5] 加夫列尔·加西亚·马尔克斯《活着为了讲述》,伊迪丝·格罗斯曼译(纽约:克诺夫出版社,2003),第395页。

[6] 加夫列尔·加西亚·马尔克斯《奇怪的朝圣者:十二个故事》,伊迪丝·格罗斯曼译(伦敦:凯普出版社,1993),第54—61页。

[7] 川端康成《睡美人和其他故事》,爱德华·G.塞登斯蒂克译(伦敦:四马战车出版社,1969)。

V. S. 奈保尔：《半生》

二十世纪三十年代,英国作家萨默塞特·毛姆(1874—1965)对印度灵性发生兴趣。1938年他访问印度,在马德拉斯有人带他去一个静修处见一个人。那个人原名叫文卡塔拉曼,过着沉默、苦行和祈祷的退隐生活,而人们只把他称作大圣。在等待接见时,毛姆昏倒了,也许是由于酷热。苏醒过来后,他发现自己不能讲话(必须指出,毛姆一生都是口吃者)。大圣安慰他,宣称"沉默也是谈话"。[1]

据毛姆说,这次昏倒的消息,迅速传遍印度:据传,通过大圣的法力,一位来自西方的朝圣者发生转变,短暂地进入了无限的王国。虽然毛姆记不起他曾访问无限之境,但这件事显然在他身上打下印记:他在《作家笔记》(1949)中讲到它,又在《观点》(1958)的一篇文章中描述它,还把它写进了使他在美国扬名的长篇小说《刀锋》(1944)。

《刀锋》讲述一个美国人的故事,他做了一番准备,把自己的皮肤晒成深褐色,穿上印度人的衣服,然后去拜见精神领袖甘内沙先生,并在后者的指引下获得一次极乐的灵性经验,"这种经验与历史上世界各地所有神秘主义者的经验一模一样。"这位原始嬉皮士带着甘内沙先生的祝福回到伊利诺伊州,一边开出租车一边计划修炼"平静、克制、悲悯、无私和禁欲"。"把那些印度圣人想象成过着无用的生活,是错误的,"他说,"他们是黑暗中的一道闪光。"[2]

圣人文卡塔拉曼与作家毛姆的结识和合作无间的故事——文卡塔拉曼为毛姆提供一个可推销的印度灵性的版本,毛姆则为文卡塔拉曼提供了宣传和大量商机——构成了 V.S. 奈保尔 2001 年的小说《半生》的核心。[3]

在小说中,奈保尔关心的,主要不是文卡塔拉曼和他这类格言式智慧的派发者是不是骗子这个问题——他肯定他们是——而是以克己为中心的宗教实践这一更普遍的现象。为什么人们选择斋戒、独身、沉默,尤其是在印度?为什么他们因此而受尊敬?他们圣洁的榜样对人造成什么后果?

奈保尔暗示,为了理解克己所受的推崇,我们必须从历史角度来看待印度的苦行主义。很久以前,印度教寺庙支持整个祭司种姓。接着,由于穆斯林和英国人相继入侵,这些寺庙失去收益。祭司们陷入一种恶性循环:贫困导致精力和欲望的丧失,精力和欲望的丧失则导致消极,消极导致更深的贫困。该种姓似乎陷入无可挽回的衰微。然而,祭司们并没有放弃寺庙生活也没有寻找其他支持的资源,而是对各种价值进行巧妙的重估:不吃,以及总体的断食,被当成令人钦佩的事情加以宣传,值得尊敬,因而值得大肆颂扬。

总的来说,这便是奈保尔以轻松手法讲述的故事:它从物质主义角度描写一种克己和宿命论的婆罗门精神特质、一种鄙视个人事业和辛勤工作的精神特质如何在印度取得优势。在奈保尔重写的这个文卡塔拉曼故事中,十九世纪一个名叫钱德伦的婆罗门成员一心一意要冲破寺庙制度。他省吃俭用,前往最近的大城市——英国统治下印度一个名义上独立的落后的邦的首府,并在土邦主宫殿里找到一份文书工作。他的儿子继续其家族在公务员等级中层层爬升的努力。一切似乎不错:钱德伦家族为自己找到了一个安全的地位,可以悄悄繁荣,而不必再节制他们的肉体了。

但是其孙儿(我们现在进入二十世纪三十年代了)是某种叛逆者。有关甘地及其民族主义的传闻甚嚣尘上。圣雄呼吁各大学参加抵制运动,那孙儿(此后就只称为钱德伦)积极响应,在校园里焚烧雪莱和哈代的著作(毕竟他不喜欢文学),并等待风暴在他头顶上掀起。但是,似乎没人注意。

甘地宣称种姓制度是错误的。一个婆罗门成员如何与种姓制度做斗争?答案:与下层人结婚。钱德伦找了班上一个皮肤黝黑的丑姑娘,她属于所谓的落后种姓——在日常用语中,即是一位"落后"——并以一种笨拙的方式向她求婚。那姑娘旋即利用谎言和威胁来迫使他履行诺言,与她结婚。

在家中失宠的钱德伦被安排在土邦主的税务所工作。在那里,他沉溺于各种鬼鬼祟祟的行动,自认是公民抗命,尽管他的真正动机是游手好闲和干坏事。他的胡闹被揭露,眼看就要受法律制裁,于是他想出一个妙计,躲进一座寺庙避难。在寺庙里,为免遭受他所称的迫害,他发誓不讲话。他的誓言把他变成当地英雄。人们来看他一言不发,并带来礼物。

易上当的西方人萨默塞特·毛姆便是这样,踩上这欺骗和虚伪的陷阱,尽管他的初衷是要来寻找只有印度才知道的更深刻的真理。"你快乐吗?"毛姆问圣人钱德伦。钱德伦用铅笔和便条纸回答:"我在沉默中感觉很自由。这就是快乐。"(第30页)何等的智慧!毛姆自忖道。这出喜剧是够滑稽的:钱德伦所享受的自由,是免于被起诉的自由。

毛姆出版了一本书,钱德伦一夜成名——因做了一个外国人笔下的人物而成名。(钱德伦不只在印度出名,他还加入一份日益增多的小人物名单——令人想起罗森克兰茨与吉尔德斯特恩或《简·爱》中的罗切斯特的妻子——他们都是被拔离原来的文学环境,然后在另一些书中扮演更大的角色。)①外国访客步毛姆后尘,纷至沓来。钱德伦向他们重复讲述他如何牺牲前途光明的公务员生涯,宁愿过一种祈祷和自我牺牲的生活。很快,他便相信了自己的谎言。他效法祖先,找到了与世隔绝却能繁荣昌盛的办法。他一点也不觉得这有什么讽刺,反而觉得惊异:他想,一定

---

① 罗森克兰茨与吉尔德斯特恩原是莎士比亚《哈姆雷特》中的小人物,后来成了英国当代剧作家汤姆·斯托帕德剧作《罗森克兰茨与吉尔德斯特恩已死》的主角;罗切斯特的妻子("疯妇")则成了西印度群岛女小说家吉恩·里斯《辽阔的马尾藻海》的主角。

是有某种"更高的力量"在引导他。

就像卡夫卡的绝食表演者,钱德伦靠做一种他暗自觉得轻而易举的事情来谋生:断食(尽管他的胃口并不是小得不能让他的"落后"妻子为他生两个孩子)。在卡夫卡的故事中,尽管绝食表演者不愿承认,但是他在绝食的行动中含有某种英雄主义,一种适合于后英雄时代的小英雄主义。在钱德伦身上根本没有英雄主义:是真正的精神贫困使得他满足于如此匮乏的生活。

在他关于印度的第一本也是最富批判性的书《黑暗的地区》(1964)中,奈保尔把甘地描写成一位深受基督教伦理影响的人,在南非生活了二十年后,有能力以局外人的批评眼光看印度,因此在这个意义上他是"最没有印度色彩的印度领导人"。但是奈保尔说,印度废掉他,把他变成圣雄,变成偶像,以便漠视他的社会观点。[4]

钱德伦喜欢把自己当成甘地的追随者。但是奈保尔暗示说,钱德伦不断向自己提出的问题,不是甘地式的"我应如何行动?"而是印度教式的"我应放弃什么?"他宁愿选择放弃而不是行动,因为放弃对他来说毫无损失。

为了纪念他的英国主顾,钱德伦把他的第一个孩子命名为威廉·萨默塞特·钱德伦。由于威利①出生于混杂(种姓混杂)婚姻,因此把他送进基督教学校读书被认为是比较慎重的。并不令人感到意外的是,威利学习他的加拿

---

① 威廉的昵称。

大传教士老师们的榜样,也想当一个传教士和加拿大人。在英语作文中,他幻想自己是一名标准的加拿大人,有以英文俗语称呼的"妈""爸"和家庭小汽车。他的老师们以高分奖赏他,但父亲发现儿子并不把他写进他的生活中,心里颇为难受。

然而,渐渐地,威利发现传教士们的真正居心:使人皈依基督教,摧毁其他宗教。他感到被愚弄,便不再上学。

钱德伦想到与毛姆的老交情,便写信给毛姆,请他替那小子想想办法。他收到一封用打字机打的回信:"亲爱的钱德伦,很高兴收到你的来函。印度给我留下美好的回忆,印度朋友们的音信总使我高兴。你真挚的……"(第47页)其他外国朋友也一个个闪烁其词。接着,英国贵族院某位议员权杖一挥,二十岁的威利便获得某学院的奖学金,漂洋过海去了。

这是1956年。伦敦挤满来自加勒比海的移民。不久就爆发种族暴动:白人青年穿着仿爱德华时代的衣服,在街头游荡,找黑人来揍。威利躲在学院房间里。藏匿对他来说不是新经验:在故乡,每逢发生种姓暴动,他总是躲在家里。

威利在伦敦所学的,主要是性。他一位牙买加同学的女朋友可怜他,破了他的童贞。接着,她给他上了一小堂极有神益的跨文化课。婚姻在印度是父母包办的,她说,因此印度男人不觉得他们应该满足女人的性需要。但英国就不同了。他应该更努力些。

威利查阅平装本的《性生理学》,才知道男人一般可维

317

持十至十五分钟的勃起。他沮丧地放下那本书,不想再读下去。他,这么一个无能力和起步晚的人,来自一个不谈论性爱也不存在什么引诱技巧的国家,他应该怎样做才能得到一个女朋友呢?

我怎样才能增加性知识呢?他问他的牙买加朋友。性是一门残酷的生意,他朋友回答;必须很早就学。在牙买加,我们通过强压在小女孩身上来获得经验。

威利鼓起勇气,走近一个街头妓女。他们的性交毫无乐趣,令他羞耻。"像英国人那样干,"当他花了太长时间时,那女人要求道。(第113页)

冒牌圣人钱德伦和做不称职情人的儿子:他们似乎是喜剧材料,但在奈保尔手里不是。奈保尔向来是一位擅长分析的散文大师,而《半生》的散文干净、冷如利刃。钱德伦家中的男人是有缺陷的人类,他们的无能让读者打寒战而不是发笑;那位"落后"妻子和威利的妹妹也好不到哪里去,他妹妹后来变成一个自鸣得意的左派,同样喜欢旅行。

父子都相信他们能看穿别人。但如果他们发现他们周围到处是谎言和自我欺骗,那也只是因为他们无法想象别人是可以跟他们不一样的。他们的尖锐洞察力没有落到实处,仅仅是一种出于自我保护本能的反应式怀疑。他们的经验法则总是给出最不仁慈的解释。威利在爱情上的种种失败,其根源并非没有经验,而是只顾自己、精神贫乏。

至于威利的父亲,从他对书籍的反应,可见他质素之低劣。做学生时,他不"明白"他上的是什么课,尤其是不"明白"文学。(第10页)他所受的教育,主要是死记硬背英语文学,显然与他的日常生活无关。然而,在他的深处,有一种冲动,就是不想明白,不想学习。严格地讲,他是不可教的。他销毁经典,并不是对僵硬的殖民教育的一种健康的批判性反应。这种厌恶并没有使他摆脱束缚,去接受其他更好的教育,因为他根本不知道什么才是良好的教育。事实上,他根本没有什么想法。

威利同样没有思想。抵达英国时,他很快就意识到自己是多么无知。然而,他以一种典型的本能反应式的行动,随便找个人来责怪,也就是找他母亲:他对世界没有好奇心,只因为他是某个"落后"的儿子。遗传就是性格就是命运。

学院生活使他看到,印度的礼节跟英国的礼节一样非理性和不合逻辑。但是,这一见解并未能触发自知之明。我清楚印度和英国是什么,他自忖,而英国人只知道英国,因此我可以随自己喜好谈论我的国家和我的背景。他为自己发明一种新的、较不羞耻的过去,母亲变成某个古老基督教团体的成员,父亲则变成某侍臣的儿子。"他开始重新创造自己。这使他感到兴奋,并使他感到有力量。"

为什么这对毫无吸引力的父子会成为他们这个样子?他们在多大程度上揭示——奈保尔打算让他们在多大程度上揭示——产生他们的社会?这里,关键词是牺牲。威利很快就发现他父亲那套甘地主义的核心毫无快乐可言,因为他最了解被牺牲意味着什么。威利学生时代写了一个故事,讲一名婆罗门成员为了致富,而献祭"落后"的孩子们,想不到最后却牺牲掉自己两个儿子。正是这个叫作《牺牲的一生》的故事,对钱德伦做出不是太隐蔽的指控,触发钱德伦——一个靠他所谓的自我牺牲来谋生的人——决定把儿子送去外国:"这孩子会毒害我的余生。我必须让他远远离开这里。"(第42页)

威利发觉,牺牲你的欲望实际上意味着不爱你应去爱的人。钱德伦对这种发觉的反应是把牺牲儿子这种无爱的行动再向前推进一步。钱德伦虚构自己为了过苦行的一生而牺牲前途,这背后有一个印度教传统,该传统如果不是体现在威利和母亲所鄙视的甘地身上,也是体现在像钱德伦这样的印度人所理解的甘地身上,他们把甘地变成了民族圣人;在更普遍的意义上,也体现在一种宿命论的哲学上,这种哲学教导人们最少即是最好,努力改善自己最终是毫无意义的。

虽然学业使威利感到乏味,但是他显然有作家的天赋。一位英国朋友看了他以前在学校写的小说,敦促他去读海明威。他把《杀人者》当成榜样,把一些好莱坞场面变成含糊地构思的印度背景,把伦敦的故事与他在故乡听到的故事糅合起来,热情地投入创作。令他吃惊的是,他发现讲这些远非自身经验的情景和与他自己截然不同的人物的故事,比他在学校写的那些"谨慎、半遮半掩的道德小故事"更能真实地传达他的感情。(第82页)

奈保尔在其过去的作品中,常把自己的生活融入小说中。在某些方面,学徒作家威廉·萨默塞特·钱德伦是根据学徒作家奈保尔塑造的。在同一年纪,钱德伦可能不及奈保尔博学(奈保尔的榜样是伊夫林·沃和奥尔德斯·赫胥黎,奈保尔具有自己特点的英语语调,"到哪里都高高在上,不感到吃惊,知识渊博",则是得益于萨默塞特·毛姆[5]。)另一方面,两人都在好莱坞电影中寻找灵感;至于威利发现距离最远时,就最能真实地传达自己的感情,这不能不说是奈保尔本人对作家应站在他或她自己的国籍、种族和性别的位置上写作这一信条做出反潮流的回应。

威利连续数周浸淫于写小说。但是,当写作开始不可避免地把他引向他不想面对的问题时,他便畏缩并停笔。他一生中——至少在我们读到的《半生》中——再也没有提起笔。

这场创作风暴过后,他手头已有二十六篇小说,并交给了一位赏识他的出版商。小说集出版时,几乎没人注意,而他自己也已羞于提起。但他还是收到一封热情的读者来信,那是一位有葡萄牙姓名的姑娘。"在您的小说中,我第一次碰到了跟我生命中某些时刻相同的时刻,"她写道。(第116页)想到自己的小说是如何写成的,威利不能不感到难以置信。尽管如此,两人还是安排见面,并相爱起来。她的名字叫安娜,是莫桑比克某庄园的继承人。威利一时冲动,便跟安娜去非洲,在那里度过十八年,由她养着。这十八年的故事,构成了《半生》的下半部。虽然下半部是极其有趣的,但是在分析的深度方面,没有提供任何足以跟钱德伦父子的故事相比的东西。

奈保尔的印度是抽象的,他的伦敦则是粗略的,但他的莫桑比克却令人信服地具有真实感。殖民时代的莫桑比克没有产生重要作家。该国当今最著名的作家米亚·科托,属于独立后的一代,并且受魔幻现实主义影响太深,使人难以把他当成莫桑比克过去历史的可靠纪事家。因此奈保尔大可以无拘无束地发明一个属于他自己的幻想式的战前莫桑比克。但是他没有这样做。他忠于真实,忠于真实的人民所创造的真实的历史;《半生》下半部散发浓烈的新闻写作气息,威利·钱德伦被用作殖民地生活的一个代表性插曲的媒介。这下半部,事实上属于奈保尔多年来已臻化境的写作模式。在这种模式中,历史报道和社会分析以具有自传色彩的小说和旅行回忆录的方式流入流出:这种混合模式很可能成为奈保尔对英语文学的主要贡献。

我们在书中所见到的葡萄牙统治下最后几年的莫桑比克风物(威利于1959年至1977年在那里度过)是新鲜和意想不到的。安娜是克里奥耳人,也即非洲化的葡萄牙人。在社会层面,她的地位低于欧洲裔的葡萄牙人,但高于(西班牙人与美洲印第安人混血的)梅斯蒂索人,后者又高于黑人。由于威利来自受种姓束缚的印度,因此,以父母出身划分的细微社会刻度对他来说当然不值得大惊小怪。

安娜和威利活动的圈子,是由种植园主和农场管理者构成的;社会生活包括邻居来往和进城买必需品。威利(他在这方面与其作者是难以区分的)勘察移居者的生活,而又不带我们预期一位具有正统观念的西方自由派会有的那种屈尊态度。事实上,他认同克里奥耳社会,尤其是认同该社会在性方面提供的多样化机会。哪怕是游击队逼近、末日将临,他的移居者朋友们也依然"享受这一刻,老房间里充满欢声笑语,像一些不在乎的人,像一些知道如何与历史生活在一起的人"。"我从来没有像当时那样钦佩葡萄牙人,"他后来回想说,"我希望能够也这样容易地跟过去生活在一起。"(第187—188页)

这里所表明的不合流的自由,与奈保尔向来对他自己的殖民地过去的态度保持一致,也即他不能仅仅因为自己是印度合约种植园工人后裔,就永远被锁在受害者的位置上。当奈保尔用历史的眼光回顾帝国主义、殖民主义和奴隶制时,他看到的并不止于那些西方品种。因此,他认为印度屈从于穆斯林莫卧儿人统治的印记,要比屈从于英国统治的印记更深。欧洲人并非唯一移居非洲的外国人。东非沿海地区便吸纳了阿拉伯人、印度人和欧洲人,并把他们非洲化。

奈保尔复杂的自我构想和自我创造的一个方面,是作为一个参与者,参与被英国征服的民族反过来征服英国。"1950年在伦敦,"他在《抵达之谜》中写道,"我正处于那场发生于二十世纪下半叶的各民族的伟大运动的开端——一场比美国的人口构成更大规模的运动和文化混杂。"(第141页)《抵达之谜》本身讲的就是一个来自前帝国的男人,抵达英国,勘察并最后定居在所谓的近郊郡威尔特郡的乡村。①

奈保尔笔下的移民所接受的殖民地教育,按大都会标

---

① 近郊郡指伦敦周围各郡。

准,是滑稽地过时的。然而,正是这种教育使他们成为一种在"母"国已衰微的文化的受托人。马尔科姆·马格里奇①曾有一句名言:"印度人是唯一还幸存的英国人。"[6]奈保尔本人在著作中采取的那种常常是权威的态度,比任何本土英国人都要维多利亚式,因为英国人现在已无此胆量。

威利在非洲的冒险,主要是性冒险。他与安娜的关系,热情维持不了多久。很快他就开始去嫖非洲妓女,很多妓女以西方标准看都是儿童。从嫖雏妓开始,他进而与安娜一位叫作格拉萨的朋友发展关系,而格拉萨使他看到性爱是可以多么残暴。他后来想,"要是……我还没有感受到这种满足的深度,还没认识我刚从我自己身上发现的另一个人就死了,那将是多么遗憾啊。"他以一种少见的同情,想到在愚昧的印度的父母,想到"我那可怜的父母,他们永不知道像此刻这样的事情"。(第190页、第191页)

威利的性爱阶梯还有一级要爬。安娜以一种微妙的委婉方式,使他明白格拉萨精神不稳定。确实如此,当葡萄牙军队撤出,游击队进来,格拉萨便陷入一种自我作践的疯癫状态。威利开始明白为什么宗教要谴责性方面的极端主义。不管怎样,他已逐渐厌倦自己的殖民地冒险。他已四十一岁,过完了半生。他离开安娜,前往德国的积雪地区,躲到妹妹那里。小说结束。

---

① 马格里奇(1903—1990),英国著名报人和作家。

《半生》是一个男人从无爱的开端进展到孤独的结局的故事，而结局未见得就是真正的结局，也许仅仅是来到一个稳定水平，稍做休整。为他带来进展的经验，本质上是性经验。与他发生关系的女人，都是欲望、厌恶或着迷——有时候三方面都有——的对象，并被以冷酷、清晰的眼光如实报道出来。

在书中描写伦敦的那部分里，我们又看到那个楼上房间，连带那个无罩灯泡和那块铺在先铺了报纸的地板上的年轻人第一次做爱的床垫。这已经是自 1967 年的《模拟人》以来，我们第三次或第四次在奈保尔的作品中看到这个房间。该场面每次都做了重新描绘，渐渐变得越来越兽性，越来越绝望。奈保尔似乎不愿放弃这个场面，直到他榨净最后一滴意义，直到它被拧干。

在非洲，当威利拥抱第一个雏妓，他在伦敦的女人们的阴影又在他面前耸现。但是在他就快畏缩的瞬间，"女孩露出一种异乎寻常的命令、挑衅和渴求的眼神，她的身体全面收紧，我被她强有力的双手和双腿缠住。刹那间——就像我瞧着瞄准器做出决定的一刹那——我想，'阿尔瓦罗（带他去妓院的朋友）活着就是为了这个，'于是我重新振作起来。"（第 175 页）

与女孩发生关系那一刻，使威利想起他在非洲发现的另一种不大可能的嗜好：枪支。对他来说，瞄准和扣动扳机已变成一种存在主义式的测试，在一个超越理性控制范围的水平上测试意志的真实性。跟他上床的非洲女人们以同样赤裸的方式测试他的欲望的真实性。

把性拥抱等同于测试自我真实性的场所,这正是奈保尔最接近于道出威利的精神旅程的本质的时刻,并以此衡量威利与他父亲所代表的(哪怕是以戏仿方式代表的)生活方式之间的距离——他父亲所代表的方式,是把拒绝欲望作为通往彻悟之路。虽然威利与非洲女人的亲密接触也许是冷淡的,但是通过这些接触,威利得以使自己驱散伦敦的阴影。然而,到底这些女人有什么不同呢?眼看一班姑娘在客人面前挑逗地跳舞,他瞥见了答案:她们是某种超越她们自身的东西的化身,某种神秘莫测的"更深刻的精神"。"我开始产生一个想法:非洲人心中有某种东西,它不为我们这些人所知,并且超越政治。"(第173页)

奈保尔对非洲了解颇深。他曾在东非生活和工作:《世间路》(1994)中的"又回家了"那一部分,就是根据他在那里的经验写成的。《自由国度》(1971)和《河湾》(1979)也都是"关于"非洲的。总的来说,奈保尔对非洲的看法令人瞩目地保持连贯,甚至可以说一成不变。那是一个梦幻般和具威胁性的地方,抗拒理解,腐蚀理性和理性的技术产品。来自西方边陲却变成英国文学经典作者的约瑟夫·康拉德,向来是奈保尔心中的大师之一。奈保尔笔下的非洲形象,是生锈的工业机器长满森林藤蔓。不论好坏,这非洲是从《黑暗的心脏》那里来的。

《半生》给人一种未加小心雕琢的印象,因此而显露的技巧弱点是无法忽视的。奈保尔的计划,是把小说写得仿佛是威利忆述的。就连老钱德伦所讲的故事,也是根据威利从他口中听来而写的。但这个计划只是半心半意地执行。虽然父子间关系冷淡,但奈保尔让威利了解到他父亲最秘密的感情,包括肉体上对妻子的厌恶。在某些时刻,威利引领故事主线这种假象被抛弃了,代之以旧式全知叙述观点的干扰。

尚有其他弱点。伦敦文学生活场面读起来就像来自一部讽刺性的真人真事小说,大多数读者会不得要领。青年威利对安娜的爱接近于陷入陈腔滥调。最刺目的是,威利的故事不仅以没有解决告终,而且没有留下任何可能如何解决的暗示。《半生》读起来就像一部也许可称为《一生》的小说被斩掉一半。

这类非难,不会令奈保尔不安。在他看来,作为创作活力之载体的小说,已在十九世纪达到高峰;在我们的时代写完美无瑕的小说等同沉溺于好古癖。考虑到他在开拓一种另类、流畅、半虚构的形式方面取得的成就,这是一种值得认真对待的观点。

然而,读完《半生》,你不能不有这样一种感觉,也即不仅威利·钱德伦,而且奈保尔本人也不知道接下去会发生什么事。确实,一个从未以工作谋生、其唯一成就是写了一部数十年前出版的小说集的四十一岁难民到底能干什么呢?威利·钱德伦究竟是谁?为什么奈保尔,一位写了超过二十本书且接近七十岁的作者,把他的精力倾注在一个其突出之处是放弃文学生涯的"反我"身上呢?

在奈保尔讲述自己生涯的故事中,有不少是颇连贯的,其中一点是,他成为作家纯粹是出于意志的努力。他没有幻想的才能;他只有一个在微不足道的西班牙港的童年可供利用，没有什么具有重大历史意义的记忆（这正是特立尼达令他失望之处，也是特立尼达背后的印度令他失望之处）；他似乎没有题材。他要等到数十年辛苦写作之后，才终于像普鲁斯特那样明白到他一直都是知道他的真正题材的，而他的题材就是他自己——他自己和他作为一个在一种不属于他（他被告知）和没有历史（他被告知）的文化中成长的殖民地人想在世间找到一条出路所做的一切努力。

威利不是奈保尔，而威利一生的轮廓也只是间歇性地与其创造者有相似之处。然而，当《半生》探讨克己和探讨克己的固有遗产也遭否定后变成什么样子时，小说便带着作家个人真实情况的迫切而明白无误的音调。[7]是不是有这种可能，也即奈保尔在其第三十年和第四十年期间进行的自我建构的巨大功夫，回顾起来似乎在克制肉体及其欲望方面付出太高代价，这代价相当于一个人的不止半生？

在老钱德伦身上，奈保尔作了诊断，认为克己是无爱之人选择的虚弱道路，它基本上是一条魔术式的道路，通过压抑欲望本身，而在有欲望的自我与反抗它的真实世界之间的自然辩证法中取得胜利。在小钱德伦一生的故事中，奈保尔追踪在这样一种克己文化中成长的不快乐结果。

如果把威利·钱德伦的故事与阿妮塔·德赛①在她的小说《斋戒，饕餮》(2000)中讲述的故事并读，是有裨益的。在德赛的小说中，一个青年也是从印度的故乡被送往一个

---

① 德赛(1937—)，印度小说家。

以食为主的国度。[8]

像威利一样,德赛笔下的阿伦,也是在父亲统治下成长,永远无法完全符合父亲的标准。像威利一样,阿伦获奖学金,多少有点迷失方向地置身于一个外国城市——他去的是波士顿——并在校外一个姓帕顿的美国家庭寄宿。他发现,该家庭的父亲是一个胃口旺盛的食肉动物,喜欢在露台上烧烤牛排。用膳时间变成尴尬仪式:他的种姓规则禁止吃肉,虽然他家里并不遵守禁令,但是阿伦讨厌肉。他的饮食习惯很快成了帕顿一家人之间长期斗争的借口。帕顿太太宣布她要皈依素食主义,并制作她自己的无肉食物给阿伦吃:莴苣土豆三明治、麦片牛奶。他有苦难言,尽职地吃:"他如何告诉(她)……他的消化系统不懂得如何(把这食物)变成营养呢?"她甚至说服他亲自来煮,并佯装享受地吞下这闷闷不乐的男孩——他在印度从未见过厨房内部,因为他有仆人和姐妹侍候他——勉强弄出来的难以下咽的东西。(第185页)

帕顿先生和他儿子罗德悻悻退避到烤架旁去吃,女儿则躲在自己卧室内狂噬巧克力,再把它们吐出来,终日厌恶自己。阿伦在这个贪食症女孩身上看到,她与他自己患癫痫病的姐姐有着惊人的相似之处。他姐姐无法用言辞表达她的抗议,抗议"她独一无二的生命及其饥饿"所受的忽略,遂诉诸口吐白沫。他想,多奇怪啊,竟在美国遇见同样的饥饿:"这里如此受眷顾,既可堂而皇之地吃,又有如此丰富的东西吃。"他初抵时,他曾为自己的无名状态欢欣雀跃:"没有过去,没有家庭……没有国家。"但他毕竟没有逃出家庭,而只是找到一个"貌似"的家庭。他在印度拥有的,是"简朴、不美、畸形、忧虑和将就"。而他在美国拥有的,却是"干净、明亮、发光,没有品位、滋味或营养",且同样没有爱。(第214页、第172页、第185页)

阿伦在美国遇见的食物的巨大过量,以及帕顿一家功能失调的饮食习惯,清楚地与德赛的书名中的饕餮建立关系,尽管是一种偏斜的关系。那么斋戒呢?

阿伦还太年轻和不是太自信,不敢拒绝帕顿一家所示范的生活方式。他尽职地试图依样画葫芦,与罗德·帕顿的运动成就一较高下。但是很快他就发现,"一个来自恒河平原,从拌咖喱的蔬菜和炖兵豆吸取营养的发育不全、患气喘的小个子男孩,"根本就甭想与营养丰富的美国男子汉品种竞争。纠正这种局面的一个办法,是从印度食谱转向美国食谱,停止做斋戒者,转而也做一个饕餮者。但这一步不是他能够迈出的。阿伦继续做素食者,其理由既不是宗教,也不是道德,肯定也不是社会的。按性情,或许仅仅按生理学气质,他都不是食肉动物。肉体和(当帕顿太太穿上她的泳装)多肉使他反感,不是因为他的饮食禁忌受侮辱或因为他是一个道德禁忌者,而是因为他本质上是一个清苦者,就像他患癫痫病的姐姐本质上是一个宗教笃信者。这男孩的不幸——很难把它称作悲剧,因为德赛是用一块如此决绝地暗淡的调色板工作的——是他几乎无法用言辞来表达他的悲惨遭遇,更别说阐述这悲惨遭遇更广泛的意义,也即现代世界,包括印度的现代方面,已愈来愈不可能为斋戒的气质提供一个家。(第191页)

即使在印度家中,阿伦的素食主义也是斗争的一个来源。他父亲要他做男子汉的体育运动,以及笼统地希望他有成功的人生,意思是说少些宿命,多些抱负,少些消极,多些积极,少些女性气质,多些男子气概,少些印度精神,多些西方精神。他试图让阿伦吃牛肉,想提高他的体力,但失败了。于是,他把这男孩讨厌肉解释成一种应受斥责的返祖现象,是返回"祖先的行为方式,他们都是些温顺而弱小的男人,在生活中一无是处"。(第33页)

因此,不管是不是有意地,阿伦和他父亲体现了有关民族性格的争论的两个方面,也即传统的和进步的。这场争论可追溯至十九世纪中期,始作俑者是印度教改革家斯瓦米·达亚南德·萨拉斯瓦蒂(1824—1883)和斯瓦米·维弗卡南达(1863—1902)。萨拉斯瓦蒂和维弗卡南达都认为他们那时的印度教徒已经与祖先那种男子汉的、尚武的价值失去联系;两人都提倡重拾"雅利安人"的价值,要完成这种重拾,必要的话还可以吸纳他们的殖民地霸主的文化特色,正是这些文化特色最明显地赋予英国人强大的力量。在宗教领域,印度教必须像一个基督教会那样有组织,有清楚的内部管理规则。在哲学层面,可能需要接受历史是线性的而不是循环的,因此进步并非幻觉。在较世俗的层面,饮食禁忌可能需要放宽:在历史学家阿希斯·南迪[①]所称的"可怕的失败主义"时刻,维弗卡南达曾主张印度教徒要得救,就必须求助于三个 B:《薄伽梵歌》、膂力和

[①] 南迪(1937—),印度社会理论家和评论家。

牛肉。[9]

因此,阿伦与父亲之间在婆罗门禁止吃牛肉问题上的争执,不只是简单的家庭吵架。两人在印度教徒——以及印度人——应准备付出什么代价(应要求他们放弃什么)才能在现代世界扮演一个角色的问题上,持针锋相对的观点。当阿伦不知所措和完全没有英雄气概地拒绝帕顿先生放在他盘子上的牛肉时,当他不愿意否定在陌生人看来似乎是克己的东西时,以及更笼统地当他无法在新大陆的饕餮中找到可以营养他的那类食物时,他不仅保存了起码的个性完整,而且使其他立世处方例如威利·钱德伦的处方复杂化并对那些处方提出质疑。在前文化层面上,也即身体本身的层面上,他抵抗同化的压力:这具"发育不全"的印度身体不是一具美国身体,也永远不会成为一具美国身体。

(2001)

原注

[1] 萨默塞特·毛姆《观点》(伦敦:海涅曼出版社,1958),第58页。

[2] 《刀锋》(伦敦:海涅曼出版社,1944),第267页、第271页、第272页。

[3] 《半生:一部小说》(纽约:克诺夫出版社,2001;伦敦:皮卡多尔出版社,2002)。

[4] 《黑暗的地区》(伦敦:多伊奇出版社,1964),第77页。

[5] 奈保尔《抵达之谜》(纽约:温塔奇出版社,1987;伦敦:皮

卡多尔出版社,2002),第135页。

[6] 引自阿希斯·南迪《亲密的敌人》(德里:牛津大学出版社,1983),第74页。

[7] 收录于弗罗扎·朱萨瓦拉编《V.S.奈保尔谈话录》(杰克逊:密西西比大学出版社,1977)一书中那些瞩目地坦率的访谈,表明威利·钱德伦在伦敦的故事具有强烈的自传成分。1994年与斯蒂芬·希夫的访谈尤值得一看。

[8] 阿妮塔·德赛《斋戒,饕餮》(波士顿:霍顿-米夫林出版社,2000;伦敦:温塔奇出版社,2000)。

[9] 南迪《亲密的敌人》,第47页。

译 后 记

关于 J. M. 库切文章的优点，或读库切文章的益处，英国学者德里克·阿特里奇已论述得颇详尽。我想在这里补充一点。这一点，我认为是库切文章的最大优点和读者可以获得的最大益处。

这一点，叫作平实。平实是一个很不吸引人的字眼，如果我们要从这平实中看出优点，就得把它放置在现当代文论的脉络中来透视。

而当代文论的实际情况令人沮丧。这实际情况可从两个方面来说。一种是学院式批评，这种批评已经走火入魔——却并非穷途末路，而是大行其道。学院式批评的一个恐怖之处，是用一两个理念并且往往是别人的理念来写一本书，而一本书似乎就是由数百种其他书构筑而成的——而不是消化这些书的结果。可这样一两个理念在一位杰出的作家批评家或诗人批评家那里只是一两句话而已。另一个恐怖之处是作者用各种新式的笨理论来武装自己，穿戴沉重的盔甲，看上去似模似样，但穿戴者并不是什么身强力壮的将军或勇士，而只是一个没站立几秒钟就会被盔甲压垮的五脏亏损的虚弱者。但可怕的，或可怜的，并不是这样一个虚弱的武装者,而是他让我们细看他如何设计、搜集材料、制造他的沉重装备然后把自己硬撑起来的过程。

另一种姑且称之为自由式批评。这实际上就是学院式以外的批评,反过来说也是学院派产生和泛滥之前的传统批评。伟大批评家都产生于此。但是,一方面由于伟大批评家像伟大作家一样愈来愈稀少,另一方面由于学院派兴盛的掩盖,于是乎我们现在看到的批评,就作家和诗人的批评而言,大都是泛泛而论,有些小聪明小见解,但无真知和卓识,充其量只反映了批评家所处时代或环境的一些中等或中上品味,而这类品味由于到处充斥着,已变成"品位"。常常你读一篇文章,乍看作者好像颇有修养,也明显是在朝着向伟大作家批评家致敬的高处努力,也懂得谦虚,当然也不掩饰骄傲,似乎还站在某个制高点上纵横议论,但是你读完整篇文章,如果不是一无所得,也是过眼即忘,常常是读完就感到浪费时间。如果读的是一本书,则常常是半途而废,或刚开过头就扔掉。这类批评家,如同学院式批评家一样,其论述方式也只是一些套语和套路,与同行们"套近乎"罢了,包括字行间点缀一些风趣机智和貌似格言的句子,只不过由于他们的套语和套路更自由些,更随意些,所以读者量也好像比学院派多些——至少,报纸杂志的批评文章大多数是他们写的。至于跟在作家批评家、诗人批评家背后的书评家和文学记者,他们的文章充其量只能称为新闻写作。

在这个背景下透视库切,其平实便跃然成为难得的优点了。他固然没有伟大批评家们那种令人惊叹的奇文妙句，但他却成就了两项美德，也就是清除当前学院式批评的冗赘和自由式批评的虚浮。这种清除之彻底，甚至是自由式批评与学院式批评对彼此都做不到的——即是说，自由式批评都难免染上一些学院式批评的风气，相反亦然。这就是为什么，如果你经常阅读当今英语报刊，你就会发现库切的文章总是显得瞩目地质朴而别样的。

与平实一样难得的是，库切利用其小说家的资源，精心地剪裁他所评论的作家的传记资料，高度地概括作家著作的内容，敏锐地鉴别作家总体创作的流变。有时候我们读到比原书更精彩的综述和分析，例如库切讨论格拉斯的小说时，带出了当代德国尖锐的历史遗留问题；再如他讨论菲利普·罗斯的小说时，带出了同样尖锐的犹太人特别是美国犹太人问题。当他看似如此轻易地把一位作家系统地介绍给我们时，我们千万别忘了这是他纵横博览的结果——纵，指他历年来长期留意该作家；横，指他在写作时全面阅读该作家的作品和相关资料。顺便一提，多年前我曾根据《纽约书评》翻译库切一篇谈论奈保尔的文章，这篇文章也收在这本书里。当我对着书本校对时，我发现库切做了大量修改和增补，以至我的中文修改稿每一页的行间和边缘都布满密密麻麻的红色蝇头小字，实际上这些红字溢出了页面，写到背面去了。可见库切对自己的文章和文字，是非常谨慎和耐心的。

以上既是我的一点感想，也是我翻译库切的主要理由。

另一个理由是,我记忆中好像尚未译过一本像库切这样文字清晰、句子流畅的书,这对我而言,反而是一个挑战。我依然一如既往尽可能采取直译,以及尽可能保持原作者的声音和风格。我要感谢库切先生,书中有一两处疑问,几处原文错别字或语法欠妥因而造成理解困难的,我写信向他请教,他都立即回信解释、澄清和修正。

译　者
2010年7月,香港

SAMUEL BECKETT

SAUL BELLOW

WALTER BENJAMIN

PAUL CELAN

WILLIAM FAULKNER

GABRIEL GARCÍA MÁRQUEZ

NADINE GORDIMER

GÜNTER GRASS

GRAHAM GREENE

SÁNDOR MÁRAI

ARTHUR MILLER

ROBERT MUSIL

V.S. NAIPAUL

PHILIP ROTH

ITALO SVEVO